外国名作家文集 · 圣埃克苏佩里卷

战斗飞行员

PILOTE DE GUERRE

[法] 圣埃克苏佩里 / 著
李玉民 / 译
Antoine de Saint-Exupéry

漓江出版社

图书在版编目(CIP)数据

战斗飞行员 / （法）圣埃克苏佩里著；李玉民译
.--桂林：漓江出版社，2020.7
（外国名作家文集.圣埃克苏佩里卷）
ISBN 978-7-5407-8807-0

Ⅰ.①战… Ⅱ.①圣…②李… Ⅲ.①长篇小说－法
国－现代 Ⅳ.①I565.45

中国版本图书馆CIP数据核字（2019）第279518号

ZHANDOU FEIXINGYUAN
战斗飞行员
[法]圣埃克苏佩里 著
李玉民 译

出版人：刘迪才
丛书策划：张谦
责任编辑：孙精精
助理编辑：黄彦
书籍设计：石绍康
责任监印：张璐

漓江出版社有限公司出版发行
广西桂林市南环路22号 邮政编码：541002
发行电话：010-85893190 0773-2583322
传真：010-85890870-814 0773-2582200
邮购热线：0773-2583322
电子信箱：ljcbs@163.com
微信公众号：lijiangpress
印制：北京中科印刷有限公司
[北京市通州区宋庄工业区1号楼101号 邮政编码：101118]
开本：880mm × 1230mm 1/32
印张：9.25 字数：191千字
2020年7月第1版 2020年7月第1次印刷
书号：ISBN 978-7-5407-8807-0
定价：46.00元

圣埃克苏佩里有几副面孔？

李玉民

每人一张脸，却不止一副面孔，否则就太单调了。譬如父母双亲，通常有专职的两副面孔：慈父慈母、虎爸虎妈，缺一副就有失职之嫌。这里指的是真实的面孔，假面不在此列，尽管在生活中，尤其各种正式场合，假面比比皆是，似开假面舞会。

《圣埃克苏佩里的五副面孔》，友人乔治·佩里西埃医生写了这样一本书，给圣埃克苏佩里画出五张面孔，应该真实可信。世人最熟知的两副面孔，当然是飞行员和作家，可以称为他的标准像了。余下的三副，“男子汉”想必没有争议。他那男子汉气概，无论在履职中还是著作里，都表现得淋漓尽致。至于发明家和魔术师，恐怕就鲜为人知了。

不过，即使熟知的面孔，又有多少人了解其特征呢？飞行员兼作家，就界定圣埃克苏佩里是“行动文学作家”了。可是，纵观圣埃克苏佩里的著作，就能发现一种意想不到的特征：每次行动仅仅是引子，引发的思考层出不穷。以篇幅和分量而论，思考远远超过行动。可惜没有“思考文学作家”这种说法，只好作罢。

最没有争议的是“男子汉”面孔。然而细看来又会发现，圣埃克苏佩里变脸术是他的拿手好戏。如果说父母通常有两副专职的面孔，那么圣埃克苏佩里出于天性，也有天职的两副面孔。他在小说中驾驶飞机，的确男子汉气概十足，可是每到危难关头，他转脸就变成孩童，到永恒的童年记忆中寻求救助和灵感。尤其《战斗飞行员》，将战场变成儿童游乐场，他那童年的游戏又玩出新花样，与敌人密集的高射炮火周旋。他在写给母亲的信中，更是大耍孩子脾气，必要时装出男子汉气概，说大话也是孩子语气。他跟伙伴们在一起时，高兴起来就大谈他童年有趣的游戏，如何争当火焰堡的阿克兰骑士。更为绝妙的是，他这两副面孔演起双簧，演绎出一部《小王子》，分身化为年轻飞行员和外星来客小王子。在沙漠中相处一周，通过小王子的口，宽容地讲述大人世界何等荒唐，他们挤进高速火车的车厢里，却不知道追求什么，丧失了原有的智慧。

发明家和魔术师，这两副面孔又是一对好搭档，相得益彰。发明家要拿出发明成果，是看得见的硬实力，而魔术师的法术，则是看不见的软功夫。圣埃克苏佩里在预备组学习几年，基础知识非常扎实。而他又凑巧有发明创新的天赋，本可以走科学研究之路。但是宥于职责在身，他不能专职研究，却足够专业，申请了十余项航空领域的发明专利，算个名副其实的发明家。顺便说一句，他的发明专利，美国航空制造和导航系统全用上了。

值得一提的是，他的十余项发明专利集中在1935—1940年间，正是他最黯淡、最苦闷的时期，因为他爱飞行上不了蓝天，重友谊而没有战友，想写作出不来作品。不料，他却像变戏法似的，变出十多项科学发明，岂不是魔术师吗？要知道，也正是在这种艰难时期，他写出一本记事和五本笔记，记录了他的思考和见解，内容涉及科技人文各个领域，总能提出自己独特的想法。他和懂行的人谈论生物学、遗传学、天文学、政治学、文学创作、音乐美术等话题，总能深入探讨，大家都受益。一般都认为他学识渊博，这话不错，但更重要的是，各种知识他总要融会贯通。这就是魔术师的一绝。

魔术师还有一绝，就是他的直觉。圣埃克苏佩里在研究发明的路上，有时就凭直觉达到认识的飞越，比起那些经过长时间科学计算的研究人员来，更接近正确的结果。例如他的一项专利，“可压缩流体内的推进及升力”，有点儿费解，其实就是推及喷气发动机的原理：“他虽然并未肯定地计算出这种强度，但是分析了喷气现象。”（梅特拉尔语）

这三对六副面孔，应当说鲜明地交织在圣埃克苏佩里这四本著作中。好事者还可以找出别种面孔，如：亲善大使、道德典范、爱国者、人类文明的种子……甚或战斗英雄、劳动模范，有何不可呢？至少，每位读者都可以从书中发现自己喜爱的面孔，难说不会找到自我。

2018 年 6 月

于大连金石滩

目　录

译　序

译 序

行动文学的思考

“我就是在做梦。”这是《战斗飞行员》开篇头一句话。

“古今如梦，何曾梦觉，唯有旧欢新怨。”这是苏轼的人生感叹。常见的俗话，倒可以表明，对人生的认识，千百年来没有多大变化。尤其在我国的文化氛围里，睿智者爱梦中说梦，梦醒就忘言了，睁眼说梦话不属于此列。

在我翻译的法国作家中，给我的印象，梦觉而未忘言者居多，记述了有深度的思考，圣埃克苏佩里就是突出的一位。这是我们传统文化所缺乏的，所以我格外喜爱和珍视。自愧“给点儿阳光就灿烂”，忘掉没有阳光的日子，顶多用几句牢骚套话搪塞过去，懒于思考，更谈不上静观了，还自诩豁达，轻飘飘活在当下，丧失了厚重的存在。两相比较，感触尤深。

圣埃克苏佩里在山河破碎，人心涣散，五分之三领土被德军占领之际，从空军复员，不愿在法西斯政权下讨生活，1940 年末毅然流亡到美国，寻求救国之策。当时美国舆论一片哗然，对欧洲文明崩溃、法国沦丧大惑不解，颇多非议。流亡到美国的法国知识界集体失声，而各社团将政治内斗带到美国，相互指责，向美国人民发出错误的信号。唯一有实力干预欧洲战事的美国，当局仍在观望，态度暧昧。

圣埃克苏佩里从法国的败局来到世界舆论的旋涡，以一己之力，奔走呼号，收效甚微。其时，他的《人的大地》，英译本名为《风沙星辰》，同美国作家约翰·斯坦贝克的《愤怒的葡萄》，在美国十分畅销。美国知识界期待新作，以便了解法国的真相。圣埃克苏佩里便潜心写作，1942 年 1 月就在纽约出版了这本《战斗飞行员》，英译本定名为《飞往阿拉斯》。从他两部小说英译本的取名来看，美国人更加务实。

的确，小说故事的主线，就是写法国空军某侦察大队的一个机组，奉命飞往阿拉斯，侦察敌占区一座城市的布防。这样一次例行的侦察任务即使是在 1940 年 5 月 23 日，法国山体滑坡式的大溃败时期进行的，也不足以牵动全法国的乱局、欧洲的战事，乃至全人类的神经。一个三人机组的侦察故事，远非一次扭转战局的大战役，即使写得再精彩，也不足以说明法国的真相，扭转世界，尤其美国舆论的看法。

然而，《战斗飞行员》一出版，在美国就引起巨大反响，在图书排行榜名列前茅长达一年多。有的评论家甚至认为：“这本书与丘吉尔的演说，是民主国家对希特勒《我的奋斗》做出的最好回答。”

这本书的成功，很容易解释为信念的胜利。这通常说来是不错的。不过，挺立在大滑落的山体上，丧失了主动能力，唯有决心一死的信念，当然令人敬佩，却很难使世界人民对法国恢复信心和希望。的确，圣埃克苏佩里所属的空军侦察大队，二十三个机组已经丧失了十个，最终就是全部送给德军击落，也阻止不了德国机械化部队的快速推进，法国土崩瓦解，贝当政府求和投降。法国的乱局，谁都看不懂，谁都理解不了。虽说军令不理解也要执行，但是在失败的大局中，为谁牺牲，为什么牺牲，这个问题已经尖锐地摆在所有法国人面前了。书中写道：

> 全法国，我们仅有五十个机组。法国军队的整个战略，就落到我们肩上啦！无边的森林大火熊熊燃烧，要牺牲几杯水去灭火，那就牺牲掉吧。
>
> 这场战争的收尾阶段（1940 年 5 月，指法国求和投降），给人的所有印象中，有一种主导的印象，那就是荒谬。我们周围一切都崩塌了，一切都倾毁了。如此全面彻底，甚至连死亡本身都显得荒谬。在这样的天下大乱中，连丧失生命都欠缺严肃性。

不错，各机组的战斗员都想不到抱怨，他们接受出战任务时，只回答："是的，长官。是的，我的长官。谢谢，长官。明白了，我的长官。"参谋部只管下达命令，命令是荒谬的，他们也知道。就是为了让这场战争像一场战争，没有别的明确目标了。可是，"谁都不承认，这场战争什么都不像，一点意义也找不出来"，全法国都陷入无比尴尬的境地，陷入一种失调、厌烦，尤其是浅薄短视的失败氛围中。

顾不得严肃不严肃，荒谬不荒谬，问题潮水般涌来，势欲吞没法国，为了解决这些问题，就穷折腾还能支配的部队，还穷折腾老百姓，下令撤离家园，焚毁村庄，让千百万难民堵塞在路上……圣埃克苏佩里不理解自己的国家了：

> 一个国家，并不等于山河、风俗习惯与资源财富的总和，这些全是我的智力抓得住的东西。国家是一种生命体。我经历这样的时刻，忽然发现自己对生命体存在视而不见了。

同样，他们无不是有天赋个性的战斗员，他们以独特的方式观看事物或者不看某些现象，他们也以各自独特的方式思考，走路，饮酒，微笑，而他们这些生命个性，却被指挥他们的人当作一座大建筑上的砖瓦了，可以随意抛掷舍弃。圣埃克苏佩里接受飞往阿拉斯低空侦察任务时，心里嘀咕一句："敢死队的任务。"他觉得这样送死，"既不严肃，也不崇高；既算不上英勇，也不会痛断肝肠。死亡，只是混乱的一种标记，混乱的一种结果"。

这不是信念的动摇，而是认识碎片化了。在全局分崩离析中，整个国家，以及各种机构、团体、个人、思想、认识判断，无不碎片化了，成为万花筒。稍一摇晃，就乱花飞舞，迷人眼目。无论当事人还是旁观者，都看不出真相，只见一片乱象。且看作者自道：

并不是说我不考虑战争、死亡、牺牲、法兰西，不考虑任何别的事情，但是我缺乏主导的概念、明晰的语言。我的思考中矛盾重重。我求的真理碎片化，只能一个碎片一个碎片来察看。我若是能活下来，就等到夜晚进行思索。钟爱的夜晚，理智入睡了，唯独单纯的事物存在。真正重要的事物就能恢复原状，没有被白天的分析毁掉而幸存下来。人拼合了碎片，重又变为平静的树。

这里树的形象，象征人的本体。本体往往被纷乱的表象所掩蔽。人在精神沉睡时，就向智力的理性让步了：要流露出不解的愠怒（连做人达到完美境界的奥什德都有这种反应），还会产生各种想法。但是，这些都无足轻重，在失败的事业中，就别指望有什么激情。重要的是责任担当，这是为精神、为信念设立的目标。驾机起飞，就顾不得明显的事实、判断推理和各种反应。有了这份儿真诚，置身事中，尽了职责，才能恢复平静的本体，泰然审视复现原状的事物，得以静观思索，逐渐看清明白无误的真理，品味透了自己国家的亲情，也就说得清楚文明的进程、国家的前途、人类的命运了。

我觉得从今往后，更能看清什么是一种文明了。一种文明就是信仰、习俗和知识的一笔遗产，是多少世纪积累起来的，往往很难用逻辑来解释，但是这些遗产本身就足以证明了，就好比道路，能通向什么地方，这些遗产能打开人的内心境域。

> 拙劣的文学作品，向我们讲述必须逃避。当然，逃避到旅途，去寻找广阔的境域。但是，这种境域是找不到的，而是建造起来的。逃避从来就通不到任何出路。
>
> 一种文明，如果很强盛，就能让人充实，即使这个人没有行动……也体现出一种厚重的存在。

内心的境域一打通，就一通百通了。他找到了触及所有人的所有渴望的共同尺度。爱，能给人带来海阔天空的感觉。他讲述当年在撒哈拉邮航站点，夜晚篝火附近突然出现阿拉伯人，警告他们远处有险情，于是沙漠便联结成一体，建起了一种有意义的疆域。音乐如果美妙动听，自有乐曲的天地。老宅旧衣柜也如此，简单的气味就能唤起许多回忆。总之，触动心扉，就是境域感。

境域感似乎是与厚重的存在分不开的，也就是说，更能成其为人。例如，显微镜的视野赋予巴斯德的境域，画稿的山体赋予塞尚的境域：

> 巴斯德屏息专注，在显微镜上观察的时候，也是一副厚重的形象。巴斯德只有在观察的时候，才比任何时候都更能体现为人。……他尽管静观不动，却以巨人的步伐前进，而且，他发现了广阔的境域。塞尚也是这样，他面对自己的画稿，一动不动，默不作声，正是一种难以估量的存在。他只有在沉默，感受并判断的时候，才更能体现为人。于是，对他而言，他的绘画变得比海洋还要辽阔苍茫。

有了境域感，一切都改观了，周围一切就与个性生命息息相关。作者从阿拉斯低空望下去，扫视一眼他为之付出的大群人，他好似牧羊人，接近他们，尽数点过，于是，他们不复为一群人，而是成为人民。他属于人民——滋润他的根的泉水，人民也属于他——他责任担当的境域。就仿佛参加一场圣事仪式，心中怀着那种庄严而持久的喜悦，怎么可能没有希望呢？他们这些战斗飞行员，在山河破碎，人心涣散中经受磨炼，哪个执行完任务返航，身上不眷附着胜利者呢？

他们曾经错怪的大队长，阿利亚斯少校，是大队中头一个，一丝不苟恪守一种职责的人。在精神蒙上阴影的时候，他出于本能，要求全大队战斗员不失常规，保持战斗姿态，派遣他们出击，不是去争取不可能的胜利，而是“浴火成长”。

圣埃克苏佩里和战友们跨越了失败的全过程，本体免遭一丝一毫的损失，心灵豁然开朗了。他们好似那些朝圣者，已经到了圣城，能够随心而寓，在沙漠跋涉不觉其苦了。他们迟归了，匆匆奔向全队战友，就像赶赴一个节庆：

> 阿利亚斯少校，阿利亚斯少校……你们之间的这种团结精神，我体会到了。如同火之对于盲人。盲人坐下来，伸出双手，不知道他的舒服感来自哪里。我们执行任务回来，准备得到一种滋味陌生的报偿，而这种报偿，无非就是爱。

我们认不出这就是爱了。我们通常想到的爱，是一种非常感人、激动不已的爱。然而在这里，提出真正的爱，是助人成长的一面关系网。

圣埃克苏佩里跨越了失败的全过程：这一整天，从接受任务开始，他就不停地唠叨，而这个唠叨者，原来是个代理人，并不是他的本体。随后，真正的人出现，在他自身准备的寓所安顿下来。于是，他望见流离失所的人群，便看到了一国人民，他的人民。于是，他跑向大队，如同奔向一堆大火。就这样，通过他这双明目观看，人，真正的人，就成为他和这国人民的共同尺度，也成为战友们的共同尺度。“人，各国人民和各个种族的尺度。”

作者甚至谈到人类大家庭，不过语焉不详，似乎提出一种自然明了的事理，但随即又表示，自然明了的事理根本不存在。可是他又相信，不同国家种族的人走到一起，同样为人，是人将他们联结成一体，互不抵触，可以弘扬各自的习俗，彼此会充实而更加丰富。“树木也是如此表达一体的思想：树枝长得不像树根。”

圣埃克苏佩里长途跋涉朝圣之路，到终点什么也没有发现。仅仅如梦方醒，重又看见先前不再看的东西。阿拉斯的炮火击穿了一层外壳，露出本体，这便是埋在人的沃土中，生命力极强的种子。单凭这颗种子，他就敢说能成为胜利者了。

唯独一种胜利我不能怀疑，那就是蕴含在种子生命力中的胜利。种子播入广阔的黑土地里，就已经胜利在望了。

当然仍需假以时日，以待种子获胜，长成麦子。

今天早晨，还只是一支溃不成军的军队、一群流散的难民。其实，一群流散的难民，哪怕出现一个意识清醒的人，就已经有了纽带，不再是一盘散沙了。石料如果丢弃工地，就是乱散的石头，只要有一个人想建大教堂，这种散乱就只是表面现象了。散乱的泥土块，如果收容了一颗种子，我就不为之担心了。种子必能引导泥土块成为建筑大厦的材料。

作为译者，我引述到此处，忽然发觉我比作者还急切，急切证明《战斗飞行员》的价值，就在于围绕着一次敢死队式的飞行任务，作者以深沉的思考和痛切的剖析，引导世人透过法国在二战初期匮乏的表象，认识深层次的法国，匡正混乱的观点，恢复对法国的信念和希望。算来第二次世界大战爆发快有八十年了，而这部中篇小说出版也近七十六年了，现在读来仍有新鲜感，毫无翻阅老皇历的感觉，倒像看一本经典的散文作品，经常遇到见解精辟的段落，乐得抽出来与有心的读者共赏，好在援引的不是故事情节，算不上剧透。

圣埃克苏佩里在法国文学史上占有一定地位，尤其成为“经典也流行”的作家。他同加缪一样，因意外事故英年早逝，而身后在世界范围内，却拥有与日俱增的读者。法国文学史将他列为“行动派作家”，只因他是职业飞行员，他的小说基本上都取材于他的职业生涯。他和伙伴们驾机开辟邮政航线，出入极境，飞越撒哈拉大沙漠，飞越南美洲的安第斯山脉，在山间遭遇飓风和暴风雨，冒险的航程往往成为极限的考验，搏斗的场面惊心动魄。

《战斗飞行员》则是战争小说。作者认为战争是一种疾病，赌上自身的生与死，是掷硬币的简单游戏，称不上冒险，这是与他前几部小说的最大不同。《夜航》等几部小说中的冒险，是敬业精神的体现，基于所建立的众多协作关系，面临许多困难和问题，不断引发各种创新，呈现一种意气风发的精神状态。《战斗飞行员》则相反，他们在失败的大局中丧失了胜利的信念，执行任务疑虑重重，将战争当作生死游戏了。

正因为如此，这部战争小说非常独特，只有混乱的场面而没有残酷的景象，全书战争的气氛也不是恐怖，而是弥漫着尴尬与荒诞。还有一个突出的特点，没有正面的战争场面，圣埃克苏佩里机组出击，也是碎片化的叙述，同敌人也是远距离接触，类似隔空喊话，颇具调侃意味，尤其经过作者游戏笔触的描绘，执行任务的过程如梦如幻，往往流露诗意的情调。且看这段文字，侦察机在万米高空飞行，“拖了一条珠白色的长带，宛若新娘的纱裙”，疑似有德国歼击机追踪，作者接着写道：

其实，我们有没有被追踪，从地面是否看得见我们拖曳的一大缕长长的游丝，我一概不得而知。

“游丝”令我浮想联翩。我的脑海浮现一个倩影，一开始就觉得十分迷人：“我们好似高不可攀的绝色佳人，正追寻自己的命运，身后缓缓拖曳着冰星的长裙……”

“往左踏一踏操纵杆！”

这话，才是现实。然而，我还是回到自吟自唱：

“……这一转弯儿，引起满天的追求者随之转向……”

往左踏踏……往左踏踏……那也得办得到！（因高空低温冻住）

绝色佳人转身未成。

圣埃克苏佩里就是这样，飞行一路，思考一路，打趣一路，开心一路：

然而，我还继续飞行，一丝不苟，十分认真。我以每小时八百公里，每分钟三千五百三十转的速度，朝德国军队俯冲。

为什么？还用问？吓唬他们！迫使他们撤出法国领土！既然期望我们搜集的情报毫无用处，这种任务不会有别种目的。

调侃这场“怪诞的战争”，他们有这个权利，因为所有牺牲，他们都承担下来了。高兴了就开开这场战争的玩笑，也有权打趣自己的死亡，有权玩赏这种反常现象：为什么还以百折不挠的信念冲向一个自动屠宰场？作者理直气壮地写道：

我有全部权利，只因在这一瞬间，我完全清楚自己的所作所为。我接受死亡。我接受的不是冒生命危险。我接受的也不是战斗。我接受的是死亡。我明白了一个伟大的真理。战争，并不是接受危险，并不是接受战斗。在某些时刻，战士纯粹就是接受死亡。

作者驾驶侦察机，仿佛载着读者梦游，边飞行边讲故事，将他所参加的战争演变成他童年游戏的延续，充分显示他的双重性格，一身兼备成人和孩子的两种特性。这种性格虽非他独有，但是在他身上表现得尤为明显，在他的作品中也有充分的展现。

风靡世界的《小王子》是作者成年后，对明澈无畏的童心童趣的怀恋，也是对现代文明荒诞趋向的批判。作者分身化为飞行员和小王子，二重唱呼唤人世之初淳朴的爱和纯真的性灵。

《夜航》《人的大地》《南方邮航》三部小说，奠定了他的行动派作家的地位。驾机飞行是他一生的爱好，也是他倾心投入的职业生涯。三部小说无论写他钦佩的人还是他本人，都洋溢着他成长的欢欣，冒险精神的激情，以及献身于责任的幸福感。纪德就赞道："《夜航》的主人公，当然没有非人性化，但是升华到一种超人的品德。我认为在这部感人的作品中，尤其令我欣赏的是其高尚。"

《人的大地》则是作者思想认识的升华。短短四五百字的卷头语，就表明他开悟的历程："大地教会我们认识自身"；"农民劳作时，一点一点捕捉到大自然的一些奥秘，从中悟出的真理具有普遍意义"；"飞机，作为航线的工具，也把人搅进所有这些老问题中了"；"夜海茫茫，每处灯火都标志着一种思想意识的奇迹"……

作者在最后一章讲述他在火车三等车厢里所见的情景：面对变成两团泥似的一对夫妇，他发出一声感慨："一只年迈的动物仍保持其风采，而人的漂亮形象，为什么就毁得面目全非了呢？"

全文收笔，称得上格言警句："唯独大写的灵气，如果吹拂了泥胎，才可能创造出大写的人。"铿锵有力，宣示了他的未来作品的精神主旨。

《人的大地》，是1999年初他在美国养伤时创作出版的。此前几年，他还写了五本《笔记》，类似"思想录"，记录了他日常思考的火花，为他创作转型打下思想基础，写出行动和思考并重的作品——《人的大地》。可以说，从此以后，圣埃克苏佩里就成为善于思考的行动文学作家了。

《战斗飞行员》标志着作者的转型臻于完成，极其和谐地发挥了他那双重性格的优势。用他特有的多彩的笔，游刃有余地转换，时而回忆，时而现实，时而游戏，时而沉思，时而观察，时而剖析，围绕着法国败局和飞往阿拉斯这条航线，将这一切交织在一起。举重若轻，化解了诸多难题。

无解的难题，犹如不通向任何真理的歧路，闯进去势必陷入无止境的纷争，就是出上百部专著，也解释不了法国那种混乱局面，无法令世人信服。其实，在大战爆发之前，圣埃克苏佩里就有所预料："显然，德军创建的初衷，就是要发动闪电的进攻，以前所未有的破坏力，以惊人的速度取胜。短则几小时，长则数日，德军就能使我军丧失战斗力。"然而，作者并不仗恃一点明见就强做解人。他在《战斗飞行员》中，作为一名普通法国人，一名战士，经历这场战争，一路不是破解，而是化解世界大战、法国惨败和前途、人类命运的迷局。

他的化解之道，可以套用《红楼梦》的“满纸荒唐言，一把辛酸泪”两句诗，改为“一颗真诚心，满纸荒唐事”，用在《战斗飞行员》上，应是作者所定的调子。他怀着一颗真诚的心，满篇讲述大战初期，他身处的荒唐世界。

我们记得，小说开端一句话：“我就是在做梦。”说得很肯定，还交代他十五岁，念初中，耐心地解着几何题……说着说着，一位学监开门叫走两名同学。接着写道：“他们的中学时代完结了，让人丢进了生活。”正感叹大家进入人生，四分五散，能肯定后会有期吗？房门忽又打开，宣判似的声音叫道：“圣埃克苏佩里上尉、杜泰尔特中尉，到大队长办公室。”

中学时代结束了，这就是生活。作者接着写道：“既然召去，那么我们肯定要出发执行任务。现在是 5 月底，正是大撤退、大溃败阶段。要牺牲飞行队，如同拿几杯水去浇森林大火。到了天翻地覆的时候，还怎么掂量危险呢？”

开篇就制造梦幻的氛围，将跨出中学大门和进入战斗状态嫁接，让读者有所准备，这个三十九岁的汉子驾机执行战斗任务，途中随时都可能变回十五岁少年，往往不合常规，不着边际，还经常插嘴，打趣调侃世间大事，夺过成年人的话语权，甚至讲述童年永恒的记忆。

圣埃克苏佩里驾机，正自沉浸在朦胧的梦幻中，以便排遣弥漫全国的悲观主义和耍花枪的困惑，将尖利的胡蜂似的敌歼击机，幻想成为“爱上我们的求婚者”，正尾随我们“拖曳的长裙”，他的脑海忽然浮现一件遥远的往事，还奇怪怎么会在一种命运中萦回不已，搅得他心绪不宁呢：

> 我要追溯到遥远的童年。童年，这片广袤的土地，是每个人的由来！我从哪里来？我是从我的童年来的。我从童年来，犹如我来自一个故乡。……

那时他五六岁，住在老宅。冬季八点，孩子该睡觉了，大人把小安东尼给忘了。他溜进昏暗的门厅，探索这个神秘的世界。他因恐惧，便爬上一张贴墙的桌子，靠墙壁坐下。恰巧这时，他怕得要命的两位叔父走出一间客厅，没有发现他。他们在无边无际的冰冷门厅来回溜达，他的目光追随他们，竖起耳朵听：“如今这年头儿……”他们说着走远，带走大人的秘密，孩子便在心里重复：“如今这年头儿……”他们如潮水又卷回来，带着让人猜不透的财宝：

> “真荒唐，”一位叔父对另一位说，“荒唐透顶了……”我拾起这句话，当作珍奇之物，我要来试探一下，对我这五岁孩子的头脑有什么效力，我缓慢地默默重复：“真荒唐，荒唐透顶了……”
>
> 就这样，潮水将叔父冲走。潮水又把他们冲回来。这种现象，如星辰一般反复出现，如同万有引力的现象：这开阔了我的视野，让我看到人生还不清晰的前景。我固定在

墙桌上，永生永世，偷听一场密谈，而两位叔父无所不知，郑重讨论，参与世界的创造。这座宅子还可能挺立一千年，两位叔父也会像钟摆似的，慢慢悠悠，继续给这门厅增添永恒的品味。

多优美的童话，含义隽永，发人深省。“人生还不清晰的前景”，就同“真荒唐，荒唐透顶了”一起，叠印在他童年的记忆中，成为荒诞世界永恒的佐证。

童年纯真的性灵，伴随成人深沉的思考，一同飞往阿拉斯，“一百七十五度”，同时还带去一种回忆的回忆，一种伟大的爱，幼年的保姆，蒂罗尔人波拉：在荒诞的战争中，又多了一层保护罩。

那就前往一百七十五度。墓志铭还得改写。好奇怪，一生的经历，怎么一股脑儿聚到一起？我在给自己的回忆打包。这些回忆，从此再也用不上了，对谁都毫无用处了。我还记得一种伟大的爱。妈妈常对我们说：“波拉在信上写了，让我代她拥抱你们所有人……”于是，妈妈就代波拉，一个个拥抱了我们。

作者以一个机组之力，去对抗怪诞的战争，有去无回，十死无生，他的真诚就在百折不挠的信念上，立于不败之地了。然而，他一生多次身陷绝境，最终还是生还了。绝望中抱有希望的，同样是他的信念。怪诞战争已让法国人技穷，多损失一个机组并无意义。

老套路完全失效，他要施展一切花招儿，用怪招儿来对付怪诞的战争，难说不会闯出一条新路。至少，他要在这场颇为滑稽的战斗中，拼上一生的经历，打完他心目中的这场怪诞战争，即戳破怪诞的外表，迫使其显露真相，大白于天下……

“曲折飞行，我的上尉！”

这是游戏的新花样，波拉！右侧踏一脚，左侧踏一脚，引逗他们乱射炮。我若是摔了跤，身上就得肿大包，你肯定用山菊油给我敷肿……暮晚的蓝光真奇妙！

情况更糟，不过，我深入了事物内部。我也掌握自己的全部回忆，以及我的全部积蓄、我的全部爱。我还同样掌握自己的童年：我的童年犹如树根，消隐在黑夜中了……

阿拉斯的火势扩大了……我感觉得出来，那是燃烧着密集的，近乎超重压的肉体，时而有一阵风，仿佛吹斜一棵树……这棵树把阿拉斯紧紧缚在它的根系网中。就这样，阿拉斯的全部营养，阿拉斯的全部储存，阿拉斯的全部精华，都化为汁液，升上去供着这棵树了。……

大火不仅焚毁肉体，同时也焚毁肉体的崇拜。人不再对自身感兴趣了。唯独自己的真实情况才是命根子。他不再割裂了，如果死了，便融合了。他没有丧失自我，而是回归本原。这绝非伦理学家的夙愿。这是一种司空见惯的真理，每天的真理，却被每天的幻象遮蔽了。……

我的肉体哟……我从你这躯体排除来了，我已没有了希望，也没了念想儿！我否认直到这一瞬间我的全部表现，那并不是我在思考，也不是我在感受。那是我的肉体。……

肉体瓦解之日，便是本质显露之时。人不过是一个联系的纽带。唯有联系对人才至关重要。

真正的浴火重生，远远超过飞行队大队长“浴火成长”的期望。从“我就是在做梦”一句开篇，圣埃克苏佩里接受飞往阿拉斯的任务，接着用十七章的篇幅，一路铺陈过来，精彩纷呈，期待的战斗情节达到高潮。从飞临阿拉斯区域到脱险返航，长达五章，将荒诞的战争演示成火焰城堡式的儿童游戏。上面援引的四个片段，是五章中的四个点，勉强能连成一线——战斗飞行的思想轨迹。但是我要说，这样描绘一场战斗的全过程我从未见过，既真实又虚幻，并不采用夸张的语句，但技法奇特：真实的描述却产生虚幻的效果，而虚幻的笔法反而达到真实的目的，真实和虚幻同样给人留下极深的印象。

以上全是我个人的体会，更多的感受还是留给读者。譬如，在那种来不及感到恐惧的时刻，感受每一秒钟都似乎连着永恒，每一秒钟都获取生命的奇妙。再譬如，战斗的陶醉化为生命的陶醉，化为生命的源泉，陶醉其中又是什么样的感觉。如此等等。

诚如作者所言：“认识，绝不是拆分，也不是解释。要进入静观的状态。当然，要静观，首先要身临其境。这是一种艰难的学习过程……”圣埃克苏佩里做到了，实现了第三次升华，精神的升华，才能写出这样一段话。

《战斗飞行员》的主要内容，就是记述了这种艰难的、命悬一线的学习过程。圣埃克苏佩里找到了他所需的概念和语言。他认为任何职责都能助人成长。责任担当，身临其境，他也有明确的表述：

> 我飞越阿拉斯上空，再一次考验自己的真诚。我的肉体，整个肉体，全投入这场冒险中。我就打算全部输掉。就按照这种游戏规则，我毫无保留，全拿出来，只为使其转变，不再成为游戏规则了。我争取到了……参与其中的权利……超越自我的权利……

难能可贵的是，在别人为法国败局的结果所困的时候，他却能净空一切，否定自己的全部表现，由外往内静观，终于摆脱躯壳的拘役，回归本原，回归人的本质——真正的命根子。他回归通明透亮的本体，在这样的精神境界看世界，一切也就通透了：

> 现在，我判事物就更加明晰了。从我感到自己属于法国之后，我就不再抱怨其他法国人了；同样，我也不再设想，法国可以抱怨其他国家。每个人要为所有人负责。法国要为世界负责。法国原本可以向世界提供能够团结的共同尺度。法国原本可以充当世界的拱顶石。设使当时，法国仍保持其品味，保持其光辉，那么全世界就可以通过法

国，组成了抵抗阵营。从此我否认我曾对世界的指责。如果世界缺乏灵魂，法国就应该担当这种角色。

对这样的态度，世界还有什么可说的呢？

最后六章，故事的尾声，读来又像优美的散文，用他深切体会而非臆想的静观的思路，编织出一面人类命运的互联网。全方位的思考和剖析，不留任何死角，心底身外无处不可触及，丰实的内涵和深厚的底蕴，对人的灵魂，对人的思考和认识，至今仍富有启迪的作用。

同一本好书，每人欣赏、感受和感动，都不尽相同，各有内在的原因。我特别赞赏作者解释行为的话：

> 必不可少的行为，在这里有个名称，叫作牺牲。
>
> 牺牲并不意味割爱，也不意味苦修。主要还是一种行为。就是将自身献给要成为的人。唯独为产业做出了一份牺牲，为守业而搏斗过，又为美化它而付出过辛劳的人，才能懂得什么是产业。这样，对产业的爱也就油然而生了。一份产业不是收益的总和，这样看就错了。这是奉献的总和。

产业，事业，不是收益的总和，而是奉献的总和。牺牲，奉献的精神，这年头儿已成稀缺之物，特别值得敬重。圣埃克苏佩里以自己的行为，将一生奉献给要成为的人，言出必行。1943 年，1944

年，作为战斗飞行员，他已超龄八九岁，本可以坦然地继续他那已入佳境的文学创作，可是，他不顾伤残的身体，通过各种关系请求重返战机，为解放法国出力。1944 年 7 月 31 日，他第二次复出后第十次驾机执行侦察任务，返航时降低高度，遭遇敌歼击，一台发动机被击中。他因旧伤不能跳伞自救，为国捐躯。

圣埃克苏佩里以其常人难以做到的行为，在责任上，思想上和精神上，三个层面都做到了他要成为的人。

生命有多大价值，死亡就有多大价值。

圣埃克苏佩里的牺牲，印证了他的话：

> 消失的人在记忆中都很美。人们永远只记得他们最亮丽的笑容。

圣埃克苏佩里给人类留下的不仅是奉献时的笑容，他还给文明留下了生命力极强的种子。

李玉民

2017 年 12 月于广西北海

（伤右腕勉力写出）

战斗飞行员

献给空军2–33飞行侦察大队司令阿利亚斯，献给我的所有战友，尤其侦察上尉莫罗、侦察中尉阿赞伯尔和杜泰尔特，从1939年至1940年，在我所有作战飞行中，他们轮流成为我的同机战友，而我则是他们终身不渝的友朋。

第一章

我就是在做梦。我十五岁了，正念初中。我耐心地解着几何题。我双肘支在黑色课桌上，规规矩矩地使用圆规、尺子、量角器。我安安静静，也很用功。身边有些同学小声说话。有个同学在黑板上写出一排数字。还有几个不大用功的同学在玩桥牌。我不时陷入沉思，张望一眼窗外。阳光下摇曳着一根树枝。我注视了许久。我这个学生，思想溜号了……我乐得玩味这阳光，犹如细品课桌、粉笔、黑板的这种童年气味。我无比喜悦，沉湎于这种备受保护的童年里。我完全清楚：首先是童年、学校、同学，接着考试的日子来临。随后来临的日子，拿到文凭，跨出某一道门，不免一阵揪心，出了门当即就是男子汉了。脚步踏着大地，也随之加重了。已经走上人生之路了。在自己的路上迈出头几步。终于要真刀真枪，跟真正的对手较量了。尺子、量角器、圆规，要用来建造世界，或者要用来战胜敌人。结束了，游戏！

我懂得，一个中学生通常不怕面对生活。一个中学生，还跺着脚急不可待。男人一生的磨难、艰险、辛酸，吓唬不住一个中学生。

不过，我这个中学生倒挺怪，我这个中学生尝到了幸福，并不怎么急于面对生活……

杜泰尔特走过来，让我叫住。

“你坐下，拿这扑克牌，让我给你露一手……”

我真开心，把他的黑桃 A 抽出来。

杜泰尔特在对面，坐着跟我这同样的黑色课桌，垂着两条腿。他笑起来。我只是谦虚地微笑。佩尼科也过来了，手臂搭到我的肩头：

“怎么样，老伙计？”

天哪，这场面充满温情！

一位学监（真是学监吗？……）开门叫走两名同学。他们丢下尺子、圆规，起身出去了。我们目送他们走出教室。他们的中学时代完结了，让人丢进了生活。他们学到的知识有了用途。他们要像男子汉那样，用他们计算的绝招儿，在对手的身上试试身手了。好怪的中学，要一个一个离开。也没有隆重的告别仪式。这两名同学，甚至都没有看我们一眼。殊不知生活难料，也许偶然的安排，把他们送往比中国还遥远的地方。遥远得很啊！中学毕业后，大家进入人生，四分五散，他们能肯定后会有期吗？

我们低下头，我们剩下的人，还生活在孵化器的温暖平安的环境里。

“听着，杜泰尔特，今天晚上……”

这时，那扇门第二次打开，我听见宣判一样的声音：

“圣埃克苏佩里上尉、杜泰尔特中尉，到大队长办公室。”

中学时代结束了，这就是生活。

“你呀，早就知道，该轮到我们啦？”

“佩尼科今天早晨试飞过。”

既然召去，那么我们肯定要出发执行任务。现在是 5 月底，正是大撤退、大溃败阶段。要牺牲飞行队，如同拿几杯水去浇森林大火。到了天翻地覆的时候，还怎么掂量危险呢？全法国空军侦察部队，还有我们五十个机组。五十个三人组合的机组，我们 2–33 飞行大队就有二十三个。三周时间，二十三个机组中，损失了十七个。如蜡烛一般，我们融化了。昨天，我还对加瓦勒中尉说：

“等战后再瞧吧。”

加瓦勒却回了我一句：

“我的上尉，您总不至于指望战后还活着吧？”

加瓦勒不是开玩笑。我们都十分清楚，现在别无选择，只能把我们投进火坑，哪怕是无用之举。全法国，我们仅有五十个机组。法国军队的整个战略，就落到我们肩上啦！无边的森林大火熊熊燃烧，要牺牲几杯水去灭火：那就牺牲掉吧。

就应该如此。谁还会想到抱怨呢？在我们这里，听到别的什么话了吗？只有：“是的，长官。是的，我的长官。谢谢，长官。明白了，我的长官。”然而，这场战争的收尾阶段，给人的所有的印象中，有一种主导的印象，那就是荒谬。我们周围一切都崩塌了。一切都倾毁了。如此全面彻底，甚至连死亡本身都显得荒谬。在这样的天下大乱中，连丧失生命都欠缺严肃性。

我们走进阿利亚斯司令官的办公室。（现今他在突尼斯，仍然指挥同一个 2–33 飞行大队。）

“你好，圣埃克斯。你好，杜泰尔特。请坐吧。”

我们坐下来。司令将一张地图铺到办公桌上，转身对勤务兵说：

“去把气象报告给我拿来。”

然后，他就拿铅笔轻轻敲打桌子。我观察他，只见他满面倦容，显然没有睡觉。他坐汽车东奔西跑，寻找一个幽灵参谋部：师参谋部、军分区参谋部……他向军需库力争，给他们提供零配件。他还困在公路上，挤得水泄不通。他也指挥了飞行大队最后这次转场，最后这次驻扎。要知道，我们总被迫换驻地，就像可怜的穷人总被一个毫不容情的执达员追赶。阿利亚斯一次一次保全了飞机、卡车和十吨的物资。不过，我们也能猜想出，他的体力和精神完全透支了。

“唔，事情是这样……”

他一直敲着桌子，并不看我们。

“真难办……”

他随即耸了耸肩。

“这次任务特别难办。但是参谋部他们坚持这么安排。他们态度很坚决……我争论过了，但是他们坚持不变……事情就是这样。”

我和杜泰尔特张望窗外：天空一片宁静。我听见母鸡咯咯的叫声，因为大队部就设在农场，情报室则设在一所学校里。夏天，水果成熟，小鸡长肉，小麦拔高，我不会拿这些去抵触面临的死亡。我看不出夏日的宁静怎么就会驳斥赴死，也看不出事物的温馨怎么就具有嘲讽意味。但是，我萌生一个模糊的念头：“这个夏天要弄糟了。一个出了故障的夏天……”我见过那么多遗弃的打谷机，遗弃的割捆机。在路边的沟里，那么多抛锚而被遗弃的汽车。那么多村庄被抛弃了。空荡荡的村子，还有水龙头在流水。清水积成了水塘，而当初花费多少人工修建管道才得到清洁的水。猛然间，我脑海里浮现一幅荒谬的图景。这便是停摆的钟。所有钟都停摆的图景。村庄教堂的钟。火车站的钟。空空壁炉上的座钟。离家逃难的钟表匠的橱窗里，一大堆死钟表的骷髅。战争……不再给钟表上弦了。甜菜烂在地里没人收了。列车车厢也没人修理了。而引来的水，用以饮用，或用以清洗村女礼拜穿的花衣裙，如今在教堂前积聚成水塘。而且，人要死在这夏天。

好像我生了病似的，这位医生对我说："真难办……"于是，就得想到公证人，想想留在世上的人。其实，杜泰尔特和我，我们都明白，这是一个敢死队的使命。

"鉴于当前的局势，"少校最后说，"就不能过多顾虑危险了……"

当然，"不能过多顾虑"。不能怪任何人。不能怪我们有些感伤。不能怪少校很不自在。也不能怪参谋部下达命令。少校执行得非常勉强，因为这种命令很荒诞。荒诞的命令，这一点我们知道，其实，参谋部本身也知道。他们下达了命令，只因这命令必须下达。在一场战争中，参谋部就只管下达命令。命令下达给英武的骑兵队，或者到了近代，下达给摩托化部队。哪里一片混乱，局面失控，哪里就会飞驰而来英勇的骑兵，纷纷跳下汗气腾腾的马背，指明未来，犹如指引三王朝圣的那颗亮星①。骑兵带来了真理。而下达的命令就是为重建世界。

这就是战争的图解。表现战争的彩色画片。人人都尽心尽力，

---

① 据《圣经·新约》，耶稣在伯利恒降生后，有三名博士来到耶路撒冷，他们说在东方看到犹太人之王的星在这里，特来拜谒。

要让战争像个战争的样子。

正是为了让这场战争像一场战争，就得牺牲他们这些机组，并非要达到什么明确目标。谁都不承认，这场战争什么都不像，一点意义也找不出来，什么图解也不对路，有人还一本正经地操纵木偶，殊不知拉动的线绳已经断了。各级参谋部仍然那么自信，发出这些命令，却下达不到任何地方。他们要求我们提供的情报，也根本不可能搜集到。航空兵承担不起向参谋部解释战争的重任。侦察机通过观察，可以核实一些假象。然而现在，假象都不复存在了。他们却敦促这五十个机组，给一场面目全非的战争塑造一张脸谱。他们求助我们，如同向一群用纸牌算命的女人求卜。我瞧着杜泰尔特，我的侦察员算命师。昨天，他对师部的一名上校提出异议："飞机以五百三十公里的时速，离地面十米高飞过，我怎么能给您标出阵地的位置？""喏，您总能看清谁朝你们开炮！如果有人向你们开炮，那准是德军阵地。"

"我好一阵打趣。"争论过后，杜泰尔特一句总结。

要知道，法国士兵从来就没见过法国飞机。法国飞机虽有上千架，但是从敦刻尔克散布到阿尔萨斯，说白了，这些飞机都消融在无限中了。因此在前线，只要有飞机呼啸而来，那肯定就是德国战机。不等它投炸弹，最好抢先把它干掉。飞机单凭轰鸣声，就足以成为高射机关枪和速射高炮的目标。

"采取这种方式，"杜泰尔特补充道，"他们获取的情报肯定特别宝贵！……"

肯定会受到重视，因为在战争的图表中，必须重视情报！……

“是啊，不过，战争也就诡谲多变了。”

好在——我们心里明镜似的——根本没人理睬我们的情报。我们也传递不上去。公路必定堵塞。电话难免出故障。参谋部准得紧急转移。关于敌人阵地部署的重要情报，将由敌人亲自提供。就在几天前，我们在拉昂①讨论了战线的可能位置，便派一名中尉联络官去见将军。从我们的基地到司令部的途中，中尉的汽车撞见一辆压路机横在公路上，而压路机后面隐蔽着两辆装甲车。中尉的车刚掉头，一阵机关枪扫射过来，当场打死了中尉，伤了司机。那是德军装甲车。

其实参谋部就好比一个桥牌手，隔壁房间有人问他：

“我这张黑桃皇后怎么办？”

这个落单的人耸耸肩膀，他根本没有看到牌局，怎么回答呢？

可是，参谋部则无权耸肩了事。参谋部只要还控制一部分军队和装备，就得安排行动，以便牢牢掌握在手中，而且，只要战争还在继续，就得碰碰各种运气。尽管盲目，参谋部也必须行动，并且下令行动。

当然，事情也很难办，不能随意分配给黑桃皇后一种角色。按说，我们已经看到了，起初十分诧异，继而又视作我们本来能预料到的一种明显事实，就是大崩塌一开始，便无事可做了。人们以为，战败者是被问题汇成的一股湍流淹没的，而为了解决这些问题，就

① 拉昂：法国东北部埃纳省省会。

穷折腾自己的步兵、炮兵、坦克、飞机……其实，失败首先掩盖了问题。面对这种牌局，他们完全蒙了头，不知道该如何派用飞机、坦克、黑桃皇后了……

脑汁已经绞尽，他们只好随意将黑桃皇后掷到桌子上，以便发现这张牌究竟起什么作用。整个情绪不是振奋，而是无比尴尬。唯有胜利才能让人欢呼雀跃。胜利就能组织部署，胜利就能建设。人人都搬运石头，累得气喘吁吁。反之，失败就把人泡进一种失调、厌烦，尤其是浅薄短视的氛围中。

因为，要求我们完成的任务，首先就是短视浅薄的。而且，这种情况日甚一日了。越发血腥，也越发离谱了。那些下命令的人，已经一筹莫展，就只得将最后几张王牌摔到桌子上，以图阻挡整座山体滑坡。

我和杜泰尔特都是王牌，我们听从少校的调遣。他向我们阐明了下午出战的计划。他派我们在万米高空长途飞行，再折回来，从七百米低空飞越坦克停放场地，他那话语的声调，就好像随口对我们说：

“你们就按照我说的，走右边第二条街，一走到广场的边角，就能看到一家烟草店，进去给我买几包火柴来……”

“好的，少校。”

这项任务，谈不上更有用，也谈不上更没用。交代任务的话语，谈不上更深情，也谈不上更薄情。

我心下暗道：“敢死队的任务。”我想……我想到好多事情。我要等到夜晚，如果还活着的话，夜晚再多多思索。但是，那得活着……任务容易办的时候，三个人只能回来一个。任务有点难办时，那显然就更难回来了。而在这里，在司令的办公室里，我觉得赴死既不严肃，也不崇高；既算不上英勇，也不会痛断肝肠。死亡，只是混乱的一种标记。混乱的一种结果。侦察大队要失去我们，就好像有人乘火车，在换车的混乱中丢失行李那样。

并不是说我不考虑战争、死亡、牺牲、法兰西，不考虑任何别的事，但是我缺乏主导的概念、明晰的语言。我的思考中矛盾重重。我求的真理碎片化，只能一个碎片一个碎片来察看。我若是能活下来，就等到夜晚进行思索。钟爱的夜晚。夜晚，理智入睡了，唯独单纯的事物存在。真正重要的事物就能恢复原状，没有被白天的分析毁掉而幸存下来。人拼合了自己的碎片，重又变为平静的树。

白天用来家庭吵闹，可是夜晚，争吵的夫妇又找回了恩爱。因为，爱情比口角这阵风更强大。男人在窗口支着臂肘，在星光下，重又担负起责任，要管睡觉的孩子、度日的面包、歇息的妻子：她在那儿打瞌睡，显得多么脆弱、娇嫩，人世的过客。爱，就容不得讨论。就是现实存在。让夜晚来临吧，让值得爱的明白无误的真理向我显现吧！让我思考文明、人的命运、在我的国家友情的品味。让我期待服务于某种不可抗拒的真理，尽管眼下，也许还说不清楚……

眼下，我活似一个被圣宠抛弃的基督徒。我还会老老实实，跟杜泰尔特一起，扮演好自己的角色，这是确定无疑的，不过，也就像维护已空无内容的宗教仪式。只因上帝抽身走了。如果能活着回来，我就等夜晚来临，到大路上走一走，沿路穿过笼罩在我所钟爱的孤独之中的村庄，想通了我为什么应该赴死。

第 二 章

我从冥想中醒来。少校提出一个怪异的建议，大大出乎我的意料：

“这么着，这次任务，您若是觉得烦透了……您若是觉得身体状况不佳，我可以……”

“瞧您说的，少校！”

少校也清楚，这种建议是荒谬的。然而，当一个机组没有返航，大家这才想起出发时，他们神情那么凝重。大家将那种凝重的神情解释成一种预感的表露，当时忽略了，想想真该自责。

少校如此顾虑，倒让我想起以色列。那是前天的事，我在情报室窗前吸烟，瞧见快步走过的以色列。他那鼻子红红的。一个犹太人标准的大鼻子，还那么通红。看着以色列的红鼻子，我就觉得心头凛然一惊。

我对总是注视自己鼻子的这个以色列，有一种深挚的友谊。他是全队最勇敢的飞行员之一。最勇敢的一个，也是最谦虚的一个。别人总向他大谈犹太人如何谨慎，他听多了，恐怕就把他的勇敢也当作谨慎了，他就这么谨慎而每每成为胜者。

且说我注意到他那红红的大鼻子，但是一闪而过，只因脚步很急，一下子就把以色列连同他的鼻子带走了。我毫无开玩笑的意思，回身对加瓦勒说：

“他怎么长这样一个鼻子？”

“那是他母亲给他的。”加瓦勒回答。

不过，他又补充一句：

“低空侦察，好怪的任务。他走了。”

“噢！”

那天傍晚，我们不再等待以色列返航了，我当然就想起他那个鼻子，植于一张毫无表情的面孔上，以一种天赋灵性，独自表露出最沉重的忧虑。如是由我命令以色列出战，那么，他那个鼻子的形象就挥之不去，久久萦绕在我的脑际，宛若一种责备。自不待言，以色列接受出发的命令，不会有半句异议，只有：“是的，少校。好的，我的少校。明白，我的少校。”同样，以色列也不会放任脸上肌肉有一丝抽搐。不过，那个鼻子，却缓缓地、隐隐地、自作主张地发亮了。以色列控制住了面部的表情，却管不了鼻子的颜色。鼻子便有机可乘，不声不响替他表态。在以色列不知不觉中，鼻子就向少校表示了强烈反对。

或许正因为如此，少校不爱派他想象中会被预感压垮的人出战。预感几乎总是给人错觉，但也的确给战斗命令附上一种判决书的声调。可阿利亚斯是一位长官，而非法官。

有一天，这种情况就出现在军士身上。

以色列有多勇敢，军士 T 就有多胆怯。他是我所认识的唯一真正感到恐惧的人。有人向 T 传达参战命令，便在他身上引发一种眩晕的怪异升级。这是一种简单而缓慢的、无法抑制的现象。T 从双脚开始，传向头部，缓慢地僵硬起来。他的面部仿佛洗净了一切表情。但是，眼睛开始发亮了。

以色列的鼻子，在我看来那么懊丧，因以色列可能送命而懊丧，同时又大为恼火；T 则恰恰相反，他根本就没有内心活动。他不是反应，而是蜕变。别人交代完任务时，就发现在 T 身上仅仅点燃了惶恐。惶恐在他的脸上散布开来，透出一种均匀的亮光。而且，从那一刻起，T 就好像遥不可及了。别人感到有一片冷寂的沙漠，在宇宙和他之间逐渐扩大。在世上任何地方，任何人身上，我都从未见过灵魂出窍的这种形态。

“那天，无论如何我也不该放他走。”后来，少校还这么说。

那天，少校向 T 宣布出战命令，他不仅面失血色，还开始微笑。就那么干笑。刽子手行刑时做得如果太过分，受刑人或许也会这样。

“您状态不佳，我把您替换下来……”

“不，我的少校。既然轮到我了，那就该我去。”

T 立正站在少校面前，直勾勾看着他，却一动不动。

“不过，如果您觉得心里没底……”

“轮到我了，少校，轮到我了。”

“瞧您说的，T……”

“我的少校……”

这个人，活似一块顽石。

阿利亚斯说道：

“于是，我就让他出发了。”

后来发生的情况，始终得不到解释。T 是战机的机关枪手，遭遇敌一架歼击机企图袭击。但是敌机的机关枪卡壳了，便掉头飞走。飞行员和T返航，一路说话，接近基地了，飞行员没有注意到有什么异常。差五分钟就到达了，他却得不到回声了。

傍晚时分，我们找到了T：他的脑壳被飞机尾翼撞碎。飞机全速飞行，他是在危难的条件下跳了伞，而这事却发生在我方控制的领土上，已没有任何危险威胁了。遭遇的那架敌歼击机起了作用，仿佛一种不可抗拒的召唤。

“你们去穿好衣服，”少校对我们说，“五点三十分起飞。”

“再见，我的少校。”

少校略微打了个手势，代替回答。是迷信吗？我的香烟灭了，我徒然摸索一阵衣兜。

“您怎么就从来不带火柴呢？”

这话一点不错，而我在这告别声中跨出门槛，心中自问：

“我怎么就从不带火柴呢？”

“他挺讨厌这次任务的。”杜泰尔特指出。

而我，心中却想：“他才不在乎呢！”我冒出这句不公正的赌气话，当然不是针对阿利亚斯。我恼火是因为这样一个明摆着的事实，谁也不承认：精神的生命时断时续。唯独智慧的生命持之以恒，或者近乎如此。我的各种分析能力，鲜有起伏变化。但是精神毫不重视事物，只看重事物内在联系的意义。是透彻观察到的面目。精神从面面俱到的视觉，过渡到绝对的盲目。人总要经历这样一种时刻：爱自己专业的人，忽然发现各种物件是一堆杂合；爱自己妻子的人，忽然看到恩爱中只有忧虑、挫折和束缚；而欣赏某一乐曲的人，就忽然听不到一点优美的旋律了。同样，我现在就是经历这样的时刻：再也不理解自己的国家了。一个国家，并不等于山河、风俗习惯与资源财富的总和，这些全是我的智力抓得住的东西。国家是一种生命体。我经历这样的时刻，忽然发现自己对生命体存在视而不见了。

阿利亚斯去见将军，通宵讨论纯逻辑问题。纯逻辑，这要毁了精神生命。接着，他在路上，又无休无止堵车，弄得精疲力竭。接着，回到大队，又面对层出不穷的物质困难，都是一点一点销蚀你身心的难题，如同无法遏止的山体滑坡所产生的难以估量的后果。最后，他把我们召去，好把我们抛进不可能完成的使命中。我们就是分崩离析中的物件。我们，在他眼里，并不是天赋个性的圣埃克苏佩里或者杜泰尔特，他无视我们以独特的方式观看或者不看事物，以独特的方式思考，走路，饮酒，微笑。我们只是一座大建筑物的砖瓦，而那大建筑物，则需要多些时间，多些静默，多后退几步，才能够发现。如果我的面部肌肉患上抽搐的毛病，那么，阿利亚斯就只注意面部抽搐，他派往阿拉斯去的就只是面部抽搐的形象。在所提的问题一片混乱中，在全局分崩离析中，我们本身也散成了碎片。这种声音。这个鼻子。这种面部肌肉的抽搐。而这样的碎片就打动不了人心了。

这里讲的不是针对阿利亚斯少校，而是针对所有人。在葬礼的苦差使过程中，我们爱的是死者，我们并不同死亡接触。死亡是一件大事。死亡是与死者的思想、物品、习惯新建立的一个关系网。死亡是世界的一种新安排。表面上毫无变化，其实面目全非了。书的页码依旧，但书的意义已非当初。为了感受死亡，我们必须想象我们需要死者的那些时光。因而，他让人想念。想象他可能需要我们的时光。可是，他不再需要我们了。想象友朋造访的时刻。随即发现这一时刻空闲了。我们必须瞻望生命的前景。但是埋葬那天，既没有前景，也没有空间。死者仍然支离破碎。葬礼那天，我们四散踱步，跟真朋友或假朋友握手，忧虑着物资的问题。只有等到次日，死者才能安静地死去，才能亮给我们完整的死者形象，以便完整地挣脱我们的实体。到了那时，我们才会呼号，因为那个人走了，我们再也留不住了。

我不喜欢用埃皮纳勒[①]那种风格的彩图来图解战争。老兵油子不流一滴眼泪，用粗鲁的怪话掩饰内心的感情。这话不对。老兵油子什么也没有掩饰。他抛出怪话，那怪话就是他的想法。

这绝不能怪到人品上。阿利亚斯少校极富同情心。如果我们有去无回，也许他心里比谁都难受。只要是牵涉我们，而不是一大摊子纷乱的杂事。只要能让他沉静下来，在记忆中重新构建这段经历。要知道，这天夜晚，紧追不舍的执达员还逼迫我们迁移，在问题如雪崩的混乱中，一辆卡车爆胎抛锚，就将推迟我们去送死。那样的话，阿利亚斯也就会忘掉为此难受了。

我就是这样出发执行任务了，心中并没有想西方同纳粹的斗争，而是想眼前具体的事。我想到七百米低空飞越阿拉斯的行动多么荒谬。想到期望我们获取情报又多么虚荣。还想到我穿衣动作缓慢，

---

① 埃皮纳勒：法国孚日省省会，一度是彩色画片的出版中心。

就觉得是要打扮好去见刽子手。还有，想到我的手套。活见鬼，手套怎么不见啦？我的手套也丢了。

我再也看不见我居住的大教堂了。

我穿好衣服，要去侍奉一尊已死的神。

第 三 章

“你快点啊……我的手套呢？……不对……不是这副……在我包里找找……”

“找不着啊，我的上尉。”

“你真是个笨蛋！”

他们全是笨蛋。找不着我手套的这个人。发动这场荒唐战争的希特勒。还有参谋部的那个家伙，就是一根筋，硬要派人低空侦察。

“我要你给我一支铅笔。说了有十分钟了……你没有铅笔吗？”

“有哇，我的上尉。”

总算有个聪明人。

“铅笔拴上一根线，你再把线套进这个扣眼里……怎么了，机枪手，你好像不紧不慢的？……”

“就因为我准备好了，我的上尉。”

“哦，好哇！”

还有侦察员，我又冲他去了：

“还行吧，杜泰尔特？什么也不缺吧？航线都计算好了吧？”

“航线定了，我的上尉……”

得了。他确定了航线。一个献身的使命。我真想问问您，牺牲一个机组，只为获取没人需要的情报，这是不是明智呢？况且，即便我们有一个活着带回情报，永远也不可能送达任何人……

“参谋部那些人，就应该招聘些招魂巫师。”

“为什么？”

“就为了今天晚上，在一张旋转桌上，我们能把他们要的情报传递给他们。”

我讲这种怪话，也并不十分得意，但还是难免发牢骚：

“参谋部，参谋部，这种敢死队的使命，干脆由他们参谋部的人执行吧！”

如果估摸任务没有生还的希望，细心披挂起来就是为了去活活烧死，那么穿戴的仪式就尽量拖长了。一件一件套上三层飞行服，真得费一番气力，还得像货郎担那样，嘀里嘟噜挂满了全套附属设备，捋开氧气管、暖气管、机组人员通话线路。呼吸，我是要戴着氧气面罩。有一根胶皮管，把我同飞机相连，如脐带一般性命攸关。飞机通过管道，进入我的血液的常温中。飞机通过管道，同我进行人际交流。从一定意义上讲，有人在我和我的心脏之间，安上了一些器官。我每分钟都变得越发沉重，越发不灵便，越发难以活动了。我要全身一起转动，想俯身系皮带，或者拉开发滞的拉锁时，所有关节都嘎嘎作响。我的旧伤口也感到疼痛。

“给我另一顶头盔。我已经跟你说过二十五遍了。我不愿意戴自己的这顶，太紧了。”

因为，天晓得有什么奥秘，升到高空脑袋要发胀，头盔在地面戴着合适，到了万米高空，就会像钳子一样，紧箍着脑壳。

“您这头盔，我的上尉，就是另外那顶。我换过了。”

“哦，好的！”

要知道，我这绝对是发牢骚，但是毫无愧疚之感。我自有道理！况且，这一切都无足挂齿。在这一时刻，大家都在穿越我所讲的内心沙漠的腹地。这腹地只有我们的残骸碎片。我甚至毫不羞耻地企盼发生奇迹，从而改变这天下午的进程。譬如，传声器出了故障。传声器没有不出毛病的！全是次等货！传声器出故障，这就打消了这一献身的使命……

韦赞上尉脸色阴沉，前来找我。韦赞上尉总是这么阴沉着脸，来找我们每个要出发执行任务的人。韦赞上尉在我们这里，负责同监视敌机动向的机构联络。他的工作就是向我们通报敌机的动向。韦赞是我深深喜爱的朋友，不过，他是乌鸦嘴，我一看见他就悔之莫及。

“老兄，”韦赞对我说，“这真难办，真难办，真难办！”

他从口袋里掏出一份材料，随即狐疑地瞧着我。

“你从哪儿冲出来？”

“从阿尔贝。”

“果然如此，果然如此。噢，这很难办！”

“你别装疯卖傻了，到底怎么啦？”

“你不能出发！”

我不能出发！……韦赞，他真好！他是从天主那里求得了传声器出故障！

“你通不过去。”

“我怎么就通不过去？”

“因为在阿尔贝上空，敌人布了防：有三架德国歼击机不间断地巡航，一架在六千米高空，一架在七千米，另一架在一万米。在接班的飞机到来之前，任何一架都不准离开防区。他们布控成设防禁区。你那是自投罗网。还有，喏，你瞧瞧！”

他展开一张纸给我看，上面草草画着看不懂的图示。

韦赞，最好别来跟我捣蛋。“设防禁区”这种说法刺激了我。我想到红灯和违章。当然，在我们的任务上，交通违章，就意味着死亡。我对“设防”特别反感，就觉得那是针对我个人的。

我的大脑一阵活跃。敌军总是“设防”保卫自己的阵地。这种话说了等于白说……而且，我才不在乎歼击机呢。我下降到七百米高度时，打下我来的是高射炮。那些高射炮绝不会放过我！猛然间，我变得咄咄逼人了。

“总之，你忙不迭跑来，就是要告诉我，那里有德国战机，我出航就极不谨慎！还是跑去报告将军吧！……”

韦赞不用费什么劲，就可以友善地让我安心，只要把他渲染的敌机说成：几架歼击机在阿尔贝一带慢悠悠地遛弯儿……

不折不扣，还是同样的意思。

第四章

一切准备就绪。我们在机舱里各就各位。只待试试传声器了……

“我的声音听得清楚吗，杜泰尔特？”

“听得很清楚，我的上尉。”

“您呢，机枪手，我的声音听得清楚吗？”

“我……是的……很清楚。”

“杜泰尔特，机枪手的话，您听见了吗？”

“我听得很清楚，我的上尉。”

“机枪手，您听见杜泰尔特的话了吗？”

“我……是的……很清楚。”

“您为什么总说：‘我……是的……很清楚？’”

“我在找我的铅笔，我的上尉。”

传声器没有毛病。

“机枪手……氧气瓶气压正常吗？”

“我……是的……正常。”

“三瓶都正常？”

“三瓶都正常。”

“准备好了吗，杜泰尔特？”

“准备好了。”

“准备好了吗，机枪手？”

“准备好了。”

“那就出发。”

于是，我起飞了。

第五章

惶恐的起因，是丧失了真正的身份。如果我等待能决定我幸福还是绝望的一个信儿，我就好似被抛进了虚空。只要心还悬着，没有确定，我的感情和我的态度，无非就是一种临时的伪装。时间不再像树木那样，分分秒秒树人，一小时之后树起寓于我身上的这个真正人物。这个陌生的我，就像个幽灵，从外部走来与我会合。于是，我感到一阵惶恐。坏消息引起的不是惶恐，而是痛苦，这就是另一码事了。

现在好了，时光不再空耗流逝了，我终于稳坐在自己的职位上，不再把自身抛进一种没有形貌的未来中。我不再是那个或许要随着大火的旋涡飞旋的人。未来也不再像一个陌生的幻影那样，烦扰得我不得安生了。从此以后，我的行为就会接连组合成未来。我就是操控驾驶方向盘的人，以便保持三百一十三度。而驾驶方向盘调节着螺旋桨的转速、油箱的温度[1]。这都是随时操心的正事。这就是操劳家务事，一天应尽的小义务，从而消除人逐渐老去的况味。白天就化为明亮的房间、光滑的地板、充足的氧气。我也的确调节着氧气流量，只因我

---

① 高空寒冷，防止油箱凝结，对圣埃克苏佩里是个很棘手的难题。

们爬升得很快：七千五百米高了。

“氧气，还行吧，杜泰尔特？您感觉好吗？”

“还行，我的上尉。”

“哎，机枪手，氧气可以吗？”

“我……是的……可以，我的上尉。”

“您的铅笔还没有找到？”

我也变成了这样的人：按一下按钮 S，再按一下按钮 A，以便控制我的两挺机关枪。还有……

“哎，机枪手，您向后射击[①]的范围，没有太大的城镇吧？”

“唔……没有，我的上尉。”

“那就开火，试试您的机枪。”

我听见嗒嗒嗒的枪声。

“发射正常吧？”

“发射正常。”

“几挺机关枪都正常？”

“哦……对……都正常。”

我也打了机枪。我心中暗道，在我方广阔的田野上空，毫无顾虑地胡乱扫射，子弹会打到哪里呢？这样射击从来不会伤害任何人。大地宽广得很。

就是这样，每分钟都为我增添新的内容。我这样的生物体，就像正在成熟的水果，无须焦虑什么。我周围的飞行条件，当然会起

① 机枪手面朝机尾，与驾驶员座位反向，朝机身后面射击。

变化。条件连带问题。不过，我已全身心投入，创造这种未来。时光在一点一点塑造我。儿童绝不会恐惧慢慢成为一个老人。孩子玩孩子的游戏。我也玩我的游戏。历数起来，我这王国有仪表盘、手柄、按钮、操纵杆，还有一百零三个部件要核对，要拉动，要拧转，要推进。（我把操作机枪算作两个，枪上有保险栓，这也算不上弄虚作假。）今天晚上，我要逗弄逗弄我寄宿的农场主。我要问他：

“如今的飞行员，要操纵多少器件，您知道吗？”

“这您让我怎么知道。”

“没关系。您说个数吧。”

“您想让我说多少呢？”

这个农场主，还真不懂得凑趣。

“您就随便说个数吧。”

“七个。”

“一百零三个。”

看他那惊呆的样子，我会非常开心。

将我围住的所有这仪表器物，无不各就各位，显示其意义，这也有助于我平静心态。这些管道线路，如同人体的内脏，构成了循环系统。我就是飞机伸展的一个机体。飞机为我创造舒适的状态；我一拧动某个旋钮，我的衣服和吸入的氧气就逐渐转暖了。可是，氧气一过热，就熏烤我的鼻子。氧气供给也有一个复杂的装置，随着飞行高度自动调控。是飞机供给我营养。飞机起飞之前，在我看来是不通人性的，而现在，我得到飞机的喂养，就感到一种亲子般的柔情。一种吃奶婴儿的亲情。至于我的体重，已经分配到各个支撑点上。我这套了三层的厚重飞行服、我这背上沉重的降落伞，全都靠在座椅上。我这双肥大的鞋子放在脚踏操纵杆上。我的双手戴着又厚又板的手套，在地面显得特别笨拙，操纵方向盘却十分自如。操纵方向盘……操纵方向盘……

“杜泰尔特！”

“……尉？”

“先检查一下您那儿的接头。我只能断断续续听到您的话。我说话您听见了吗？”

“……听……您……上……”

“把您那破玩意儿晃一晃！您听见我了吗？”

杜泰尔特的声音重又变得清晰了。

“听得非常清楚，我的上尉！”

“好哇。对了，今天，操纵系统还是有点冻结：方向盘转动费劲，而脚踏操纵杆完全卡住了！”

“真开心。高度多少？”

“九千七。”

“有多寒冷？”

“零下四十八摄氏度。您呢，氧气行吗？”

“还行，我的上尉。”

“机枪手，氧气行吗？”

没人应声。

“机枪手，嘿！”

没人应声。

“杜泰尔特，听见机枪手的声音了吗？”

“什么也没听见，我的上尉……”

“招呼他！”

“机枪手，喂！机枪手！”

没人回应。

不过，在俯冲之前，我先猛地摇晃一下飞机，他若是睡着了，就能摇晃醒。

“我的上尉？”

“是您吗，机枪手？”

“我……哦……是的……”

“您不大肯定？”

“不是！”

“刚才您为什么不回答？”

“我试试无线电，就把插头拔了！”

“您真是个浑球！那得先打声招呼！差一点我就俯冲了：我还以为您死了呢。”

“我……没有。”

“您这话我相信。别再跟我来这套把戏！拔插头之前，他妈的，先跟我打声招呼！”

“对不起，我的上尉。没问题，我的上尉。以后打招呼。”

要知道，人体对缺氧并不敏感，起初隐隐还觉得挺惬意，但是几秒钟工夫，人就进入昏迷状态，只需几分钟便死去。可见，经常检查氧气输送情况是必不可少的，同样，飞行员也必须询问机上人员的状况。

因此，我不时掐一掐头盔上的输气管，以便品味冲鼻子的一股股供养生命的热气。

总之，我在从事自己的行业。富有意义的这些举动，本身就自得其乐，我从中只产生身体的快感。我既不觉得面临巨大危险（我穿飞行服时，却曾极度不安），也未感到在履行重大职责。西方与纳粹的斗争，这一次就纳入我的范畴，仅限于扳动手柄、操纵杆，动一动开关。情况就是这样。圣器管理员对上帝的爱，就转化为爱点燃蜡烛。圣器管理员走路四平八稳，走在他视而不见的教堂里，让枝形烛台一枝一枝绽开花朵。烛台全部点亮之后，他搓搓双手，感到挺自豪。

我呢，也同样出色地调节好螺旋桨的转速，航向的偏差保持在一边。若能让杜泰尔特看一眼罗盘，他一定会惊叹不已。

“杜泰尔特……我……罗盘航向……还行吗？”

“不行，我的上尉。漂移太大。朝右调一调。”

自讨没趣！

“我的上尉，飞过了前线，我开始拍照。您那高度表上海拔多少？”

“一万米。”

第六章

“上尉……罗盘！”

果然，我朝左偏航了。这绝非偶然……是阿尔贝那座城市在推移我。离这么远，我就猜出它在前方。它那“设防禁区”的全部重量，已经沉重地压向我的身体。这厚实的肢体里，究竟隐藏着何等记忆！我的肉体记得突然坠落，颅骨开裂，像糖浆一般黏稠的昏迷，医院中的黑夜。我的肉体怕受到打击，试图避开阿尔贝城。我一时疏于监视，就往左倾斜了，就像一匹老马往左用劲：一旦被障碍吓着了，终生都不忘提防。我指的是我的躯体，而不是我的精神……稍不留神，我的躯体就打鬼主意，趁机避开阿尔贝城。

因为，我现在丝毫也感受不到有多艰难了。我不再期望有什么变故而错过这次任务了。我觉得那会儿，我曾萌生了这种期望，心下暗道：“传声器会出毛病。我很困倦。我要去睡觉。”我将懒惰这张床想得妙不可言。不过，我内心深处也知道，错过一次任务，休想期待什么，只会咀嚼一种苦涩的失意。犹如必经的一次蜕变却失败了。

我不免想起念中学时……那时我还是个少年……

“……上尉！”

“什么？”

“不，没什么……我以为望见……”

我可不怎么喜欢他以为望见的东西。

是的……还是少年，念初中，起床太早了。清晨六点钟起床。天又寒冷。起来揉着眼睛，先就为无聊的语法课而愁苦了。因此就幻想病倒该多好，醒来就躺在病房里，有戴着锥形白帽的修女护士将甜药汤端到床前。这样的乐园让人无限遐想。那时候，我若是感冒了，当然就故意用劲咳嗽。我在病房里醒来，听见为别人敲钟。我弄虚作假如果过分了，也会受到那口钟的惩罚：将我变成鬼魂。外面的钟声报真正的时刻：严肃上课的时间，喧闹的课间休息，温暖的饭厅吃饭的时间。大钟在那外面，为活着的人营造一种高密度的生活，其中富含烦恼、急躁、欢欣、懊悔。可是我呢，我成了躯壳，被人遗忘，喝着乏味的药汤，躺在潮乎乎的病床上，度过没有面目的时光，实在感到恶心。

错过一次任务，休想期待什么。

第七章

当然，也有时候，像今天这样，任务不尽如人意。事情太明显了：我们在玩一场模仿战争的游戏。我们在玩警察与小偷的游戏。我们恪守我们历史书中的伦理道德，恪守我们教科书中宣扬的规则。昨天夜晚就是这样，我驱车行驶在营地。哨兵面对这辆车交叉起刺刀，哪怕开过来的是一辆坦克！我们在玩举刺刀阻拦坦克的游戏。

在这种颇为残酷的动作字谜游戏中，我们只是扮演十分明显的跑龙套的角色，而这龙套还有人要求我们一直跑到死，这怎么能让我们激情满怀呢？死，这事太严肃了，一种动作字谜游戏承受不起。

起床穿衣服，谁会激情满怀呢？没人。就连奥什德[①]也算上，而他称得上圣徒，他那持之以恒的耀眼天赋，无疑达到做人的完美境界。奥什德本人，也要逃避到缄默中。战友们穿戴飞行服时，都沉默不语，一副愠怒的神色，这绝非英雄的持重。这种愠色并不掩饰任何激情，就是自然地流露。我一眼就能看得出来，这是管家的那种愠色，根本不理解外出的主人给他的指令。可是，他又忠心耿耿。所有战友都向往宁静的房间，但是我们那里，没有一个人会真的选

① 奥什德：法国空军少尉，1944年，驾机在阿尔及尔上空飞行时，因飞机失事而殉职。

择去睡大觉。

要知道，重要的并不是满怀激情。在失败的事业中，就别指望有什么激情。重要的是整装待发，登机起飞。至于每人有什么想法，都无足轻重。一名学童一想到语法课就兴奋不已，在我看来既做作又可疑。在当下还不明确的目标中，重要的是尽力而为。这个目标的设立，不是为智力，而是为精神。精神懂得爱，但是处于睡眠状态。诱惑，是怎么一回事，我跟教父一样懂得。受到诱惑，就是精神沉睡时，向智力的理性让步了。

在整座山体滑坡中，我搭上自己的性命有什么用呢？我实在不了解。他们向我重复了一百遍："派您去哪儿就去哪儿。那就是您的位置。您在这儿，比在空军中队更有用武之地。飞行员，可以数以千计培养出来……"这种论调是不容置辩的。所有这类论调都不容置辩。我的智力赞同，但是，我的本能要胜过智力。

这种推理，既然我没有提出任何异议，为什么在我看来是虚假的呢？我心中暗道："知识分子就是要保留起来，如同一瓶瓶果酱，摆在宣传部门搁架上，以便战后再食用……"这是答非所问！

今天亦然，我同战友们一样，驾机起飞了，顾不得全部推理、全部明显的事实，也顾不得当时的各种反应。到时候再说，我会认识到当时我抵制理智是很理智的。我还向自己许诺，如能活着回来，夜晚我就散步，穿行我居住的这个村子。到那时，或许我终于能适应了。到时候瞧吧。

或许瞧出什么来，我也无话可说。我觉得一个女子美丽，对她的美也没什么要说的。我看到了她的笑容，如此而已。知识分子要分析她的相貌，要将五官拆开了解释，这样，他们也看不见她那笑容了。

认识，绝不是拆分，也不是解释。要进入静观的状态。当然，要静观，首先要身临其境，这是一种艰难的学习过程……

整个白天，我对村子都视而不见。在执行这次任务之前，村子不过是几堵草泥土墙、一些多少有些脏的农民。现在也不过是一小堆砾石，在我十公里的下方。这就是我的村庄。

然而今夜，一条护院狗也许会醒来，汪汪叫几声。一个小村庄的迷离梦境，被唯一的护院狗的吠声送上明月夜的高空，我始终品味不够那种魅力。

我丝毫也不期望让人理解。对此我根本就不在乎。只需这村子展现在我面前，关闭的门里谷物丰登，家畜兴旺，保持习俗，收拾得整整齐齐才进入梦乡！

农民下地回来，吃过晚饭，照料孩子们睡下，吹灭油灯，便都融入了乡村的寂静中。周围一切不复存在了，唯有浆硬好看的乡村被子下面，缓缓起伏的呼吸，犹如暴风雨之后，海上长浪的余波。

夜晚结账期间，上帝就暂停了财富的使用。这样我就看得更清楚积存的财产：人休息的时候，由于不可抗拒的睡眠的作用，一直到天明，手指都放松，手掌全张开了。

于是，我可能要关注那些无名的事物。我要像盲人那样走路，由掌心引向火堆。盲人描绘不出火的样子，却能找到火。这样一来，那些需要保护的东西就会显现出来，那些根本看不见的，却是持久的东西，宛若农村夜晚灰堆里埋着的火。

我对逃避的一次任务毫无期望。要想弄清楚一个普通的村庄，那首先一定得……

“上尉！”

“嗯？”

“六架歼击机，六架，左前方！”

简直是一声霹雳。

“一定得……一定得……可我还是愿意及时得到报答。我还是愿意享受爱的权利。我还是希望确认为谁而死……”

第八章

“机枪手！”

“上尉？”

“您听见了吗？六架歼击机，左前方！”

“听见了，上尉！”

“杜泰尔特，他们看见我们了吗？”

“看见我们了。转向我们了。他们在我们飞行下方五百米。”

“机枪手，听见了吧？他们在我们飞行下方五百米。杜泰尔特！还远吗？”

“……几秒钟。”

“机枪手，听见了吗？几秒钟他们就追上了。”

就在那儿，我看见了！小不点儿。一群毒蜂。

“机枪手！他们横插过去了。过一秒您就看得到。在那儿！”

“我……什么也没看见。啊！我看见啦！”

我却看不见了！

“他们在追击我们吗？”

“他们在追击我们！”

“爬升快吗？”

“不知道……不见得……不快！”

“您做何决定，我的上尉？”

是杜泰尔特在讲话。

“您让我怎么决定！”

大家都不吱声了。

没什么好决定的。这纯粹是上帝的事。我若是一转弯，迎着敌机飞行，就会缩短距离。由于我们是朝向太阳直飞，而敌机要爬升五百米，就势必冲出几公里远，同猎物拉大了距离，等他们再恢复追击的速度，我们已经消失在阳光中了。

“机枪手，一直追？”

“一直追。”

“咱们超过他们？”

“嗳……不……对！”

这就要看上帝和太阳的威力。

准备战斗（一群歼击机，与其说是战斗，不如说是谋杀），我浑身肌肉都绷紧，全力踏开冻住的脚踏操纵杆。我有一种奇异的感觉，不过，那些歼击机还在眼前。我将全身分量都压在僵滞的操纵杆上。

我再次注意到，我在这次行动中，尽管被逼到一种荒谬等待的份儿上，还远远没有像穿飞行服时那样激动。我也感到一种愤怒。一种催人奋进的愤怒。

但是，毫无准备牺牲的那种陶醉。我真想咬人。

“机枪手，甩掉他们了吗？”

“甩掉了，我的上尉。”

天从人愿。

“杜泰尔特……杜泰尔特……”

“我的上尉？”

“不……没事儿。”

“有什么不对头吗，我的上尉？”

“没事儿……我原以为……没事儿……”

我什么也不会对他们讲的。

可不能跟他们开这种玩笑。

假如我旋转下坠，他们就会看得清清楚楚。他们会清楚地看到，我开始旋转下坠……

在零下五十摄氏度，我却大汗淋漓，这就不正常了。是不正常。唔！我已经明白了出了什么情况：慢悠悠，我昏迷过去。慢悠悠……

我看见仪表盘。我看不见仪表盘了。我双手绵软，搭在方向盘上。我连说话的气力都没有了。我放松了。顺其自然。

我掐了掐胶皮管。一股生命的热气流扑鼻而来。输氧管没出故障。问题……是啊，当然了。我脑袋不转弯了。问题出在脚踏操纵杆。我踏动时，使足了装卸工、卡车司机的力气。在万米高空，我却像街头卖艺的摔跤手那样卖块儿，而氧气有限，我必须节制使用。随便挥霍要遭报应……

我呼吸频率极高。我心跳很快，极快。就像一只声音微弱的小铃铛。我什么都不会对机组讲。假如我忽然旋转下坠，他们马上就会明白了！我瞧见了仪表盘……又看不见仪表盘了……我浑身汗水湿透，心里感到一阵悲哀。

我又逐渐恢复了生命力。

“杜泰尔特！……”

“我的上尉？”

我真想跟他说说发生了什么。

“我……原……以……为……”

可是，我放弃了，不想解释了。说话耗费过多氧气。刚说几个字就喘起来了。我身体衰弱，是个衰弱的康复病人……

“刚才怎么啦，我的上尉？”

“没……没事儿。”

“我的上尉，您真会故弄玄虚！”

我故弄玄虚。但是我活着。

“没……追上……我们……”

“嗯，我的上尉！这也是暂时的！”

是暂时的，还有阿拉斯呢。

就这样，有几分钟，我以为回不去了，然而，我没有觉出内心那种惶恐焦虑，据说一阵焦虑头发就全白了。我想起了萨贡，想起了萨贡的见证。那是两个月前，他被击落在法国区域的那场战斗之后几天，我们去看望他。他被歼击机围住，盯死了，可以说把他钉在行刑柱上了，他萨贡断定，还有十秒钟的活头儿，当时是什么感受呢？

第九章

他躺在医院病床上的模样儿，还十分真切，历历浮现在我眼前。他跳伞过程中，膝盖挂着飞机尾翼而粉碎性骨折，可是，萨贡却没有感到撞击。他的面部和双手都受了重伤，不过总体看来，他的伤势没有哪处堪忧。他慢条斯理，讲述这场经历，平淡的声调，仿佛在做汇报那样的苦差使。

“……我明白，他们看见我围在照明弹中间，就一准开炮了。我的仪表盘炸飞了。随后，我发现有点烟，唔，烟不大，似乎从前面冒出来的。当时我想，那一定是……你们知道，那里有一根连接管……唔，那火苗不算大……”

萨贡努了努嘴。他还斟酌着这个问题，说火烧大了还是不大，他认为很重要。他还在犹豫。

“不管怎么说……冒了火苗……于是我让他们跳伞……”

只因火一蔓延，十秒钟工夫，就会把飞机变成火炬！

“就这样，我打开了跳伞舱门。我错了。放进来空气……火着起来了……妨碍到我了。”

一辆火车头的锅炉，朝你腹部喷射火焰，还是在七千米高空，你只是说妨碍到你了！我不会违反萨贡的意愿，夸耀他的英雄主义或廉耻心。他既不会承认英雄主义，也不会承认廉耻心。他就会说："嗳！不对！是妨碍到我了……"而且，他显然尽力表达得准确些。

我也十分清楚，人的意识区域特别狭小，每次只能容纳一个问题。假如你跟人家动起了拳脚，而你全神贯注于打斗的招数上，就感觉不到挨拳的疼痛了。有一次，我驾驶水上飞机出了事故，真以为要淹死了，倒觉得冰冷的水挺温暖的。或者，说得再准确些，我的意识并没有注意到水温，完全被别的焦虑吸引住了。在我的记忆中，水温没有留下一点痕迹。可见，萨贡当时的全部意识，也被如何跳伞逃生的技术考虑占据了。萨贡的思维空间仅限于控制活动舱门的那个手柄、决定降落地点的打开降落伞的那个按钮，以及机组人员决定命运的跳伞技术。"你们跳了吗？"无人回答。"机上没人了吧？"无人回答。

"我自信仅剩我一人了。我确信我可以离开了……（他的脸颊和双手已经烧伤）我站起来，跨出机舱，先是扶稳站在机翼上。一旦站稳，便向前探身，没有看到侦察员……"

侦察员当场死在歼击机的扫射下，倒在座舱的边角。

"于是，我朝后退退，我也没有看到机枪手……"

机枪手也同样中弹倒下了。

"看来只剩下我一个人了。"

他思索了一下：

"早知道如此……我本可以回到机舱……火势并不是那么猛……我就这样，久久呆立在机翼上……我要离开机舱时，就先把飞机调控到爬升状态。飞行很平稳，风力也可以承受，而我也觉得相当轻松自在。唔！对，我在机翼上停留许久……不知道该做什么了……”

萨贡倒不是面临厘不清的问题，他确信飞机上只剩他一人，飞机在燃烧，而几架歼击机忽来忽往，不断扫射过来。萨贡要向我们表明的意思，就是他没有感到任何欲求。他没有任何感受。他在支配自己的全部时间。他沉浸在一种无穷的闲逸中。于是，我一点一点认出这种异乎寻常的感受：一种意想不到的闲适，有时就陪伴着临终的时刻……这种真实的经历，完全戳破了臆想的那种仓皇逃命！萨贡就伫立在他的机翼上，仿佛已被抛出时间之外！

“后来，我跳下去，”他说道，“跳的动作不好。我看到自己的身体打旋。我怕过早打开降落伞，把自己身子缠住。我等待降落平稳了。唔，我等了很久……”

就是这样，萨贡这场历险自始至终保留的记忆就是等待。等待火燃得更旺。后来又等待在机翼上，不知等待什么。最后，自由降落，垂直冲向地面，还在等待。

这就是实实在在的萨贡，甚至是实实在在的草根萨贡，比平时还要平常，有点困惑的萨贡，站在深渊边上不耐烦地跺脚。

第十章

我们已有两个钟头，沐浴在减为三分之一的大气压环境中。机组人员的精力被慢慢地消耗。我们极少开口。有一两次，我小心翼翼地，试着踩踩脚踏操纵杆。不过，我没有坚持。每次试探，内心深处都有同样的感觉：一种精疲力竭的惬意。

拍照需要飞行盘旋，杜泰尔特早就给我打了招呼。我尽力而为，转动尚听使唤的方向盘，扳斜飞机，再拉向我。如此这般，我总算为杜泰尔特盘旋二十圈。

“高度多少？”

“一万零二百米……”

我仍旧想到萨贡……人毕竟是人。我们都是人。而在我内心，我一向只同自己相遇。萨贡只认识萨贡。将死之人，死时也不失一贯的作风。一名普通矿工死了，死去的就是一名普通矿工。而小说家要写得引人入胜，就胡乱编造，可是那种神经错乱的狂态，在现实生活中何处可寻呢？

我在西班牙看到一个场面：经过几天挖掘，从被飞机炸弹摧毁的一栋房子的地下室里救出一个人来。众人都默默地围拢过来，我觉得他们突然都显得胆怯了，那人从鬼门关回来，还满身灰渣，由于缺氧和饥饿，人已半呆傻了，好似一个半死不活的怪物。有几个人壮起胆子问他，他注意听人提问的那种凄然神态，让在场的人由畏惧转而发窘了。

别人用笨拙的钥匙开启他的心扉。其实，真正的提问，谁也问不到点子上。有人问他：“您是什么感觉？……您想到了什么？……您当时做了什么？……”人们随意往深渊上投掷桥板，就好像黑夜里试图救助一个聋哑的盲人，却随便使用一种沟通方法。

等那人能够回答了，他说道：

“哦，对，很长时间，我都听见爆裂的声响……”

或者还有……

“我很担心，这么长时间……噢，时间太长了……”

或者还有……

“我的腰疼，疼得很厉害……”

这个老实人对我们讲的，无非是老实人的话。他还特别对我们说他丢失的那块手表……

“我找了半天……那只表我很珍惜……可是在黑暗里……”

自不待言，生活教会他能感受到时光的流逝，或者爱护常用的物品。他这个人就凭着原本的样子感受他的天地，哪怕在黑夜里天塌地陷了。“您当时成了什么人？您心中出现了什么人？”这样的根本问题，当时支配着他的全部尝试，可是谁也不善于向他提出来，而他也只可能回答：“就是我本人……”

任何境遇在我们心中，绝不会唤醒一个我们连想都想不到的陌生人。活在世上，就是缓慢诞生的过程。借用已然成形的生灵，就未免太随便了！

有时一次顿悟，似乎就能改变命运。不过，这种顿悟是缓慢铺设的一条路，只由精神猛然看见罢了。我慢慢学习语法。有人给我做语句练习，唤醒了我的情感。忽然间，一首诗闯入我的心扉。

自然，此刻我还感受不到丝毫的爱意，可是，如果今天晚上向我有所显露的话，那也是因为我为这座看不见的建筑，已经负重背去了我的石头。我筹备一个节日。我心中突然出现非我的另一人，我也无权说什么，既然这非我的另一人，正是我臆造出来的。

对这场战争的险历，我毫无期待，仅仅知道这是缓慢的准备过程。日后必有酬报，如同语法课……

由于这种缓慢的耗损，我们心中整个生命衰减了。我们年老了。任务老旧了。飞上高空，要付出什么代价呢？在万米高空生活一小时，心、肺、血管的消耗，不是相当于在地面生活一个星期、三个星期、一个月吗？况且，这已无关紧要了。我多次进入半昏迷状态，又增添数百岁年纪：我老态龙钟，完全沉静下来了。穿飞行服时的那种激动情绪，我已经觉得无限遥远了，湮没在过去中了。阿拉斯城也在无限遥远的未来。战争历险呢？战争历险何在呢？

就在十分钟前，我险些从人间消失了，可我也没有什么要讲述的，只能说说看见一群小胡蜂飞来飞去，纠缠了三秒钟。真正历险不过十分之一秒钟。而我们的飞行大队，有人没有返航，大家从来就不谈论这种事。

“稍微往左踏一踏，我的上尉。”

杜泰尔特忘了，我的脚踏操纵杆冻住了！我在想童年时期看得入迷的一幅雕刻画：在北极光衬托下，一片触目惊心的墓地，埋葬着遇难的船只，全冻结在南半球的海洋中；那是一种永恒的黄昏，弥漫着灰蒙蒙的光亮，船只伸展着水晶般的手臂；在一片死亡的气氛中，船帆还保留着风的痕迹，仿佛床铺留下肩膀温馨的窝形。但是，看画面能感觉到，那些船帆僵硬，还啪啪作响。

飞机全上了冻。我的操纵杆冻住了。我的机枪冻住了。我问机枪手：

“您的机枪呢？……”

“不中用了。”

“好吧。”

我往连接头盔的呼吸管里吐的气，立即化为冰针。橡胶管内结了冰碴儿，令我窒息，我时而要捏捏软管，用手挤压时，能感到管内咯咯的声响。

“机枪手，氧气管行吗？”

“还行……”

“气瓶压力多少？”

“哦……七十。”

“好哇。”

对于我们来说，时间也冻结了。我们成了三个白胡子老人。毫无移动之物。毫无紧急之务。毫无残酷之事。

战争历险？有一天，阿利亚斯少校认为有必要嘱咐我一句：

“尽量当心！”

当心什么，阿利亚斯少校？歼击机如迅雷，朝你直冲过来。歼击机群在你头上一千五百米高空盘旋，发现你在下方；敌机不慌不忙，迂回包围，定准方向，确定高度。而你，还全然不知。你就是鹞鹰阴影笼罩下的小老鼠。小老鼠想象自己活得好好的，它还在麦田窜来窜去，殊不知它已经是鹞鹰眼里的囚徒了。鹰眼死死盯住胜过粘鸟胶，绝不会放过小老鼠了。

而你也同样，还继续飞行，梦想着，观察地面，恰恰在此刻，敌人视网膜上映出那个难以辨识的黑色信号，已经宣判你死刑了。

九架歼击机组，可以肆无忌惮，垂直突降进行截击。他们的时间充裕得很。他们发射的神奇的箭炮，时速高达九百公里，弹不虚发。若是我们的轰炸机队配备了强大的火力，还有机会防御；侦察机则不然，在高空孤立无援，绝难从七十二挺机枪口下侥幸逃脱，何况那些歼击机是以其齐射的弹雨光束现身的。

就在你要意识到战斗打响的瞬间，歼击机已如同眼镜蛇，一口喷出了毒液，随即高高蹿升，到了射程之外，你想还击也打不着了。眼镜蛇就是如此，竖起的蛇头摇来摆去，闪电般喷出毒液，然后再接着摇摆。

如此看来，歼击机群即便消隐了，形势丝毫也没有改变。甚至面孔都没有变化。现在有所变化，天空寂寥了，构成了清平世界。歼击机也不复为歼击机，已经完全成为一个不偏不倚的见证者了，目睹从观察员切断的颈动脉喷出第一注鲜血，从右发动机盖飘忽而出的第一团火苗。眼镜蛇也如此，身子已经蜷缩了，只因喷出的毒液已进入人的心脏，人脸的第一条肌肉开始痉挛。歼击机并不杀人，而是播种死亡，它们飞走之后，死亡便发芽了。

当心什么，阿利亚斯少校？我们遭遇歼击机的时候，我没有什么可决定的。我很可能根本认不出来。如果它们从上面控制了我，我也绝不会认出它们来。

当心什么？天空已空空如也。

大地也空空如也。

十公里开外观察，就看不见人了。这么远距离，就分辨不出人的行踪了。我们这架远焦距摄像机，在飞机上就当作显微镜使用了。显微镜下捕捉不到人——在这种仪器下，人还是显示不出来——只能发现人活动的踪迹：公路、运河、车队、驳船。人播下了培养微生物的载玻片。我是个冷冰冰的学者，在我看来，他们的战争不过是实验室的一个研究课题。

“他们开炮了吗，杜泰尔特？”

“我认为他们开炮了。”

杜泰尔特什么都不知道。炮声过于遥远，发炮的烟雾也同地面混淆起来。他们这样胡乱开炮，并不期望把我们打下去。我们在一万米高空，其实打也打不着。他们开炮，是为了确定我们的位置，也可能指引歼击机追击我们。一架歼击机消失在空中，就如同一粒看不见的灰尘。

地面上的人能分辨出我们，是凭借飞机高空飞行，拖了一条珠白色的长带，宛若新娘的纱裙。这颗流星划过高空，搅动了大气，促使周围的水蒸气结成冰晶。我们身后拉出一长串冰针的卷云。外部条件如果有利于生成云，这条卷云带就会缓缓增厚，聚成暮晚的云层，横亘在原野上。

歼击机由机上的无线电、高射炮弹炸开的花絮指引，还由我们华丽的白纱巾指引，一直追踪我们。然而，我们却徜徉在空荡荡的九霄云外。

我很清楚，我们飞行的时速为五百三十公里……可是，一切都停滞不动了。在赛马场上，表现出来的是速度。然而，这里一切都沉浸在空间了。地球便是如此，尽管每秒钟运行三十公里，围绕太阳旋转一周却很慢，要耗费一年时间，我们也一样，也许我们慢慢地，融入这种万有引力的运行了。空战的密度呢？一座大教堂里的灰尘而已！灰尘，我们可能吸引过来数十粒，或者数百粒。而全部这种尘埃，仿佛从一块地毯抖落，缓慢地飘向太阳。

当心什么，阿利亚斯少校？我垂直往下，只瞧见另一个时代的小玩意儿，罩在纹丝不动的纯水晶下面。我恍若俯身看博物馆的玻璃罩。可是，玻璃罩却逆光了。我们正前方遥远处，想必就是敦刻尔克和海洋。但是斜看过去，我分辨不出什么来。太阳现在太低了，而我高悬在一块巨大的反光板上。

“杜泰尔特，透过这碍眼的东西，您看到什么了吗？”

“垂直望下去，看到了，我的上尉……”

“喂，机枪手，没有歼击机的消息？”

“没有消息……”

其实，我们有没有被追踪，从地面是否看得见我们拖曳的一大缕长长的游丝，我一概不得而知。

“游丝”令我浮想联翩。我的脑海浮现一个倩影，一开始就觉得十分迷人：“……我们好似高不可攀的绝色佳人，正追寻自己的命运，身后缓缓拖曳着冰星的长裙……”

“往左踏一踏操纵杆！”

这话，才是现实。然而，我还是回到自吟自唱：

“……这一转弯儿，引起满天的追求者随之转向……”

往左踏踏……往左踏踏……可也得办得到啊！

绝色佳人转身未成。

“您若是唱歌……那就是转转眼珠……我的上尉。”

我唱歌了吗？

况且，我真有哼唱的雅兴，也让杜泰尔特全给打消了。

“照片我差不多拍完了。您马上就可以逐渐下降，飞往阿拉斯了。”

“我可以……我可以……当然啦！一定得利用这大好时机。”

噢！节气门控制杆也冻住了……

我心中暗道：

“这一周，执行任务的机组，三个只返回一个。可见，战争的危险系数很高。然而，纵使我们平安返航了，我们也没有什么可讲述的。从前我就历险重重：创建邮航线路，撒哈拉的抵抗区域，南美洲……可是，战争根本算不上真正的冒险，不过是冒险的代用品。冒险基于所建立的众多关系、所提出的许多问题、所引发的各种创新。仅仅掷硬币的正反面的简单游戏，赌上自身的生与死，不足以将一件事转变为冒险行为。战争不是一种冒险。战争是一种疾病，譬如伤寒。”

或许日后我会明白，我唯一真正的战争历险，发生在我在奥尔孔特的房间里①。

① 一公里见方的草场，因奥尔孔特村而得名，位于上马恩省圣迪济耶和马恩省维特里-勒弗朗索瓦之间，原先毫无航空设施，也没有控制塔。1939 年 10 月 1 日，这片场地正式成为法国第三航空队的基地。饭厅、营房全是木板房，条件十分艰苦。后来加入圣埃克苏佩里上尉机组的中尉杜泰尔特，以这样一段话表述他的慌恐心情：“我们完全陷在这片黏土中，仿佛有生以来，一直居住在这里，还要永世居住下去，远离我们飞越的城市。”（参照 1994 年版的《阴影骑士》，第 192 页，Patrick Enrhardt 著。）

第十一章

1939年冬季特别严寒，我所属的飞行大队迁到圣迪济耶驻扎，我就住在城郊的奥尔孔特村，一座柴泥墙的农舍。夜晚温度下降，乡村的水罐结了冰，而我穿衣服之前的头一件事，显然是生起火。不过，要生火就得起床，可我蜷在暖被窝里，舒服极了，不想离开。

这房间冰冷，又空荡荡，但是这张苦修士的普通床铺，给我感觉比什么都美妙。艰险繁重的一天过后，我就在这张床上体会到歇息的通体舒坦，也体会到了安全，不再受到任何威胁了。整个白天，我的身体要经受高空的严酷和高射炮弹的袭击。白天，我的身体可能变成痛苦的巢穴，被不公正地撕裂了。

整个白天，我的身体并不属于我了。别人可以截取我的四肢，可以放我的血。因为，这仍是一种战争行为：躯体变成了零件仓库，不再由您做主了。执达员来了，要收走眼睛。您就得将天赋的视觉交给他。执达员来了，要收走您的双腿。您就得将天赋行走的功能交给他。执达员举着火把来了，要取走您的整张脸。于是您接受勒索，交出您天赋的笑容和对人友好的表情，完全变成一个怪物。也是这个身体，就在白天，可能化为我的敌人，弄得我疼痛，这个身体还可能变成制造呻吟的工厂，而现在倒还是我的朋友，又顺从又亲密无间，在被窝里团成球状，迷迷糊糊，只向我喃喃诉说生存的欢乐，让我聆听幸福的呼噜声。不过，我还是得把这身体拉出被窝，用冰水洗漱，刮脸，穿好衣服，以便一身整整齐齐去接受枪炮的喝彩。这样咬牙钻出床铺，就像孩童被人拉出母亲的怀抱，母亲的哺乳，拉出一切对童体的疼爱、抚摩和保护。

我反复斟酌，深思熟虑，又一拖再拖，终于下定决心，咬紧牙关，从床铺一跃而起，冲到炉前，胡乱堆起劈柴，浇上汽油，点着了炉火。随即，我再次跨越自己的房间，钻进舒服的暖窝，将鸭绒被一直拉到左眼，监视着生火的壁炉。起初，火很微弱，继而，几次短促蹿起火苗，照亮了炉膛顶部，随后，火势稳定了，如同一场节庆筹备妥当。接着，毕毕剥剥声起，呼啦呼啦作响，炉火开始欢唱。好似乡村婚礼上，大家举杯祝贺，渐渐酒酣耳热，磕头碰脑好不热闹。

再不然，我有这温厚的炉火守护，身边就像有一条活跃、忠实而勤奋的牧羊犬，特别忠于职守。我凝注炉火，心底深处不胜喜悦。

天花板上光影舞动，节庆的气氛达到高潮，演奏起这支金黄而热烈的乐曲，而在角落里，火焰勾画出那么多建筑。这工夫，我的房间充满了烟和树脂的神奇气味，于是，我跃身离开一个朋友，去会另一个朋友，从床铺跑到炉火，去亲近最慷慨者，可我还拿不定主意，先烤烤肚子还是先暖和这颗心。我受到两种诱惑，真不争气，我顺从了最强大、最光鲜的诱惑，就是善于喧嚷和咋呼，最会打广告的那个。

就是这样，要有三次，先是为生火，重又钻进被窝，再去收获火焰的成果，我要有三次，牙齿咯咯打战，穿越室内寒冷的荒原，略微体验到极地的探险。我穿越荒漠走向温暖人心的中途站，我得到了酬报：这炉旺火在我眼前欢舞，为了我，像牧羊犬那样欢蹦乱跳。

这段经历，看来毫不出奇。然而，这是一场大冒险。假如有一天作为游客，我参观这座农舍，就绝不可能发现这个房间此刻向我通透显露的情景。它向我这个游客提供的，只能是平常的房屋，空荡荡的，仅摆一张床，仅有一只水罐、一个破旧的壁炉。我在房间逗留几分钟，就可能打呵欠了。我怎么会一一分辨出它的三个区域，它的三种文明呢？这便是睡眠的文明、火的文明和沙漠的文明。我怎么会预感到身体的这种历险呢？具体说来，首先是搂在母亲怀里，备受喜爱和呵护的孩童身体，接着是受得了大苦大难的战士的身体，最后是由火的文明增添快乐的人的身体，而火正是原始部落的核心。火给主人增光，并用以款待他的伙伴。他们来看望朋友，就分享火的盛宴，拉过来椅子坐到他周围，跟他谈一天的问题、种种担心和一些苦差使，他们搓着双手，装满烟斗，连声说道：“一堆火，归根结底，就是能带来欢乐！”

然而，再也没有让我相信温情的火了。再也没有让我相信历险的冰冷房间了。我从梦幻中醒来。这里只有绝对的空无。这里只有极度的衰老。这里只有一个声音对我说话，杜泰尔特的声音，执着地表达他虚幻的愿望：

“往左踏一踏，我的上尉……”

第 十 二 章

我干本行无可指摘，但也难免我是个失败的机组。我陷入失败当中。失败无处不渗透，连我的手都沾着失败的痕迹。

节气门控制杆冻住了。我没辙了，只能全速飞行。现在，我操纵的这两个铁杆儿，给我制造了层出不穷的难题。

我驾驶的这架飞机，螺旋桨的转数增大没有多大限制，我不能说全速飞行，时速不能逼近八百公里，发动机不会超负荷。而发动机超负荷运转，就会有损毁的危险。

万不得已，我倒是可以直接熄火，但是，我这样就等于制造一个终极的故障。这种故障要导致任务失败，甚至可能机毁人亡。飞行时速一百八十公里要接触地面，不是随便什么场地都能着陆的。

关键还是扳动节气门控制杆。我猛一用力，总算拉动了左边控制杆，但是右边那根还一直坚挺。

以允许的航速降落，现在我还可能做得到，至少左发动机我能操纵，只需减速。不过，左发动机减速，又必须中和右发动机的侧向拉力。在这种侧向拉力的作用下，飞机显然要朝左转。我必须控制住这种旋转。可是，要这样操作，脚踏杆也同样完全冻住了，中和侧向拉力根本不可能。如果我给左发动机减速，那么飞机就会打旋了。

因此，我别无他法，只能是在降落时冒险，超过理论上毁损的限度。三千五百转：毁损的危险。

这一切都是荒诞的。什么都不对路。我们的世界，是由一些彼此不合当的齿轮组成的。这根本不是材料的问题，而是钟表匠的问题。缺少真正的钟表匠。

九个月战事之后，军工部门仍然没有为我们改进，解决机枪和操纵杆适应高寒气候的问题。我们所碰到的障碍，并不是人员工作马虎。大多数人还是踏实做事，勤勤恳恳。他们的惰性，十有八九是他们效率低下之果，而非其因。

效率低犹如一种命数，沉重地压在我们所有人身上。沉重地压在用刺刀抵御坦克的陆军士兵身上。沉重地压在以一抗十的战斗机组身上。甚至沉重地压在那些担负改进机枪、操纵杆的任务人员身上。

我们就是生活在一个行政机构自闭的腹中。一个行政机构就是一台机器。行政机构越完善，越能排除个人的专断。在一个完美无缺的行政机构中，人起着齿轮的作用，偷懒耍滑，不公正的现象就没有泛滥的机会了。

然而，制造出来的机器，就是按照设计定型的程序运转，同样，行政机构也丝毫不进行创造，只是管理。它对某种过错施以某种惩处，给什么问题提供什么解决方法。一个行政机构的设立，并不是为了解决新问题。如果将木料送冲床里，出来的肯定不是家具。若想让机器适应新要求，改装者必须有权拆卸。然而，行政机构的顶层设计，就是为了防范有人专断的不当行为，那种机制排斥人为干预。因而拒绝钟表匠。

从 11 月份起，我被调到 2–33 侦察飞行大队。一到营地，战友们就关照我：

“今后你去德国上空遛弯儿，就不必带机枪和操纵杆了。”

随后，又安慰我一句：

“放心吧，你毫无损失。不等你瞧见，歼击机就把你打下来了。”

六个月之后，到了 5 月份，机枪和操纵杆还是冻住了。

我想到一句跟我的国家一样古老的话：“看似一败涂地时，奇迹拯救法兰西。”我明白这其中的奥妙。有时一场大灾难，毁坏了出色的行政机器，这台机器显然无法修复了，万不得已，就用普通人来取代。正是人拯救了一切。

一枚航空鱼雷炸毁了空军部。形势危急，他们就会随便召见一名下士，对他说：

“您负责解决操纵杆冻住的技术问题。您全权处理，自己设法解决。半个月后，操纵装置还要冻住，您就得坐班房。”

如此一来，操纵杆就可能冻不住了。

我能列举出上百个实例，证明这种缺陷。譬如，北方某省征调委员会，征用了怀犊的母牛，结果屠宰场变成了胎牛的坟场。机器的任何齿轮，征调委员会的哪个上校，都只能用作为齿轮行动，无不受另一个齿轮的制约，酷似钟表。怎么反抗都无济于事。这就是为什么，这部机器一旦失灵，就可以轻而易举地屠杀怀犊的母牛。如果失灵更为严重，就很可能开始屠杀上校们了。

全局一片破败，令我从骨子里感到气馁了。不过我觉得，没有必要让我的一台发动机很快烧毁，我就再次狠命扳动左边操纵杆。我负气操作，不免用力过度。随即我就放弃了。这次奋力又引起我心绞痛。毫无疑问，人天生不适合在万米高空劳作。这次隐隐的心绞痛，是肌体的黑夜中，一种局部的意识奇异地觉醒。

发动机要烧毁就烧毁吧。我不在乎了。我极力喘息，就觉得稍一分神，就可能停止呼吸了。我想起从前，能把火吹旺的风箱。我要吹旺我的生命之火。我真希望助它“着起来”。

我损坏了什么而不可修复了呢？在万米高空，稍用一点蛮劲，就可能撕裂心肌。一颗心脏，是非常娇嫩的，还要用上很长时间。干如此笨重的活儿伤害它，实在荒唐。这就好比用钻石生火煮一个苹果。

第十三章

这也好比放火烧毁北方的所有村庄，也阻止不了德军哪怕半日的向前挺进。然而，这些数不胜数的村庄、这些古老的教堂、这些古老的房舍，还有屋里成堆的纪念物，还有漂亮的胡桃木油漆地板、柜橱里美丽的衣裙、窗户上镶花边的窗帘，一直用到今天还完好无损——现在，从敦刻尔克到阿尔萨斯，我看到全部熊熊燃烧。

从万米高空望下去，说“熊熊燃烧”是夸大其词。要知道，在村庄上空如同在森林上空，只能看到一团静止不动的烟雾，类似一层白色的霜冻。火，仅仅是一种暗中的焚化。在万米高空，时间仿佛放慢速度，因为见不到动态了。见不到毕毕剥剥的火焰了，见不到烧得爆裂的深木、滚滚的黑烟。只看到琥珀色中，这种凝结的灰色奶斑。

这片森林还能修复吗？这座村庄还能治好吗？从我这里观察，火如同一种病症，正缓慢地吞噬。

关于这一点，还是有很多话要讲。我听人说过这种话：“我们不搞农村经济了。”这话也不得不说。在战争期间，一座村庄并不是传统的纽带，落入敌人手中，就完全成为老鼠窝了。一切都改变了意义。有些树木就是这样，三百多年的古树，遮护着您家的老屋。但是那些树妨碍了一名二十二岁中尉射击的开阔地。于是，他打发十五六个人手，到您家去，砍倒这种时间的作品。十分钟的行动，就毁掉了三百年的生长毅力和阳光，三百年的家庭宗教和园子树荫下的婚恋。您恳求他：

“我家的树啊！”

他充耳不闻。他在打仗。他做得对。

是的，现在为了玩这场战争游戏，他们正烧毁村庄，也在捣毁园林，还牺牲机组，还派步兵去对抗坦克。整个气氛弥漫着一种难以言传的困窘。因为，无论怎么做都是徒劳。

敌人看出了这样明显事实，就要大加利用。领土这么广阔，人只占据很小的地方。要用上亿名士兵，才能组成一道绵延不断的防护墙。因此，守卫领土的部队之间，总暴露许多漏洞。从原则上讲，这些漏洞可由部队的机动性弥补，不过，以装甲部队的观点看，机械化程度不高的敌军近似固定不动。这些漏洞也就成为真正的突破口。由此而形成这样一条简单的战术规则：“装甲师应该行如流水，轻轻冲击敌军的壁垒，仅仅从毫无阻力的地点猛插过去。”坦克群就是这样，沿着壁垒挤压，漏洞始终存在，就总能冲过防线了。

这种坦克群的袭击，如无坦克与之抗衡，就可以横冲直撞，长驱直入，造成的严重后果难以弥补，尽管破坏的仅仅是表层的东西（如俘虏了地方部队的参谋部，切断电话线，焚毁村庄）。这种袭击起了催化剂的作用，摧毁的不是肢体，而是神经系统和淋巴结。经过这种闪电袭击扫荡过的国土上，整个军队，即使看似几乎没有受到损伤，却丧失其特性，不复为军队了。全军变成散乱的结块了。

一个机构尚存的地方，也只剩下一些割断关系的构件。不管士兵多么英勇善战，在这些散乱的结块之间，敌军仍可以随心所欲地推进。一支军队，一旦成为乌合之众，就完全丧失了战斗力。

机械装备，半个月内造不出来。同样不能……军备竞赛，也只能以失败告终。我们四千万农民，要面对八千万工人。

我们迎敌，一个人对付三个人，一架飞机对抗十架或二十架飞机，而且，自敦刻尔克之后，一辆坦克对阵一百辆坦克。我们没有工夫反思过去。我们身处现时。现时就是这种样子。任何牺牲，无论什么时候，也无论什么地点，都不足以拖住德军推进的步伐。

因此，在军民两方面，从管子工到部长，从士兵到将军，普遍弥漫着一种愧疚的情绪，但是不善于也不敢明确表达出来。牺牲，如果纯粹成为一种滑稽模仿或者自杀，那就完全丧失了崇高性。自我牺牲是值得赞美的：几个人舍弃性命，救活了其他人。救火要在周围清出隔离带。等待援兵，也要阻击敌人，在战壕里战斗到死。是的，理就是这个理，然而，无论怎么做，大火还是要向各处蔓延。而且，士兵战斗也根本没有战壕可掩蔽。同样，也休想盼来救援部队。至于为那些人战斗，名义上为那些人战斗，说穿了，恐怕正是那些人让他们去送死，因为飞机在部队后方炸毁了城市，已经改变了战争的事态。

后来我听到一些外国人指责法国，有几座桥梁没有炸掉，有些村庄没有焚毁，而大批人没有死在战场。然而，情况正相反，恰恰相反的事实令我无比震惊。我们普遍都诚心诚意，捂住了眼睛和耳朵。我们不顾明显的事实，还进行绝望的斗争。尽管做什么都无济于事了，可是这场游戏还得玩下去，我们照样炸掉了桥梁。为了这场游戏，我们焚毁了真正的村庄。为了这场游戏，我们的人就去送死。

当然了，也有疏忽漏掉的！漏掉一些桥梁，漏掉一些村庄，也让一些人活下来。但是，这场大溃败的悲剧，也夺走了所有行动的全部意义。无论谁接受命令炸桥，无不怀着极度厌恶的心情去执行，这名士兵阻止不住敌人，却把一座桥梁变成废墟。他损害自己的国家，只为制作一幅美妙的战争讽刺画！

要让人满怀热忱去行动，那就必须彰显行动的意义。焚毁我们的庄稼，如能把敌人埋在灰堆里，那当然是美事。殊不知敌人有一百六十个师，有恃无恐，还在乎什么我们的大火，我们白白送死！

焚毁村庄的意义，必须等同于村庄本身的意义。然而，焚毁村庄的角色，只以受讽刺的角色形同漫画。

死亡的意义也必须配得上死亡。人在战场表现得好还是不好，这个问题本身，也同样毫无意义！众所周知，守卫一座乡镇，理论上就是三小时！可是，守军却接到死守的命令。他们无法抗敌，就主动要求敌人摧毁村庄，从而遵守了战争的游戏规则。正如下棋时，善气迎人的对手说道："你忘了吃掉这个卒子了……"

守军就向敌人挑战：

"我们是这个村子的守军。你们是攻方，那就来吧！"

问题一点就通。一支分队，脚后跟一用力，就把村子踏平了。

"好棋！"

诚然，也有人萎靡不振，但精神不振也是大失所望的未加掩饰的一种表现。诚然，也有逃兵。阿利亚斯少校本人，就有两三次拔出手枪，威胁在大路上撞见的散兵游勇：那些失魂落魄的人，说话也答非所问。一场灾难的罪魁祸首，大家多么渴望揪出来，除掉之后，就可以拯救一切了！逃兵就要为溃逃负责；没有逃兵，就绝不会出现溃逃。只要手枪对准一搂火，一切就会好转……然而这么做，就是为了消除疾病，连病人一起埋葬了。阿利亚斯少校到底还是将手枪收回兜里，他突然觉得，举把手枪，自己看着都太过招摇了，好似喜歌剧中挥舞的马刀。阿利亚斯不禁感到，这些垂头丧气的士兵，应是这场灾难的后果，而不是起因。

阿利亚斯完全清楚，这些士兵也是同样的，跟别处那些今天还要赴死的士兵一模一样。这半月来，已有十五万人接受了死亡。但是，有些固执的头脑要求，要为他们的死提供正当的理由。

这种理由很难编造。

一名赛手将和同一级别的赛手进行人生赛跑。然而，从起跑线他就发现，他的脚上拖着苦役犯的铁球。其他竞赛者身轻如燕。拼斗已毫无意义了。这个人便放弃比赛。

“这不能算数……”

“就得算数！就得算数！……”

一场不再成其为赛跑的赛跑，编造什么理由，才能说服这个人还毅然全身投入呢？

阿利亚斯能够看透这些士兵心里想什么。他们同样认为：

“这不能算数……”

阿利亚斯收起了手枪，要寻找一个服人的答复。

只有一种服人的答复。独一无二。我敢打赌，天下没人能找出第二个。

“你们送死，什么也改变不了。失败已成定局。不过，一场失败，总要用死的人数来表述。这就应该是一种哀悼。你们就是效命扮演这种角色。”

“好的，我的少校。”

阿利亚斯并不鄙视逃兵。他心里太清楚了，他那服人的答复，到什么时候都足够了。他本人就接受死亡。他的所有机组都接受以死效命。对于我们也一样，有这个没怎么修饰，服人的答复就是够了：

“特别难办……但是，参谋他们坚持这么安排。他们态度很坚决……事情就是这样……”

“好的，我的少校。”

第十四章

我已经老得不成样子，一切都抛在身后了。我瞧瞧机舱窗户的反光镜。地面上是人群。显微镜载玻片上的纤毛虫。纤毛虫家庭的悲剧，能引起人的兴趣吗？

若不是心绞痛又活跃起来，我真像一个垂老的暴君，沉浸在朦胧的梦幻中。已经有十分钟了，我就在杜撰这种跑龙套的故事。虚假得令人作呕。当我发现歼击机的时候，我想到深情的叹息了吗？我想到的是尖利的胡蜂。这倒是真实存在。那些害人精，看上去是小不点儿。

我可以津津有味地编造这种拖曳长裙的形象。我不是想到一件拖曳长裙，只因我这飞机的航迹，我就从来没有见识过。我置身机舱里，犹如盒子里的烟斗，动弹不得，身后的情况一概看不到。我要通过机枪手的眼睛观察后面。那也难说！如果传声器不出故障！反正我的机枪手就从未对我说过：“那儿有几个爱上我们的求婚者，正尾随我们拖曳的长裙……”

说来说去，只有怀疑主义和耍花枪了。自不待言，我还真愿意相信，真愿意战斗，真愿意赢得胜利。然而，装作相信，装作战斗，装作赢得胜利也是徒然，亲手焚毁自己的家园，要让人振奋谈何容易。

能生存下来就难得很。人只是一个关系纽带。而现在，我的关系已无足轻重了。

我身上出了什么故障？交流的秘诀是什么？现在换了环境，在我看似抽象而遥远的东西，怎么还能搅得我心绪不宁呢？一句话、一个举动，怎么会在一种命运中萦回不已呢？设使我是巴斯德[①]，那么纤毛虫的活动就会让我牵肠挂肚，观察显微镜载玻片，也恍若望见比原始森林还广阔的土地，俯瞰的过程，就能身历一种无与伦比的险境，怎么会发生这种情况呢？

下方那边，那个小黑点，是一户人家，怎么会……

就是这样，我的脑海浮现一件往事。

我还是小孩子的时候……我要追溯到遥远的童年。童年，这片广袤的土地，是每个人的由来！我从哪里来？我是从我的童年来的。我从童年来，犹如我来自一个故乡。且说我还是小孩子的时候，一天晚上，我有了一段奇特的经历。

那时我五六岁。到了晚上八点钟，八点是孩子该睡觉的时间。尤其冬季，早就天黑了。然而，大人把我给忘了。

在这乡间大宅的一楼，有一个门厅，在我看来特别宽阔，通向一间暖室，正是我们孩子吃饭的地方。我总怕经过这间门厅，可能是因为挂在中央的那盏小灯，没有驱走黑暗，不像灯亮，倒像打什

① 巴斯德（1822—1895），法国著名化学家，微生物学家，发现并制作出防治炭疽病和狂犬病的疫苗。

么信号，还因为高高的护壁板，在寂静中咯咯作响，也因为冷飕飕的。要知道，从又明亮又温暖的房间一出来，就好像进入一个洞穴。

可是那天晚上，我看家人丢下我不管了，就鬼迷心窍，踮起脚尖，够着门把手，轻轻推开房门，溜进门厅，偷偷出来，探索这个世界。

这工夫，护壁板的咯咯声响，在我听来，仿佛上天发怒的一种警告。在昏暗中，我影影绰绰看到释放敌意的高大壁板。我不敢再往前走了，但还是好歹爬上一张贴墙的桌子。我背靠墙壁坐下，双脚垂在半空，心怦怦乱跳，形同遭遇海难的人坐在礁石上。

恰巧这时，一间客厅的门打开了，走出来我怕得要命的两位叔父。他们随手关上门，隔断了喧闹声和灯光，开始在门厅里来回踱步。我浑身发抖，就怕被发现。其中一位叔父，于贝尔，在我看来活似一尊威严神，神的执法者。这个人，从未用指头弹过一个孩子，每次我有了罪过，他就皱起可怕的浓眉，反复对我说：“我再去美国，一定要带回一台用鞭子抽孩子的机器。美国什么物品都做得精美。因此，那里的孩子都乖得很，父母也就一点都不用操心……”

我呢，打小就不喜欢美国。

两位叔父没有发现我，他们在无边无际的冰冷门厅来回溜达。我的眼睛跟随他们，竖起耳朵听，屏住了呼吸，有些发晕了。“如今这年头儿……”他们说道。他们走远了，带走了他们大人的秘密，我便在心里重复：“如今这年头儿……”继而，他们又回来，如涌来的潮水，带着让人猜不透的财宝朝我卷来。“真荒唐，”一位叔父对另一位说，“荒唐透顶了……”我拾起这句话，当作珍奇之物，我要来试探一下，对我这五岁孩子的头脑有什么效力，我缓慢地默默重复："真荒唐，荒唐透顶了……"

就这样，潮水将叔父冲走。潮水又把他们冲回来。这种现象，如星辰一般反复出现，如同万有引力的现象：这开阔了我的视野，让我看到人生还不清晰的前景。我固定在墙桌上，永生永世，偷听一场密谈，而两位叔父无所不知，郑重讨论，参与世界的创造。这座宅子还可能挺立一千年，两位叔父也会像钟摆似的，慢慢悠悠，继续给这门厅增添永恒的品味。

我望着那个黑点，在飞机下方十公里，无疑是一户人家。我什么也分辨不出来。不过，那很可能是一座乡村大宅，宅子里有两位叔父正踱步，在一个孩子的意识中，缓慢地营造如浩瀚大海那样的神奇事物。

我从万米高空发现的这片土地，有一个省份的规模，然而，一切都极度微缩了，直至令我窒息。我在这里所占的空间，还不如当年我在那个黑点里的位置。

我丧失了境域感，对境域已经盲目了。然而，我似乎还有渴求。而且我还觉得，这里还触及所有人的所有渴望的共同尺度。

当一次偶遇唤醒了爱，在男人的心中，一切都听命于这种爱进行安排，而爱也给他带来了海阔天空的感觉。我住在撒哈拉那时候，我们篝火附近，如果夜间突然出现阿拉伯人，警告我们远处有险情，于是，沙漠便联结成一体，有了一种意义。这些信使建起了沙漠的疆域。音乐也如此，如果美妙动听，就有乐曲的天地。旧衣柜的简单气味同样如此，能唤醒并联结前尘往事。触动心扉，就是境域感。

不过，我也明白，一旦牵涉到人，什么都不能计数，什么都不能变量了。真正的境域，根本不能用肉眼观望，只能诉诸神思。这种境域相当于语言，只因语言联结起了事物。

我觉得从今往后，更能看清什么是一种文明了。一种文明就是信仰、习俗和知识的一笔遗产，是多少世纪缓慢积累起来的，往往很难用逻辑来解释，但是这些遗产本身就足以证明了，就好比道路，能通向什么地方，这些遗产则能打开人的内心境域。

拙者的文学作品，向我讲述必须逃避。当然，逃避到旅途，去寻找广阔的境域。但是，这种境域是找不到的，而是建造而成的。逃避从来就通不到任何出路。

人为了感觉到自己是人，就需要到处奔波，参加合唱队唱歌，或者进行战争，而这已经是人自我强加的关系，以便同他人，并且同世界相联系。但是，这种关系多么贫乏！一种文明，如果很强盛，就能让人充实，即使这个人没有行动。

在一座寂静的小城，一天沉浸在灰蒙蒙的雨中，我瞧见一个闭门不出的残疾女人，守在窗前沉思默想。她是谁？别人是怎么对待她的？我要判断，就是以这一厚重的形象，来判断这座小城的文明。我们一旦静默不动，还有什么价值呢？

这位祈祷的多明我修士，也体现出一种厚重的存在。此人只有这样匍匐不动的时候，才更能成其为人。巴斯德屏息专注，在显微镜上观察的时候，也是一副厚重的形象。巴斯德只有在观察的时候，才比任何时候都更能体现为人。于是，他才有所进展。于是，他才抓紧时间。于是，他尽管静观不动，却以巨人的步伐前进，而且，他发现了广阔的境域。塞尚[1]也是这样，他面对自己的画稿，一动不动，默不作声，正是一种难以估量的存在。他只有在沉默，感受并判断的时候，才更能体现为人。于是，对他而言，他的绘画变得比海洋还要辽阔苍茫。

童年老宅所赋予的境域，我在奥尔孔特的陋室所赋予的境域，显微镜的视野赋予巴斯德的境域，诗歌所开拓的境域，唯独一种文明分给人的这些多脆弱而奇妙的财富，因为，境域适于精神，不是为了视觉，而没有语言，也根本谈不上境域。

然而，当此一切都混淆不清之际，如何激发我的语言的意义呢？当此际，园中的树木既是一个家族世代乘坐的船，又成为炮兵瞄准的障碍物。当此际，轰炸机如同压榨机，重重地挤压城市，挤出的居民像黑色浆汁沿着公路流动。当此际，法国一片混乱，成了捣破的蚂蚁窝。当此际，连战斗都抓不着对手，只是穷对付冻住的脚踏操纵杆、卡住的手动操纵杆、松扣的螺栓……

“可以下降！”

我可以下降了。我会下降的，我也会低空飞越阿拉斯。身后毕竟有上千年的文明能助我。可是，上千年的文明根本不伸出援手。要求酬报，恐怕还不到时候。

---

① 塞尚（1839—1906），法国印象派画家，被称为“现代艺术之父”。他的作品画面给人以平稳而沉静的感觉，主要表现厚重感和深度感，获得深度感而不失鲜艳，布局有秩序而不失深度感。

我以时速八百公里，每分钟三千五百转的速度，急遽冲下高空。

我转弯时，离开了过分红艳的极地太阳。在我前行下方五六公里，我发现一片大浮冰似的云层，正面呈笔直状，它的阴影罩住了法国的一部分。阿拉斯也处于它的阴影中。我想象这片云层下面，弥漫着一片昏暗。那正如一只大汤锅里面煨着战争。道路阻塞，大火熊熊燃烧，村庄夷为平地，乱成一团糟……无边无际的混乱。他们在乌云下面，在荒诞中惊扰纷乱，活似石头底下的鼠妇。

这种下降无异于滑向破产。我们也势必栽进他们的烂泥塘。我们又回到一种未开化的破乱状态。在那下方，全部都在瓦解！我们就像富家游子，长期逗留在珊瑚和棕榈的国度，一旦钱财散尽，便回到家乡，重过平庸乏味的日子，要忍受吝啬家庭大油的菜肴，家人之间争吵的尖酸刻薄，执达员的登门，缺钱的忧心烦恼，不切实际的希望，灰溜溜的被迫搬离，客栈老板的傲慢无礼，最后贫病交加，死在救济院里发臭了。死在这高空，至少还是干净的！死在冰与火之中。死在阳光、天空、冰与火之中。反之，死在那下面，要由泥土分解消融！

第十五章

“机头南向，上尉。我们的高度，最好到法国区域再降下来！”

那一条条黑色的公路，现在已经望得见了，看那公路我就明白什么是和平。太平年头，一切都固守幽居，自得其乐。村民傍晚时分回村。庄稼颗粒归仓。衣服床单叠好，整整齐齐收进大衣柜。太平年头，每件物品都知道在哪儿能找到。每个朋友也都知道在哪儿能见面。晚上知道去哪儿睡觉。噢！生活的底线一旦扯断，人在世上没了立足之地，心爱的人不知何处能找见，出海的丈夫一去不返，到这种时候，和平也就死掉了。

当事物获取了各自的意义和地位，太平年月便会通过这些事物映现在脸上。事物还会成更大事物的组成部分，如同散布在土地中的矿物质，一旦吸纳进了树木中。

然而，现在是战乱。

我飞行在黑色公路的上空，望不到边的浆液不断地流淌。据说，那是疏散民众。这话已经不准确了。现在民众自行疏散。这种大逃难，是一种荒唐的传染病。请问，全民流浪，要逃往何方？他们这是前往南方，就好像那里有住房和食粮，就好像那里会热情地接待他们。殊不知南方只有要挤爆的城市，棚子住满了人，而食品很快耗尽。那里最慷慨大方的人，也逐渐变得凶起来，只因这种潮水般的侵入十分荒唐，携带的泥浆流缓慢地将他们吞没了。单靠一省之力，解决不了全法国的吃和住的问题！

他们去往哪里？他们茫然不知！他们走向虚幻的站点，因为这种难民潮冲到一片绿洲，所到之处便不复为绿洲了。绿洲接连崩溃，又倾泻进了难民大潮。一座真正的村庄看似还正常生活，一旦拥入逃难的人，全村的食物当天晚上就一扫而光。这样的洗劫，就好比蛀虫清空了骨头。

敌军推进的速度比难民潮快得多。在某些地点，装甲车超过了人流，难民又原地堆积而回流了。还有些德军部队，就在这烂泥般的人群中跋涉，甚至还发生这样惊人的怪现象：这些大兵在别处杀人，在某些地点却给人水喝。

我们飞行员撤退中，曾陆续在十来座村庄驻扎过。我们就泡进过流经那些村庄的这种缓慢的泥石流：

"你们去哪里？"

"不知道哇！"

向来如此，他们一问三不知。没人知道点什么。他们只是疏散。再也没有地方可收容了。再也没有走得通的路了。他们仍然疏散。在北方，有人对蚂蚁窝猛踢了一脚，蚂蚁便四散爬开。还是那么勤勤恳恳。不惊慌。不抱希望。也不绝望。仿佛在尽义务。

"是谁命令你们撤离的？"

无非是镇长、小学教师，或者镇长助理。一天凌晨，约莫三点钟，一声令下，震动全村：

“全村撤离。”

他们已有所料。半个月以来，他们眼看着逃难的人经过，也就放弃自己家园永世长存的念头。然而，人过游牧生活已是久远的事了。建造起来的村落，历世数百年。家具都用得光滑锃亮，可以子子孙孙传下去了。老宅接他出世，载他度过一生，直至送终，随后，作为一条结实可靠的船，又渡儿子，从此岸到彼岸。但是，如今住到头了！他们离家出走，却不知道何以至此！

第 十 六 章

多么沉重啊，我们飞行一路的经历！在同一天上午，我们接受的任务往往就是望上一眼，瞧一瞧阿尔萨斯、比利时、荷兰、法国北部和海域。不过，我们所飞越的区间，大部分还是陆地，我们的视野十有八九收缩在一个拥挤堵塞的十字路口！我和杜泰尔特就是这样，目睹了我们居住过刚离开三天的村庄，就已经破败不堪了。

这个记忆萦绕我的脑际，恐怕我一辈子也挥之不去。杜泰尔特和我一出门，就撞见难以言状的混乱。所有车库、所有货场、所有粮库，都往狭窄的街道大口吐出五花八门的车辆，有新车，也有躺在灰尘里睡了五十年的老车，还有运饲草的大板车和卡车，还有老式公共汽车和两轮马车。在这样的集市上，如果仔细寻找，还能发现古代驿车！所有安了轮子的货箱都搜罗出来了。家中的宝物全部搬空，放进几乎要撑破的包裹里，胡乱堆在小车上运向大车。宝贝家当就这样成了破烂。

这些物品构成了家庭的脸面，也是家人特别宗教的崇拜物。原本各就各位，成为生活习惯不可或缺的东西，全被记忆美化了，因其有助于营造私人家园而有了价值。但是，主人认为这些物品很珍贵，便从壁炉台、桌子、墙壁上取下来，胡乱堆在一起，随即成了旧货摊摆的东西，显露了岁月的磨损。崇敬的圣物，如果堆在一处，看着也令人作呕。

在我们眼前，有什么东西瓦解了。

“你们这里人都发疯啦！出什么事儿了？”

我们前去的那家咖啡馆老板娘耸了耸肩：

“都撤离呗。”

“为什么撤离呀？上帝啊！”

“不知道。是镇长发的话。”

她特别忙，说罢便冲上楼梯。杜泰尔特和我，我们观望街道。只见小孩子、床垫子、炊具等物，都混装在卡车上，汽车上，大板车上，出租马车上。

老汽车看着尤其让人揪心。一匹马挺立在大板车的辕木之间，能给人以健康的感觉。马根本不需要改换配件。一辆大板车，用三根钉子就能修好。可是，机械时代的这些残渣余孽！这些玩意儿，用活塞、阀门、磁电机、齿轮组装而成，能运转到什么时候啊？

“……上尉……不能帮把手吗？”

“当然可以。什么事儿？”

“把我的车从谷仓里开出来……”

我惊诧地看着她：

“您……您不会开车？”

“哦！……上了大路，开开还行……没这么难了……”

她、嫂子，还领七个孩子……

上了大路！上了大路，她每天只能行驶二十公里，每开二百米要停一停。路上堵得一塌糊涂，每走出去二百米，就得刹闸，停车，熄火，接着再挂挡，换挡。整辆车就会让她搞散架了。还有，汽油烧完了！机油漏掉了！甚至水箱里的水，她都会忘加了：

“注意加水。您这散热器像柳条筐一样漏水。”

“是啊！这辆车可不新了……”

“在路上要跑八天……您怎么受得了？”

“我不知道……”

从这里开不出去十公里，恐怕她得撞上三辆车，结果离合器咬刹，车轮爆胎。到了那地步，她本人、嫂子和七个孩子，就只能哭天抹泪了。这些问题大大超出两个女人和七个孩子的能力，他们无可奈何，不再做任何决定，干脆坐在路边，等待牧羊人。可是牧羊人……

牧羊人……怪了，现在这么稀缺！杜泰尔特和我，我们目睹了羊群的主动行为。这一群群羊就这么走了，携带着叮当山响的机械设备。三千个活塞、六千个阀门。所有机械吱咯乱响，剐剐蹭蹭，碰碰撞撞。有些散热器中的水都沸腾了。这支行旅就这样上路了，奋力地走在绝路上！这支行旅，没有替换的备件，没有备用的轮胎，没有汽油，也没有机械师。多么荒唐！

“你们就不能留在家里吗？”

“啊！当然，我们更愿意留在家里呀！”

“那为什么离开呢？”

“告诉我们走的呀……”

“谁告诉你们的？”

“镇长……”

又是镇长。

“当然了。我们大家都愿意留在家里。”

千真万确。在这里，我们嗅不出一丁点儿惊慌失措的气氛，只嗅到盲目吃苦耐劳的气氛。杜泰尔特和我，就趁机开导开导几个人：

“所有这些，你们还不如全抛掉。你们回去，至少还能喝上家乡的水……”

“那当然好啦！”

“你们有这个自由啊！”

我们的争取有点效果。一群人围了上来。他们听我们讲，频频点头表示赞同。

“……说得对呀上尉！”

我有几名信徒接班了。一名养路工让我劝化了，他表现出的热情比我高：

“我总是这么说嘛！跑到大路上，就只能吃石子儿。”

他们七嘴八舌讨论，终于意见一致，准备留下来。有几个人离开，去劝说别人。可是，他们又垂头丧气回来了：

“不行啊。我们也不得不走。”

“为什么？”

“面包师也走了。谁来做面包啊？”

村子已经破绽百出，无处不爆裂。全都要从一个漏洞流出去。毫无希望了。

杜泰尔特有自己的见解：

“悲剧，就是有人让民众相信，战争是不正常的。从前，老百姓待在家里。战争和生活，就是交织在一起……”

咖啡馆老板，手上拖了个口袋。

“我们三刻钟之后起飞了……我们还能喝点咖啡吗？”

“噢！可怜的年轻人……”

她擦了擦眼睛。唔！她流泪不是为我们，也不是为她自己，而是因为她已精疲力竭。她已经感到自己裹在这支行旅中，艰难跋涉，每走一公里都会更加混乱。

在远一点的田野，时有敌歼击机低空掠过，向这可怜的人群扫射。最令人诧异的是，他们通常并不恋战。几辆车起火，为数很少。也死不了几个人。仿佛显示一下，好似一声劝告。又像牧羊犬的举动，咬咬羊的腿弯催羊群快走。在这里，就是要制造混乱。那么为什么，采取这类局部的、零散的、压力不大的行动呢？敌人不必费力，就能打乱这支行旅。的确，用不着敌人来惊扰，队伍就自行乱了。汽车会自动抛锚。机械是为安定的社会设计的，可以从容不迫地使用。机械，一旦没人修理，调试，擦洗上油，老旧的速度非常惊人。今天晚上看上去，这些车辆会有千年车龄了。

我就觉得在给机械送终。

那个人挥鞭抽他的马，神态威严像个国王：他满面得意之色，高高坐在驾驶座上。想必他喝了酒。

“看样子，您挺高兴的！”

“这是世界末日！”

我隐隐感到一种不自在，心中何以产生这种念头，认为所有这些劳动者，所有这样普通人，有家有业，多才多艺，具有如此宝贵品质的小人物，今晚都要完全成为寄生虫和蛀虫了。

他们要散布到田野，将一切都吃光。

“谁提供给你们食品？”

“不知道……”

数百万难民，流落在大路上，每天只能行进五公里至二十公里，又如何提供食品呢？即使准备了食物，也无法送上去！

人与铁的这种混合体，倒让我想起利比亚沙漠。普雷沃和我，我们住在不宜人居的荒野，遍地覆盖着黑石头，阳光映照闪闪发亮，一幅铺了一层铁壳的景象……

眼前这种景象，让我油然而生一种绝望心情：一大群蝗虫飞落到一片乱石地域，能存活多久呢？

“你们等天下雨当水喝吗？”

“不知道……”

十天来，北方的难民不断地穿过他们的村庄。一连十天，他们目睹了这股川流不息的难民潮。现在轮到他们了：他们加入这支行旅。噢！没什么信心：

“我呀，我倒愿意死在家里。”

“人人都愿意死在自己家里。”

千真万确。尽管谁也不希望走，可是整个村子却像沙堆的城堡，訇然崩塌了。

法国就算有储备粮，但公路堵塞也完全阻止了粮食的运输。车辆抛锚的抛锚，相互叉在一起的也动弹不得，在十字路口形成死结，尽管如此，随着大溜儿总归还可以南下，可是，如若再北上该怎么办呢？

“根本就没有储备粮，”杜泰尔特对我说，“这就什么问题都没了……”

据传闻，自昨天起，政府就禁止村庄疏散了。然而天晓得，命令是怎么传布的。因为，公路交通已不复存在。至于电话，或是占线，或是断线，或是可疑线路。再者说，关键根本不在于发布命令，而是重新创造一种道德。上千年来，一直教导男人，必须将妇女儿童置于战争之外。战争是男人的事。镇长完全了解这条规则。镇长助理、小学教师也都知道。突然间，他们又收到命令，禁止疏散，这就是说，强迫妇女儿童留在飞机轰炸的地方。他们得用一个月时间，才能回过弯儿来，适应新时期。一整套思维方式，不能一下子就推翻了。而且，敌军在推进。这样一来，镇长、镇长助理、小学教师们，就把老百姓丢在大路上了。究竟该怎么办呢？真理何在？没有牧羊人，羊群就这么乱走。

“这里没有医生吗？”

“您不是这村儿的人？”

“不是，我们，都是从大北方来的。”

“找医生干吗？”

“为我妻子，她在大车上要生了……”

在这些炊具之间，在这到处是钢铁器物的荒漠中，无异于躺在荆棘上。

“您怎么不早做打算呢？”

“我们上路已经走了四天。”

因为，大路成了汹涌的河流了。哪儿能停靠？村庄一个接着一个扫荡了，把他们自己腾空了，仿佛都冲进公共下水道，恐怕他们性命难保。

“不，这里没有医生。部队的医生都在二十公里远呢。”

“哦！好吧。”

那男人擦着脸上的汗。全都一团糟。他妻子只能当街，在一堆炊具中间生孩子。这种种情况，根本就不是残酷了。这首先，什么不论，太离谱了，超出了人性。没人抱怨，发怨言也毫无意义了。他妻子眼睁睁就得死掉，他没有一句抱怨的话。就是这样。就跟做了一场噩梦似的。

“至少，有个什么地方停一停吧……”

到什么地方找见一个真正的村庄，找见一家真正的客栈。找见一家真正的医院……殊不知医院也撤离了。天晓得是为什么！这是一种游戏规则。还来不及重新制定规则。在什么地方发现一种真正的死亡。然而，真正的死亡已不复存在。只有要散架的躯体，如同那些汽车。

我感到无处不弥漫着一种疲沓的急迫，一种放弃了急迫的急迫。民众每天走五公里，逃避穿行田野、一天推进一百公里的坦克，逃避时速六百公里的敌机。瓶子打翻了，糖浆流出来了。那人的妻子临产了，而他却有的是时间。这很急迫。这事儿也不再急迫了。急迫和永恒，就是这样悬在不稳定的平衡上。

什么事都慢慢腾腾，宛若临终之人的反应。这是数不清的羊群，在屠宰场前疲惫不堪地踏步。放逐到碎石路上，有五百万，一千万？这样一大批民众，在永恒的门槛前踏步，忍受着疲倦和厌烦。

老实说，我都无法想象，他们靠什么活下去。人不会去啃树枝果腹。他们本身也隐隐约约意识到了，但是也不怎么惊慌。他们被迫离开了自己的环境、自己的工作、自己的职责，就完全丧失了自身的意义。他们的身份也失效了。他们没有留下几分本相。他们的存在已经微不足道。日后他们回想起来，会为自己臆造出种种痛苦，可是我眼下，他们尤其是腰酸背痛，只因搬运了太多的包裹，系的结太多挣开而衣物散落，车子太多要连推带拉才能前进。

只字不提失败。这是明摆着的事。构成自身实体的事物，您就感到没必要多说了。他们“就是”失败。

一幅刺眼图景，赫然出现在我眼前：一个正在失去内脏的法兰西。必须尽快缝合。一秒钟都不能耽搁：他们必死无疑……

已经开始了。现在，他们已经要窒息，酷似捞出水的鱼：

“这里没有牛奶吗？”

笑死人啦，问这话！

“我这小孩昨天就什么也没喝上……”

那是个出生六个月的婴儿，还哭闹得厉害，但是哭闹不了多久了：离开水的鱼儿…… 这里根本没有奶。这里只有破烂钢铁。这里只有钢铁破烂，成堆无用的家伙，每行一公里就散落螺母、螺钉、板块，在这样超级无用的大迁徙中，将这芸芸众生送往虚无。

据传闻，敌机用机枪扫射了往南几公里的大路。甚至有人说还丢了炸弹。我们确实听到隐隐的爆炸声响。传闻肯定是确凿的。

然而，人群并没有惊慌。在我看来，他们的情绪还有点振奋。比起陷在这堆钢铁垃圾里，他们反而觉得这具体的危险更好些。

啊！将来的历史学家，能勾勒出什么样的蓝图！他们能发明出什么样的主线，赋予这一锅粥一种意义。他们会采集一位部长的话、一位将军的决定、一个委员会的讨论，将幽灵的这种滑稽表演编写成历史性谈话，彰显其高度负责和高瞻远瞩。他们将杜撰出如何担当，如何抵抗，慷慨激昂的辩护词，又如何缺乏勇气。可是我，我很了解一个部撤离是何等狼狈。一次偶然的机会，我参观了政府的一个部，一看便明了，一个政府一旦搬迁了，就不再成其为政府了。完全像一个人体。如果你要动手将人体移位——胃放在那儿，肝放在这儿，肠子又送到别处——这样的组合就再也构成不了一个机体。我在空军部待了二十分钟。部长还可以支配他的执达员。神奇般的支配。一根完好无损的电铃线。部长摁一下按钮，执达员便来了。

这，便是运转。

“我的车子。”部长发话。

他的权威到此为止。总得给执达员派个差使。然而，执达员一头雾水，不知这地球上是否还存在一辆部长的专车。也没有任何一条电话线，能把执达员同任何一名司机联系起来。汽车司机消失在宇宙的什么地方。这些当权者对这场战争究竟能了解多少？我们从现在起，就应该去轰炸被我们侦察到的一个装甲师，然而请示上级根本联络不上，要等上一星期才有可能。一位当权者，从这个掏空了内脏的国家，能收到什么样的律动声音呢？传递消息，每天只行进二十公里。电话不是串线，就是切断了，在超负荷中，无力传递此刻正在瓦解的国体的声音。政府沐浴在空空如也：极地的空无。政府时而也听到两三声呼叫，紧急而绝望，但是很抽象，压缩成三行字。那些政府官员怎么可能了解，上千万法国人是否濒临饿死呢？一千万人的呼叫塞进一句话里。一句话只能说：

“四点钟在某某家中约会。”

或者：

“据说，死了上千万人。”

或者：

“布卢瓦一片火海！”

或者：

“您的司机找到了。”

这些话同时说出来。一下子传到：上千万人。车辆。东部军队。西方文明。司机找到了。英国。面包。几分钟了？

我给您七个字母。《圣经》上的七个字母。您就用来给我重新编出《圣经》！

历史学家会忘记真事，却能杜撰出一些有思想的人物。而这些人物由神秘的神经连接一个可以表达的宇宙，他们都有坚实的全局观念，能依照笛卡儿[①]的逻辑四原则，权衡重大的决策。他们还善于

① 笛卡儿（1596—1650），法国哲学家、数学家、物理学家。他的机械物理学和机器动物的理论打下了现代科学的基础。他对科学的贡献基于应用了新方法和新的形而上学。

分辨善的力量与恶的力量。分辨英雄与叛徒。就此，我提一个简单的问题：

“要想背叛，就得是某种事的负责人，某种事的管理者，能支配这种事物，熟悉这种事物。而如今，这恰恰表明了才能，为什么就不能将勋章授予背叛者呢？”

和平在各处已渐露端倪。这并不是非常清晰，作为历史的新阶段，以缔结和约的形式取代战争的那种和平。这一时期终结一切事物，却无名称可冠。一种再也终结不了的终结。犹如一片沼泽地，什么激情都得逐渐消沉下去。大家感觉不到临近结局，好坏姑且不论。情势恰恰相反：渐趋进入一种颇似永恒的临时状态，并将腐烂在这种状态中。什么都不会有结果了，只因再也没有纽带可以抓住这个国家了，就像抓住一个溺水者的头发那样。全面瓦解了。即使最感人的努力，也不过是手上留下一绺头发。到来的和平，也不是人做出决断的结果。这和平不请自来，好似麻风病传染扩散。

那边，在我飞机下方，公路上的难民队列混乱了，德军装甲部队正在杀人，或者给水喝，正像沼泽地区泥水相混。和平，已搅进战争，将战争也腐蚀了。

我有个朋友，莱翁·韦尔特，在路上听到气吞山河的一句话，写进了一本重要的书中[①]。公路的左侧是德国军队，右侧有法国军队，两者中间缓慢涌动着难民潮。难民车辆中弹起火了，几百名妇

---

① 指莱翁·韦尔特的著作《三十三天》。1942 年，圣埃克苏佩里以为该书即将出版，故这样记述。该书因故，直至 1992 年才正式出版。

女儿童都拼命往外逃。正巧，一名炮兵中尉身不由己，夹在阻塞的人群中，他正极力将一门七十五毫米口径的大炮拉上炮位，而敌人也正朝大炮射击，没有击中目标，却打倒了公路上的平民；那名中尉大汗淋漓，他非常固执，硬要尽他那不可思议的职守，力图挽救守不住二十分钟的阵地（他们这里只有十二个人！）。这时，几位做母亲的走向中尉：

“你们都走开！都走开！你们这些懦夫！”

中尉和那些士兵便离去。他们到处都能撞上这类和平问题。自不待言，绝不能杀害大路上的儿童。可是，每名士兵要射击，就可能击中孩子的脊背。每辆行驶或力图行驶的卡车，都可能将一大批人置于绝境。要知道，卡车逆流而行，就势必将整条街堵死。

“你们疯啦！让我们过去！孩子快死啦！”

“我们，这是在打仗……”

“打什么仗？你们上哪儿去打仗？你们朝这个方向，三天工夫，也就能走六公里。”

这几名士兵要赶往集合地点，乘坐卡车却迷失了方向，已经误了几小时。恐怕集合的目的不存在了。不过，他们一心只有自己的基本职责：

“这是在打仗……”

“……你们收留我们才是正事儿！真没人性！”

一个孩子号叫起来。

“那个孩子呢……”

那一个不再叫了。没有奶吃，也就没了叫声。

“我们，这是在打仗……”

他们愚蠢透顶，还一味重复这句套话。

“哼！打仗，你们永远也碰不上！你们也要跟我们一样，就死在这儿！”

“我们是在打仗……”

他们已经不知所云了。他们也弄不清了，自己是否在打仗。他们还从未见过敌人。他们乘卡车驶向的目标，比海市蜃楼还飘忽不定。一路上只遇到这种公共葬尸坑般的和平。

由于混乱，什么都粘连在一起，他们下不了车了，被人团团围住。

“你们有水吗？”

于是，大家把他们的水分了。

“有面包吗？……”

于是，大家分了他们的面包。

“你们就看她死了不管吗？”

那辆抛了锚被推下沟的汽车里，有个女人在捯气儿。

大家把她拖出车，抬上卡车。

“那个孩子呢？”

大家又把那孩子放到卡车上。

“还有那个快生产的孕妇呢？”

大家又把孕妇搁上车。

接着，又让另一个女人上车，只因她哭哭啼啼。

大家忙活了一个钟头，总算给这辆军车让出地方。卡车调了头，向南行驶了。军车被带动，像块浮冰，随着民众河流漂走。士兵皈依了和平，因为他们找不到战争。

因为，战争的肌肉是无形的。因为，你们打出的拳头，只打在孩子身上。因为，你们到战争的集合地，却撞到要生孩子的女人。因为，硬要传递情报，或者接受命令，就像要同天狼星讨论，同样是痴心妄想。没有军队了。只有人了。

这些士兵皈依了和平。他们被事物的力量改变成机械师、医生、牧羊人、担架队员。他们修好汽车，帮了这些根本摆弄不了钢铁家伙的百姓。这些士兵这样卖力助人，并不知道他们究竟是英雄，还是该上军官法庭受审。如果授予他们勋章，他们也不会惊讶。如果靠墙排成一队，脑壳挨十二颗枪子儿，他们同样不会感到奇怪。让他们复员也是一样的。没有什么事能让他们惊诧了。他们早就打破了奇怪的底线。

这是一大片淤泥塘，任何命令、任何行动、任何消息，也不管是什么波，都休想传出去三公里开外。村庄一个接一个倾覆，流进公共下水道；同样，这些军车被和平吸纳，一辆接一辆归顺了和平。这些士兵牺牲性命也不会退缩，但是他们面临的根本不是死亡的问题，而是接受一路遇到的义务，修好老式马车的车辕：三位修女将十二名受死亡威胁的孩子塞进车里，走上只有上帝知晓的朝圣之路，前往也只有上帝才知晓的仙洞。

我也像收枪入套的阿利亚斯，不去评判士兵放弃的行为。是一阵什么风把他们激励起来？又哪来的什么波而波及他们？能把他们召集起来的面孔在哪里？此外他们对世事一无所知，只能听到那些谣传，总是那么荒唐的谣言，却每隔三四公里的路段，就会生发出来：初现为离奇可笑的假设，在这三公里烂泥塘缓慢地传开，逐渐就变得言之凿凿了：

“美国参战了。教皇自杀了。俄罗斯飞机轰炸，柏林成了一片火海。停战协定三天前就签订了。希特勒在英格兰登陆了。”

根本就没有牧羊人，带领妇女或者孩子，同样没有人带领男人了。将军的命令只下达到他的传令官。部长的指示只下达到他的执达员。也许，他能言善辩，还能说得他动容。阿利亚斯能支配他的机组，能让他们甘愿献身。军用卡车的中士，能直接掌握十二名士兵。不过，他休想再联系上任何别的什么。设使有一位天才头领，十分神奇，一眼便纵观天下，构思出能拯救我们的方略，这样的头领要想表达自己的意图，也只有一根二十米长的电话线。他要夺取胜利所能支配的全部兵力，就只有一名执达员，这还要看电话线的另一端，那名执达员是否还在。

这些散落的士兵，在路上加入各不相干的难民群体，也是漫无目的地随大溜儿，成为名副其实的战争失业者，丝毫没有赋予爱国战败者的那种绝望神情。他们隐隐约约期盼着和平，确实如此。不承想，和平，在他们眼里并无任何别的奢求，只是结束这种难以名状的混乱，恢复一种身份，哪怕是最普通的身份。某位老鞋匠，还缅怀他打鞋钉的时期。他打鞋钉，也是在铸造世界。

再者，如果说他们径直往前走，那也是全面失调，将他们彼此分隔的缘故，并不是贪生怕死。他们什么都不惧怕：他们已空乏无物了。

第 十 七 章

有一条铁定的法则：战败者不会就地一变而成胜利者。一旦提到一支军队开始撤退，随后又抵抗，这只是一种省略的说法，因为撤退的部队和坚持战斗的部队，并不是同一支军队。军队退却，就不成其为军队了。并不是说这些人马没有能力打胜仗，而是因为后撤摧毁了这些人之间的全部联系，包括物资和精神两个层面。让这部分士兵撤向后方，换上具有组织特征的新的后备队，由他们阻击敌军。至于逃兵，可以收罗起来，重新整编为军队。如无后备力量投入战斗，一撤退便不可收拾了。

唯独胜利才有凝聚力。失败不但分割开个人和其他人，也割裂了每个人的自身。如果说逃兵没有为崩溃的法国流泪，那是因为他们是战败者。那是因为法国失败在他们心中，而不是在他们周围。为法兰西流泪，就已经是胜利者了。

几乎对所有人而言，无论是尚在抵抗的人，还是不再抵抗的人，只有将来到了沉默的时刻，战败的法兰西面目才会显露出来。今天，每个人竭力对付的是出了麻烦，或者已经恶化的平凡小事，对付抛锚的汽车，对付堵塞了的道路，对付卡住的节气门控制杆，全是一种使命的荒唐现象。败象正是使命变得荒唐，正是阻止大崩溃的行为本身也变得荒唐了。因为，一切都自行割裂了。大家不为国难哭泣，倒是为自己掌管的，唯一触碰得到的物件损坏而流泪。法国崩溃，纯粹是面目全非的碎片汇成了洪流：无论这项使命，无论这辆军车，无论这条大道，无论这根混蛋透了的节气门控制杆，全都面目全非了。

自不待言，大溃败景象十分可悲。小人尽显其宵小。强盗尽显其强盗。各种机构残缺不全，陷于瘫痪。部队士气沮丧，又疲于奔命，在荒诞的状态中瓦解。失败导致的后果，恰如鼠疫感染了淋巴结。不过，您所爱的女人，如果被一辆卡车压了，您能嫌她伤残的样子丑吗？

失败却给受害者安上有罪的表象，这正是失败的极大不公正。失败该如何表明所付出的牺牲，恪尽职守，严于律己，日夜惕厉呢？这些都是决定战争胜负的上帝所未予考虑的方面。失败又如何表明爱情呢？失败表现出各部门领导没了权力，青壮男人如一盘散沙，民众都消极被动。有时真的无能而逃避责任，但是这种无能又说明什么呢？只需风闻俄罗斯转变了态度，或者美国干预进来的消息，人的情绪就随之改变了。有了共同希望，人也就凝聚了。这样的传闻，每次都能廓清一切，犹如刮来一阵海风。切勿以失败后果来论法兰西。

评断法国应该以其做出的牺牲。法国不顾逻辑学家论证的真理，接受了这场战争。逻辑学家对我们说："德国人口有八千万，相差四千万，我们不可能一年之内就生产出来。我们的麦田也不可能变成煤田。我们也不可期待美国的支援。德国要求占有格但斯克港[①]时，强加给我们的责任，为什么不是拯救格但斯克（这是不可能的），而是为避免蒙羞而自杀呢？我们人口一个对两个，拥有的土地为多产麦而不是产机器，这何羞之有呢？这份耻辱，为什么必得压在我们身上，而不是压在整个世界上呢？”他们这话有道理。战争对我们而言，就意味灾难。然而，法国为了避免失败，就应该拒绝战争吗？我则认为不然，法国出于本能，也做出同样判断，既然这样的警告也根本未能扭转法国不惜一战。在我们国家，是精神主宰了才智。

生活一向如此，不断破除条条框框。失败虽然丑态频出，但是却能表明，这是唯一通向重生的途径。我深知必须让一颗种子在土里烂掉，才能生长出树木。抵抗的头一个行动，如果为时太晚，那就势必失败，但这毕竟是抵抗的觉醒。觉醒也像一粒种子，也许会生发出一棵树来。

法国扮演完了自己的角色。她的这种角色，就是甘愿被对方击垮，在沉默中埋葬一段时间，因为世界只是裁决，既不合作也不斗争。要冲锋就必得有人打头阵。牺牲的几乎总是打头阵的人。但是，为了组织起冲锋，死一些冲在前头的人也在所难免。

这个角色也是当务之急，既然我们不抱幻想，接受明摆着的局面：以一名士兵对阵三名士兵，以我们的农民对阵工人！我拒绝接受以失败的丑相来评断我们。那个人因接受飞行而被烧伤，别人能以烧伤变形的面孔判断他吗？他也同样能丑化。

① 格但斯克港：波兰港口，位于维斯瓦河河口，1939 年 9 月 1 日被德国强行夺取，从而引爆第二次世界大战。1945 年，该港又归还波兰。

第十八章

这场战争，具有精神意义，我们有必要进行，尽管如此，我们还是觉得在操作中，这像一场怪诞的战争。这个词，我从不羞于使用。我们刚一宣战，就开始等待，自己没有发动攻势的能力，就等待人家想来把我们灭掉！

心想事成。

我们有麦捆去战胜坦克。麦捆根本不顶用。到如今，灭掉已经完成。无论军队、后备队，还是联系系统、物资，一概不复存在了。

然而，我还继续飞行，一丝不苟，十分认真。我以每小时八百公里，每分钟三千五百三十转的速度，朝德国军队俯冲。

为什么？还用问！吓唬他们！迫使他们撤出法国领土！既然期望我们搜集的情报毫无用处，这种任务不会有别种目的。

怪诞的战争。

我不免有点夸张。我大大降低了飞行高度。操纵杆和节气门控制杆都解冻了。现在平飞，恢复了正常速度。我仅仅以时速五百公里，每分钟两千二百转的速度朝德军俯冲。真可惜。我这样不会让他们怎么怕了。

有人会责备我们，这场战争不该称为怪诞的战争。

称这场战争为“怪诞的战争”的人，正是我们！无妨，就是觉得怪诞。我们有这个权利，高兴了就开开这场战争的玩笑，因为所有牺牲，我们都承担下来了。我也有权打趣自己的死亡，如果这样我能开心的话。杜泰尔特也同样。这类反常现象，我有权品味玩赏。譬如，为什么那些村庄还在燃烧？为什么民众还散乱地抛在路上？为什么我们还以百折不挠的信念，冲向一个自动屠宰场？

我有全部权利，只因在这一瞬间，我完全清楚自己的所作所为。我接受死亡。我接受的不是冒生命危险。我接受的也不是战斗。我接受的是死亡。我明白了一个伟大的真理。战争，并不是接受危险，并不是接受战斗。在某些时刻，战士纯粹就是接受死亡。

近日，外国舆论认为我们牺牲得还不够时，我看着那些机组起飞并自毁，心中不禁问道：“我们献身于什么，还能得到回报呢？”

要知道，我们仍然在付出生命。要知道，这半个月，法国死了十五万人。这么多人丧生，也许并不能表明进行了一场异乎寻常的抵抗。我丝毫也不颂扬一场异乎寻常的抵抗。这种抵抗根本不可能。倒是有几队步兵，在没有防卫设施的农场遭受屠杀。而空军机组，就像投进火中的蜡烛般熔化。

即便如此，我们 2–33 飞行大队为什么还接受任务，去送死呢？是为了博得世界的敬重吗？然而，敬重就意味有人裁判。我们当中谁肯把裁定的权利让给别人呢？我们是为一种事业斗争，并且认为这是我们共同的事业。自由受到挑战，不仅事关法国，也事关全世界：我们认为裁判的位置，未免过于舒服了。应当由我们来评审裁判员，我们飞行大队的人来评审裁判员。我们这些人，二话不说就起飞，任务容易时也只有三分之一能活着回来，其他飞行大队也如此；还有那位朋友，被弹片毁了容，从而一辈子别想打动一个女人，丧失了基本权利，犹如囚在牢房中，由丑陋的相貌守护着他的德操。总之，对我们这些人，休提什么观众在评判我们！斗牛士是为观众活着的，而我们不是斗牛士。如果有人断然对奥什德说："你应该出发了，好让证人观察你。"奥什德必会这样回答："说错了。应当是我，奥什德，在观察证人……"

归根结底，我们为什么还在战斗呢？保卫民主吗？如果我们为民主而战死，那么我们与民主国家就是志同道合了。因此，民主国家就该和我们并肩战斗才是！可是，最强大的民主国家，独自就有实力拯救我们，昨天却失语了，今天还没有站出来。好吧。这是人家的权利。他们就以这样的态度向我们表明，我们是为自身的利益而战斗。然而，我们完全明白大势已去。那么我们何必还去送死呢？

绝望轻生吗？可是，这跟绝望毫无关系！您若是期待从中发现绝望，那就根本不了解失败。

有一种真理，要高于聪明的夸夸其谈。有什么东西穿透了我们，支配了我们，而我接受了，却还抓不住。一棵树木根本不言语。我们纯粹就是一棵树。有些真理一目了然，尽管无法阐述。我绝不会为抵抗入侵而牺牲，因为我同我所爱的人根本没有掩体。我也绝不会为拯救一种我不承认的荣誉而死：我拒绝法官。同样，我也绝不会因绝望轻生。况且，这工夫，杜泰尔特在查地图，算出了阿拉斯就在下方一百七十五度的地方。我已有感觉，不出三十秒钟，他就会对我说：

“航向一百七十五度，我的上尉……”

我自会接受。

第十九章

“一百七十二度。”

“明白。一百七十二度。”

那就前往一百七十二度。墓志铭刻上：“准确航向一百七十二度。”这种奇特挑战能维持多久呢？我飞行的高度是七百五十米。上面是密布的云层。我若是升高三十米，杜泰尔特就必然两眼一抹黑了。我必须停留在明处，当小学生的靶子由德国炮兵射击。七百米是禁飞高度。能成为整片草原射击的目标。能吸引整支部队的射击。什么口径的炮都可以打中。就这么永久待在各种武器的打靶场里。这不再是射击，而是用棍棒打。就好像挑战一千根棍子打下一个核桃。

我仔细研究过这个问题：跳伞绝对不成。飞机一旦被击落，便冲向地面，容不得开舱门跳伞，那得花费三十多秒钟，要扭转七圈发滞的舱门手柄。况且，急速坠落时，舱门变形就滑不动了。

这是实情。这一剂苦药，总有一天必须吞下去。没有繁文缛节，只需保持航向：一百七十二度。千不该万不该，就怪自己老了。就是这样。童年时期我多幸福啊！我这么讲，敢情是真的吗？当年在我家老宅的门厅里，我已经走上一百七十二度航向了。多亏了那两位叔父。

童年，现在变得特别温馨。何止童年，度过的全部生活均如此。从前的生活，展现在我面前，好似一片田野……

我就觉得我始终如一。我此刻的感受，从前也一向有这种体会。我的快乐，或者我的忧伤，当然都已经改变了对象，但是感情依旧。小时候就是如此，无论开心还是不痛快。无论受罚还是得到原谅。我有时学习成绩好，有时学习成绩差。这样看是什么日子了……

我最久远的记忆？我有一个保姆，名叫波拉，是蒂罗尔[①]人。不过，这恐怕算不上一种回忆，而是一种回忆的回忆。我五岁那年，进入我家门厅，波拉就已经纯粹是一种传说了。一连好几年，临近新年时，母亲对我们说："波拉来信啦！"对我们几个孩子，这可是件大喜事。说起来，我们干吗那么高兴呢？我们哪个孩子都不记得波拉了。她早已回到她的故乡蒂罗尔了，也就是说，回到她的蒂罗尔老家了。那是一种小木屋，孤零零的，远在冰天雪地。出太阳的日子，波拉就出现在门口，所有住小木屋的人莫不如此。

"波拉漂亮吗？"

"特别喜人。"

"蒂罗尔那儿好天儿多吗？"

"总是晴天。"

蒂罗尔常年好天气。小木屋把波拉推出去很远，远远推到外面，白雪覆盖的草坪上。我学会写字后，家人就让我给波拉写信。我在

① 蒂罗尔：奥地利西部的旧省名。

信中对她说："我亲爱的波拉，我很高兴给您写信……"这有点类似祈祷，既然我不认识她……

"一百七十四度。"

"明白，一百七十四度。"

那就前往一百七十四度。墓志铭还得改写。好奇怪，一生的经历，怎么一股脑儿聚到一起。我在给自己的回忆打包。这些回忆，从此再也用不上了，对谁都毫无用处了。我还记得一种伟大的爱。妈妈常对我们说："波拉在信上写了，让我代她拥抱你们所有人……"于是，妈妈就代波拉，一个个拥抱了我们。

"波拉知道我长大了吗？"

"当然了。她知道。"

波拉什么都知道了。

"我的上尉，他们开炮了。"

波拉，他们朝我开炮啦！我瞥了一眼高度表：六百五十米。乌云层位于七百米。好吧，我也无能为力。不过，在这云层下方，世界不如我预感的那么暗黑，倒是蓝汪汪的。蓝得特别奇妙。正值暮晚时分，平野一片蓝色。有几处在下雨，是蓝色的雨光。……

"一百六十八度。"

"明白。一百六十八度。"

那就前往一百六十八度。通往永恒的路还这么曲折……但我又觉得，这条路非常宁静！世界好似一片果园。刚才显示在地图上还很枯燥乏味，在我看来全无人间烟火。等我低空飞行，就有了几分亲切感。看见了树木，有零星的独木，也有小块树丛。更有绿色的田地。还有红瓦房舍，门前还站着个人。四周还下着悦目的蓝色阵雨。波拉如遇到这种天气，肯定要催我们回屋了。……

“一百七十五度。”

我的墓志铭大大丧失其浑朴的高尚：“准确航向一百七十二度，一百七十四度，一百六十八度，一百七十五度……”我这么摇摆不定，成什么样子。咦！我的发动机咳嗽了！他又冷却下来了。于是，我关闭了机罩。好哇。到了该打开备用油箱的时候。我拉动操纵杆。我什么都没有忘记吧？我瞧一眼油压表。一切正常。

“情况开始不妙了，我的上尉……”

你听见了吗，波拉？情况不妙了。然而，暮晚的这种蓝光，没法儿不让我感到惊讶。这种色彩太出奇了！这种色调太深邃了。还有那些果树，估摸是李树，列队而过。我进入了这片景区。不再隔橱窗观赏了。我跳进了围墙，要偷人家的庄稼。我大步流星，走在一块湿漉漉的苜蓿田里，要摘取人家的李子。波拉，这真是一场怪诞的战争。这是一场忧伤的、一片蓝光的战争。我有点迷路了。我逐渐垂老，才发现这个奇异国家……嗳！不然，我并不害怕，只是有点悲伤，仅此而已。

“曲折飞行，我的上尉！”

这是游戏的新花样，波拉！右侧踏一脚，左侧踏一脚，引逗他们乱射炮。我若是摔了一跤，身上就得肿大包，你肯定用山菊油给我敷肿。要知道，这总归是……暮晚的蓝光真奇妙！

我看见前方，三支长枪分路刺上来。三根长长的枪杆儿，垂直发亮。那是小口径炮发射的照明弹或者曳光弹的弹迹。金光闪闪。

在蓝色的暮晚中，我忽然看见三枝的大烛台放射光芒。

“上尉！左面火力太强！斜插过去！”

踏一脚。

“噢！情况更糟……”

也许吧……

情况更糟，不过，我深入了事物内部。我也掌握自己的全部回忆，以及我的全部积蓄、我的全部爱，我还同样掌握自己的童年：我的童年犹如树根，消隐在黑夜中了。我的生命始于一种回忆的忧伤……情况更糟，不过，面对流星飞抓来的利爪，我认为产生的感觉，得不到我内心一丝一毫的认同。

我置身一个触动我内心的国度。白昼将尽，已是暮晚时分。在左侧雨区之间，有几大块霞光，构成一扇扇窗玻璃的模样。所有美好的事物近在咫尺，我一伸手就几乎触摸得到。有结了李子的这些李树。有散发泥土香的这片土地。穿越这湿润的土地漫步，一定非常惬意。要知道，波拉，我像一辆拉饲草的大车，左右摇晃着缓缓前进。一架飞机，你认为飞得很快……当然了，如果你待在那儿思考！然而，如果你将飞机置于脑后，一心在观望，那你就只是在田野里散步了。

“阿拉斯……”

不错。正前方还很远。不过，阿拉斯不是一座城市。阿拉斯望去只呈现一抹红光，由蓝夜色衬托出来。那是风雨的背景。毫无疑问，在左侧和对面，正酝酿一场暴风雨。这种朦胧天色，并非黄昏之故。必是聚积了大量乌云，才透射下来如此暗淡的霞光……

阿拉斯的火势扩大了。不是火灾那样熊熊燃烧，而是像病灶，向四周好肉扩散，但是那抹红光却源源不断供应原料，犹如一盏油灯的小火苗，不急不躁，确信持久燃烧，稳稳坐在充足的油灯座上。我感觉得出来，即是燃烧着密集的，近乎超重压的肉体，时而有一阵风摇动，仿佛吹斜一棵树。正是……一棵树。这棵树把阿拉斯紧紧缚在它的根系网中。就这样，阿拉斯的全部营养，阿拉斯的全部储存，阿拉斯的全部精华，都化为汁液，升上去供养这棵树了。

我看到那团火焰过分沉重，时而丧失平衡，左倾右倒，吐出更浓的黑烟，随后又恢复原来的形态。但是，我始终辨不清那座城池。整场战争都凝聚在那团火中。杜泰尔特说情况更糟。他观察正前方比我看得清楚。尽管如此，首先让我吃惊的是，他这么轻描淡写；这片深深中毒的平原没有抛出几点星光。

不错，可是……

要知道，波拉，在童话书中，骑士要经历艰难险阻的考验，走向迷魂的神秘城堡。他攀越了冰川，跨过了深涧。他挫败了各种背信弃义的阴谋。终于，城堡出现在他面前，坐落在一片蓝色平野的中心，催马奔去，马蹄轻盈，好似踏着如茵的草坪。他已经认为自己胜利了……啊！波拉，我们不会误解童话的一种古老愿望。古今同理，那一向是最艰难的……

我就这样，奔向暮晚蓝色中的我那火焰城堡，一如从前的故事……你早早离去，不了解我们的游戏，你错过了“阿克兰骑士”。这是一种我们发明的游戏，只因我们不屑于玩别人的游戏。我们是在狂风暴雨天玩的，头几道闪电过后，从物体的气息和草木叶子的突然抖瑟，我们就感到那乌云顶很快就要破裂了。粗实的树枝，有那么一瞬间，也变成嗞嗞声的细弱青苔了。这是信号……任什么也不可能拉住我们了！

于是，我们从花园的最里端出发，朝房屋奔跑，要穿过大片草坪，跑得上气不接下气。这种阵雨的最初大雨滴，稀稀落落，打在身上特别重。身上最先挨着雨滴的孩子就得认输。随后，第二个、第三个。随后其他人。最后幸免者就表明受神的保佑，已经刀枪不入了！他有权接过“阿克兰骑士”的称号，直到下一场雷雨。

每次游戏，仅仅几秒钟的工夫，儿童的一场大屠杀……

此刻，我又玩起阿克兰骑士游戏，上气不接下气，缓缓跑向我的火焰城堡……

恰好这时候：

“啊！上尉。这景象我从未见过……”

我也从未从未见过。我不再是刀枪不入的人了。噢！原先我不知道，自己还抱有希望……

第二十章

管他七百米呢，我还是抱有希望。管他坦克驻扎地呢，管他阿拉斯的火焰呢，我仍旧抱有希望。我在绝望中抱有希望。我的记忆一直追溯到童年时期，以便找回一种受神灵保佑的感觉。大人就没有任何保护了。一旦长成大人，就只能好自为之了……然而，一个孩子有万能的波拉紧紧牵着手，别人又奈他何呢？波拉，我凭借你的影子当作一面盾牌……

我凭借一切花招儿。当杜泰尔特对我说："情况更糟了……"我甚至还利用这种威胁来维系希望。我们处于战争时期：战争就必须显露真相。战争亮相时，凝缩为几道光迹："这就是阿拉斯上空所谓死亡的风险？真让我好笑……"

在死刑犯的臆想中，刽子手是个青面獠牙的机器人。眼前却是一个老实巴交的一般人，会打喷嚏，甚而还微笑。死刑犯抓住那微笑，如同抓住一根救命稻草……救命不过是一种虚幻。刽子手尽管打着喷嚏，一定还会把这颗头砍下来。不过，怎么好拒绝希望呢？

就我本人会受到什么样接待，我怎么可能不误解呢？既然呈现眼前的是一片亲切的田园景象，既然下过雨的房瓦和石板瓦，闪着那么柔和的亮光，既然没有任何东西会随时变化了，似乎不该再变了。既然只有我们三个人，杜泰尔特、机枪手和我，穿过田野缓步回家，也大可不必翻上衣领，雨也的的确确不怎么下了。既然德军防线核心地带，也没有暴露任何值得一谈的情况，同样，也绝没有理由认为，再往前战争会是另一种样子。既然敌人已经分散兵力，仿佛融化在广阔的农村中了，可能一名士兵占领一幢房子，一名士兵守一棵树，说不定哪个偶尔想起在打仗，便放上几枪。长官一再命令他们："来飞机就开枪打……"军令同梦幻混淆起来。士兵恍惚间，随意放三两枪。我从前打野鸭子也是这样：傍晚时分，只要散步颇为享受，心思并不放在打猎上。我边走边聊，随便打几枪，也不大惊扰野鸭子……

想看什么就必见什么：那名士兵瞄准我，但是心不在焉，也就打不中了。其他士兵干脆就放过飞机。那些有本事给我们搿绊的人，此刻也许正畅快地呼吸暮晚的清香，或者正在点香烟，或者刚说完笑话——他们同样放过了。至于驻守村里的其他德军，可能正伸出饭盒盛汤。"轰隆"一声响起，又止息了。是友是敌？没时间管理，他们的精神头儿全在盛满的饭盒上：他们也放过去了。而我呢，双手就插在兜里，尽管若无其事地吹着口哨，力图穿越这座游人止步的花园，好在花园的守卫一个依赖一个——全部放过去了……

我实在是不堪一击。我这种示弱本身，倒成为给他们设下的陷阱："你们何必忙活？再往前飞飞，别人自会把我揍下去……"明摆着的事儿！"滚吧，到别处找死去……！"他们就把这苦差使推给别人，自己不想中断开的玩笑，或者只想呼吸晚风的清爽。我就是这样，利用他们的疏忽大意，趁这一时刻，仿佛天缘凑巧；这有何不可呢？他们全算上，所有人都厌战了，我就安然无事混过关去。其实，我隐隐约约，已有这种打算，混过一个一个人，一个一个小队，一座座村庄，最终一路会完全蒙混过去。归根结底，我们不过是傍晚飞过的一架飞机……甚至都不值得举头望上一眼！

自不待言，我就是希望能返航。但同时我也知道，一定会发生什么情况。一个人被判死刑，但是囚牢还沉默无语。他便紧紧抓住这种沉默。每一秒钟都类似前一秒钟。即将逝去的这一秒钟，绝对没有理由能改变世界。一秒钟承担不了这样天大的工程。每一秒钟都接续着拯救这种沉默。沉默似乎已经永恒了。

不过，大家熟知要来的那个人，脚步声听得见了。

这种田野的景象中，有什么东西迸裂了。犹如奄奄一息的劈柴，突然噼啪声响，喷射大量火星。是什么神秘的力量，促使这么一大片平原在同一时刻发作呢？春天一来，树木便抛出种粒。怎么突然出现这枪炮的春天？这明亮的洪流，怎么全方位顿时涌现，朝我们冲上来？

我头一个感觉，就是自己失慎了。一下子全搞砸了。平衡在千钧一发间，往往一眨眼，一抬手就足以破坏！登山者咳嗽一声，就可能引起雪崩。而现在雪崩确已引发，大势已去了。

这片蓝色沼泽地已经夜色弥漫，我们蹚在里面，步履沉重而蹒跚。我们搅动了这潭死水，水下立时泛上来成千上万金色泡泡。

一群杂耍演员登台表演了。一群杂耍演员连续抛掷表演，将成千万的玩物抛向我们。不过，他们抛掷来的东西没有回环变化，我们乍一看仿佛静止不动，但是却像那种圆球，娴熟的演技不是抛掷，而是缓慢地升起。我看到闪亮的泪珠穿越寂静的油质空间，纷纷朝我流淌过来。杂耍演员就在这种寂静中献技。

机关枪和速射高炮，每一波都射出数百发曳光子弹和炮弹，连成了念珠串。上千串念珠，富有弹性，直朝我们延伸，几乎要抻断，升到我们高度就爆开了。

那些没有击中我们的子弹炮弹，从侧面看其经过，如白驹过隙，其实快得令人目眩。泪滴化为闪电。我忽然发觉身陷恍如麦田的全黄弹道中。现在我身陷长矛的密林中。现在我身受威胁：不知什么令人眩晕的密集飞针来袭。整片平原都同我联系起来，在我周围织成一面闪光的金线网罩。

啊！这会儿俯瞰地面，我发现一层层发光的水泡，如雾障一般缓缓升上来。我发现这阵缓慢的旋风卷着那么多种子：好似脱粒的小麦壳皮在飞舞。不过，横向看来，那就纯粹是一束束长枪了！是射击吗？根本不是！我受到了冷武器的攻击！我所见到的无非是明光剑！我觉得……并不关乎危险的问题！我眼花缭乱，沉浸在珠光宝气中了！

噢！

我颠起来，离座位二十公分。飞机遭受猛烈一击。飞机要断裂了，要毁成碎片……不然……不然……我感到飞机还回答操纵。这不过是第一下冲击，接着会像洪水一般袭来。然而，我根本没有看到爆炸。想必炮弹的硝烟，已经混同深暗的土色了。我举头张望。

这情势毫无生机了。

第二十一章

我俯瞰地面，却没有注意到云层和我之间，空间逐渐扩大了。曳光弹痕倾泻着麦子的金光：我怎么可能知道金光升到顶端，还一一撒播这些黑暗物质，就好像钉一根根钉子？等我发现了，那些物质已经堆积成令人眼晕的金字塔，形同一座冰山向后漂移，移动的速度十分悠缓。身处这样的方位，我就感到静止不动了。

我完全清楚这样的金字塔刚一建成，就耗尽了自身的能量。这些烟云，每一团仅在百分之一秒的瞬间握有生杀大权。可是，在我不知不觉中，这些云团却把我围住了。云团出现，猛然给我的后颈巨大压力，相当于严厉的惩罚。

连续不断的爆炸，声音沉浊，被发动机的轰鸣所掩盖，反倒让我萌生一种静得出奇的幻觉。我什么都感觉不到了。等待犹如踌躇不前，空虚感在我的内心扩大开来。

我想……这种关头，我还有想法:“他们射得太高了！”一仰头又望见几只苍鹰，摇摆着向后飘去，仿佛依依不舍。那些鹰也放弃了。然而，还是毫无希望。

那些枪炮没有击中我们，再次瞄准了。在我们的高度，以爆炸重又建起墙壁。每门炮几秒钟工夫，就筑起一座爆炸的金字塔，随即消隐而丢弃，移向别处再造一座。炮射并不追踪我们，而是把我围住。

“杜泰尔特，还差得远吗？”

“……如能再坚持三分钟，就可以搞定……不过……”

“也许闯得过去……”

“没门儿！”

来势汹汹，那黑灰色的怪影，放出来的一群黑色猛禽。平原一片蓝色。蓝蓝的无边无际。蓝色调的海底……

我还能期望活多久？十秒钟？二十秒？爆炸的冲击波，持续不断地朝我袭来。近处的爆炸直冲飞机，犹如落石砸进两轮载重车里。飞机受此冲击，全身发出近乎悦耳的乐声。好怪异的叹息……不过，那是打偏的炮弹。听来就像霹雳。有些是最起码的冲撞；就是说弹片打着机身。猛兽捕杀牛，并不将其扑倒，而是准确无误，用利爪深深抓进肉里。牛就这样在利爪掌握中了。同样，弹片只是嵌进机身，就像抓进肉里。

“伤着了吗？”

“没有！”

“喂！机枪手，伤着没有？”

“没有。”

这样的冲击，总归得描述一番，但其实也不算什么。只是敲了敲外壳，打了打鼓。虽说没有打漏我们的油箱，却完全可能剖开我们的肚子。不过，就连肚子也只是一面鼓。身体，管它怎么样！首要考虑的并不是身体……这话，可真出格啦！

关于身体，我有几句话要讲。在日常生活中，明显的事情反而熟视无睹。必须出现紧急情况，明显的事才能触目惊心。要有这样密匝匝的曳光弹冲上来，要有如林的长枪袭击，总之，要搭起这座最后审判台。这样，大家就明白了。

我穿飞行服时就曾思忖："最终时刻，会是什么样子呢？"生活每每戳穿我臆想的幻象。这一次，真可谓裸奔，任由乱拳打在身上，甚至没有抬一抬臂肘护脸。

考验，我曾考验过一次自己的肉体。我想象自己的肉体受到一次考验。我所采取的观点，自然就是我这肉体的观点。人对自己的躯体关心备至！不厌其烦地穿衣，洗漱，护理，刮胡子，吃吃喝喝。人就把自己等同于这个饲养动物。人带着它去裁缝店，去看医生，去动外科手术。人要跟着它受苦，跟着它喊叫，跟着它去爱。人一提起它，就说：这是我。如今猛然一下，这种幻象破灭了。人完全可以不在乎身体！人把它打入奴仆一类的行列了。一旦火气上来了，一旦爱情炽热起来，一旦结了仇，那么，和身体的这种铁的关系就破裂了。

你儿子困在失火的房屋里怎么办？你一定会冲进去救他！谁也拉不住你！你身上着了火！可你根本不理会。你这身皮肉，谁要用就抵押给谁。你这才发现，你并不珍惜你十分看重的东西。碰到什么障碍，你就会卖块儿，不惜用肩膀去硬撞！你就寄寓在自己的行动中。你的行为，就是你。从此你不在别处了！你的身体从属于你，它不再是你了。你要硬闯吗？谁也不能以身体受威胁为由控制得了你。你是谁？是敌人的克星。你是谁？是你儿子的救星。你变了个人。你变了却没有感到丢失什么。你的四肢算什么？就是工具。切削中工具崩坏，也没什么大不了的。你转变为敌人的克星，你儿子的救星，治愈你病人的医生，转变为你的发明创造，如果你是发明家的话。大队的这位战友受了致命伤。嘉奖令称道："当时他对同机的观察员说：'我不行了。你快走！抢救材料！'……"唯一重要的是抢救情报，治好伤病员，干掉敌人，发明创造！你生存的意义就光辉照人了。这是你的责任。这是你的仇恨，这是你的爱心，这是你的忠诚，这是你的创造发明。你在自身再也找不见别的什么了。

大火不仅焚毁肉体，同时也焚毁肉体的崇拜。人不再对自身感兴趣了。唯独自己的真实情况才是命根子。他不再割裂了，如果死了，便融合了。他没有丧失自我，而是回归本原。这绝非伦理学家的夙愿。这是一种司空见惯的真理，每天的真理，却被每天的幻象遮蔽了。我穿飞行服时，想必身体受到伤害，怎么可能料到关注的是无聊的事儿呢？唯有到了要交出这个身体的时刻，所有人总是到了这种关头，才惊奇地发现自己多么不在乎身体。自不待言，日常生活中，没有一点紧要的事情牵制，我生存的意义没有受到威胁，我就想不出有什么问题比我的身体还重要。

我的肉体哟，我真不把你当回事儿啦！我从你这躯体排除来了，我已没了希望，也没了念想儿！我否认直到这一瞬间我的全部表现，那并不是我在思考，也不是我在感受。那是我的肉体。我不得不拖着它，勉勉强强一直带到这里，而在这里我才突然发现，肉体一点儿也不重要。

我是在十五岁的时候，上了这第一课：我有个弟弟病危，几天来就朝不保夕了。有一天凌晨，约莫四点钟，他的护士叫醒我：

“您的弟弟要见您。”

“他感觉不好？”

她未予回笑。我急忙穿上衣服，去看弟弟。

弟弟声调跟平时一样，对我说道：

“死之前，我要跟你说几句话。我快死了。”

他一阵痉挛，全身抽搐，只好闭了口。他发作过程中，还摆了摆手。我不明白这手势的意思，以为弟弟不想死。可是，他一稳定下来，就向我解释说：

“你不要怕……我不疼痛，我也不难受。但是我控制不了。这是我的身体。”

他的身体，异域，已经有别了。

可是，这个二十分钟后就要离世的弟弟，这会儿却一脸严肃，急切地渴望在他遗产中身后留名。他对我说：“我要立遗嘱……”他脸红了，显然行事像个大人而自豪。他若是大楼的建筑师，就会委托我接着建造那幢大楼。他若是位父亲，就会把他儿子托付给我教养。他若是战机驾驶员，就会把航行记录交付给我。然而，他只是个孩子，所能托付的只有一台蒸汽机玩具、一辆儿童自行车和一把卡宾枪。

人不会死。人在想象中怕死：担心意外发生，爆炸，人是自己吓唬自己。怕死吗？不然。同死亡一旦相遇，死就不复存在了。弟弟对我说：“别忘了，把这些都写下来……”肉体瓦解之日，便是本质显露之时。人不过是一个联系纽带。唯有联系对人才至关重要。

躯体，这匹老马，人迟早要抛弃。谁在死亡中，还想着自身呢？那个人，我还从来没有见过……

“上尉？”

“什么事？”

“好家伙！”

“机枪手……”

“哦……对……”

“什么……”

我的问题给撞飞了……

“杜泰尔特！”

“……尉？”

“伤着啦？”

“没有。”

“机枪手……”

“哎？”

“伤……”

我仿佛撞上一堵铜墙，我听到：

“哎呀！哎呀！”

我举头望天，目测乌云层的距离。十分明显，我越是斜向望去，团团的乌云就越是层层叠叠堆积起来。垂直望去，云层就不那么密集了。因此我发现，我们的额头扣上了这顶黑叶饰硕大皇冠。

大腿的肌肉力道惊人，我猛一踏脚踏操纵杆，就仿佛撞开一堵墙。我将飞机抹斜抛出，突然朝左边冲去，发出一阵嗒嗒的震荡声响。那顶皇冠便滑向右边，让我从头顶摇落了。那一波炮弹被我骗过，打到别处去了。我看见打了空炮的团团黑烟聚集在右面。然而，不待我右腿发力，做出反向的动作，那顶皇冠重又企稳，已经扣到我的头顶了。是地面那些人给校正的。飞机连声吭吭，再次滚进了泥潭。这工夫，我身体的重力第二次狠压到脚踏操纵杆上，驾机反方向急转弯，说得确切些，即反向侧滑（让正确的盘旋见鬼去吧！），而那顶皇冠摇摇晃晃向左移去。

持续下去吗？这种游戏玩不久！我这样拼力猛踩脚踏操纵杆也无济于事，炮火如潮，迎着我不断地重新组合：皇冠重又组成。我的腹部又受到冲撞。往下一看，我又发现升上来一层水泡，速度缓慢得令人目眩。我们还完好无损，实在不可思议。然而我却发现，自身真的能避刀枪，自我感觉像个胜利者。我在每一秒钟获取胜利！

“伤着了吗？”

“没有……”

没有受伤。他们都刀枪不入。他们都是胜利者。我领导一个胜利者的机组。

从此以后，每声爆炸，在我看来不是对我们的威胁，而是对我们的磨砺。每一次，十分之一秒的瞬间，我想象飞机会被击碎了。但是，飞机一直听从操纵，我一提就跃起，犹如骑马紧勒缰绳。于是，我身心放松，沉浸在一种暗喜之中。我没有时间感觉恐惧，仅由巨响引起肌体紧缩，但响声未止息，我已如释重负，长出一口气了。按说，我遭受冲击，应先是紧张，继而害怕，随后放松才是。

其实不然！根本来不及！我感到紧张，接着便放松了。紧张，放松。缺了害怕这个环节。可见，我绝非生活在等待死亡的下一秒钟中，而是生活在走出上一秒钟而获得的重生里。我生活在一种延续的喜悦中。我生活在我的狂喜的轨迹里。从而我开始感到一种大大出乎意料的欢乐……这就好像每一秒钟，我都获取了生命。就好像每一秒钟，我的生命都变得更加敏感。我生存。我活着。我还是大活人。我始终这么活着。我已经化为生命的源泉。生命令我陶醉其中。有人说："战斗的陶醉……"那正是生命的陶醉！嘿！从地面向我们开炮的人，他们是否知道他们在锤炼我们？

机油箱、汽油箱，全打破了。杜泰尔特嚷了一声："完事儿！爬升！"我再一次目测那团烟云的距离，开始爬升。我再一次驾机，向左侧滑移，再向右侧滑移。我再一次望望地面，不会忘记那种景色：整个平原噼噼啪啪，遍布短短的火舌。肯定是速射高射炮。一串串水泡，从一大片蓝水池升起。阿拉斯的火焰暗红色，犹如铁砧上的一块烙铁。阿拉斯的这团火十分稳定，仗恃着地下的蕴藏得以持续，消耗着人的汗水、人的发明、人的回忆和遗产。全部集结在这束长发似的黑烟里升起，化为随风飘转的燃烧。

我已经拂着燃烧的头几片烟尘。我们四周还有飞上来的金箭，从下面穿透云烟的肚腹。我最后瞥见的景象，已经被烟云包围时，是从最后一个弹洞透过来的。在长达一秒钟，阿拉斯的火焰看似一盏油灯，在夜晚照亮幽深的殿堂。用于祭拜，未免太奢靡了。到了明天，就会烧得一干二净。我带走了阿拉斯大火的证据。

“好了吧，杜泰尔特？”

“好了，我的上尉。二百四十米。二十分钟后，再降到云层下方。到塞纳河一带上空，再定方位……”

“还好吗，机枪手？”

“哦……是啊……我的上尉……还好。”

“没吓坏吧？”

“哦……没有……是的。”

他一无所知。他很高兴。我想到加瓦勒的机枪手。那是一天夜里，在莱茵河上空飞行，八十盏战地探照灯将加瓦勒围在交叉的光束中。敌人在他周围建起一座巨型教堂。加瓦勒听见机枪手低声自言自语。（传声器可不保密。）机枪手在跟自己讲知心话：“喂！我的老伙计……喂！我的老伙计……真开眼，当老百姓，就是跑断腿也找不见！……”机枪手，他真的很高兴。

我呢，我缓慢呼吸。我深呼吸。这样呼吸真畅快。有许多事情我要弄明白……不过，我首先想到阿利亚斯。不对，我最先想到的是我寄宿的那家农场主。我要问他飞机上有许多仪表……唉！有什么法儿呢！我有什么念头，就总得想个究竟。一百零三个。对了……还有油量表、油压表……油箱破损时，最好监视这些仪表。我就是这么做的。橡皮套经住了震动。这样的改进实在了不起！我也监视陀螺仪：这片乌云可不宜居住。是一片雷雨云层。云层气流狠狠摇晃我们。

“您不认为可以下降了吗？”

“十分钟……最好再等十分钟……”

那我就再等十分钟吧。哦！对，我想到了阿利亚斯。他非常期望再见到我们吗？有一天，我们返航晚了半小时。半小时，通常说来，就非常严重了……我跑去归队，大家正吃晚饭。我推门而入，重重地坐到我在阿利亚斯身边的椅子上。就在这当儿，少校用叉子挑起一绺面条，正要往嘴里送。他一惊跳，动作戛然而止，张着嘴，定睛注视我。面条垂在嘴边，纹丝不动。

“啊！……好……见到您真高兴！”

他这才把面条送进嘴里。

依我之见，少校有个严重缺点：他执意地询问飞行员，出机搜集到了什么情报。他也一定要询问我的。他会瞪着眼看我，怀着极大的耐心，等待我一五一十地告诉他第一手材料。他还备好一张纸和一支钢笔，防止这灵丹妙药失落一颗一粒。这会让我想起我青年时代的事：“考生圣埃克苏佩里，伯努里[①]的方程式，您怎么来求解呢？”

“嗯……”

伯努里……伯努里……在那目光的盯视下，我呆立在那儿，一动不动，酷似身子穿了根别针的一只昆虫。

这次任务搜集情报，这是杜泰尔特的事。杜泰尔特，可以垂直往下观察。他看到许多东西。有那么多军卡车、驳船、坦克、士兵、大炮、马匹、车站、停在站台的列车、车站站长。而我，观察的角

---

① 伯努里：荷兰裔瑞士数学世家，早年由荷兰逃亡至瑞士巴勒。最著名的有雅克（1654—1705），以及他兄弟约翰（1667—1748），二人都大大改进了数学计算法。还有约翰的儿子达尼埃尔（1700—1782），哲学家、物理学家和医生。

1917年，圣埃克苏佩里在巴黎圣路易中学预科班学习，对数学产生兴趣，从此，数学成为他一生的钟爱。直到1943年在阿尔及尔期间，他还力图解开被称为“法老之谜”的数学谜题。

度太偏斜，只看见乌云、海洋、河流、高山、太阳。我是大略那么一观望，得到一个总体印象。

“您非常清楚，我的少校，作为驾驶员……”

“瞧您说的！瞧您说的！总归能看到些什么。”

“我……啊！大火！我看见到处是大火。这情况，值得关注……”

“不。全部焚毁了。还有别的什么？”

阿利亚斯的心，为什么这样残忍？

第二十二章

这次见面，他还会问我吗？

我执行任务带回来的情况，没法写在记事本上。我会像一名中学生，给“晾”在黑板上。我会摆出一副非常沮丧的倒霉相。然而，我不会是那种状态。倒霉，完结了……第一波炮火闪亮时，倒霉就不翼而飞了。如果过早一秒钟掉头飞回来，我对自己就毫无所知了。

我就不可能了解我内心萌生的脉脉温情。我是返乡去见家人。我是回家。我这种心情，就好像一名主妇，出去采购完了，回家的路上还在盘算，做什么菜能让家人多享口福。她左右摇晃着食品篮子，不时还掀起盖在上面的报纸：东西全齐备了。一样也没有忘记买。想想她给家人的惊喜，不禁面露微笑，还要多溜达一会儿。她向货架上瞥了一眼。

我也会乐得瞥一眼，望望货架，如果杜泰尔特不硬让我住进这白森森的监牢，我会观赏不断闪过的田野。不错，最好还是得等待：这里的风景还太恶毒，到处有阴谋陷阱。就连外省的这些小城堡，只有那么一点点草坪，有那么十数棵修剪过的树木，看上去就像单纯少女简易的首饰盒，而其实那无非是战争的骗局。低飞接近，迎来的不是友好的表示，而是爆炸的弹片。

尽管深陷烟云之中，我还是从市场回来了。少校这么讲，确实有道理："你们走右边第一条街，到街角给我买几盒火柴……"我的心踏实了。火柴就揣在我的衣兜里。说得准确些，就放在我的战友杜泰尔特的口袋里。他所看到的所有情况，怎么能全部回想起来呢？这就是他的事儿了。我还得想正经事呢。着陆之后，如果我们不必乱哄哄地换营地，那我一定要向拉科代尔挑战，在棋盘上打败他。他最厌恶输棋了。我也同样。但是，我准能赢棋。

拉科代尔，昨天喝醉了。至少……有点醉意：我不希望他丢面子。他要从酒中寻求安慰。他返航时，忘了放下起落架，结果飞机腹部着地了。唉，阿利亚斯也在场，他一脸愁苦，察看飞机，但是没有开口。拉科代尔，老飞行员了，恍若还在我眼前。他等待阿利亚斯责备。他就希望阿利亚斯说他一顿。狠狠责备倒会让他心里好受些。阿利亚斯一发脾气，也会引发他的火气。他借势回击，就可以发泄满腹的愤懑。不料，阿利亚斯只是摇头。阿利亚斯一心在考虑飞机，没工夫理会拉科代尔。这一事故，在阿利亚斯看来，不过是一种无端的倒霉事，类似统计税收的差误。资格最老的飞行员，有时也难免这样犯糊涂而分心。这回实在不公正，让拉科代尔摊上了。拉科代尔技术娴熟，除了今天的差错，他干这行无可挑剔。因此，阿利亚斯只对损坏的东西感兴趣，他连想都不用想，就直接问拉科代尔损坏的程度。我感到拉科代尔压下去的火气又升上来。您把手搭在施刑者的肩上，亲切地对他说："这个可怜的受害者……嗯……他一定很痛苦……"人心叵测。这只温柔的手恳求发善心，却彻底激怒了施刑者。拉科代尔恶狠狠地瞪一眼损坏的飞机，只恨没有彻底毁掉。

事情就是这样。我回到家中。2–33 飞行大队，就是我的家。家里的人我都理解。我不可能误解拉科代尔。拉科代尔也不会误解我。这种和衷共济的关系，我感到大家都心照不宣：“我们这些 2–33 飞行大队的人！”嘿！散乱的材料，这不已经组合起来了……

我想到加瓦勒和奥什德。我感到这种和衷共济关系把我同加瓦勒，同奥什德联结起来。我心中纳罕：加瓦勒的老家是哪儿？他表现出的乡土本质很出色。一件热乎乎的往事又浮现在脑海，突然间在我的心房芬芳四溢。我们驻防奥尔孔特期间，加瓦勒跟我一样，寄宿在一家农户。有一天，他对我说道：

“农场女主人宰了一头猪，请我们去吃肉肠。”

以色列、加瓦勒和我，我们三人大口嚼着，酥皮黑肉肠美味可口。农妇还给我们倒白葡萄酒。加瓦勒对我说：“我给她买了这个，让她高兴高兴。要签上名。”这是我写的一本书。我一点也不觉得不好意思。我乐得签字，让别人也乐和。以色列往烟斗里装烟。加瓦勒搓着大腿搔痒。农妇收到一本由作者签名的书，显得特别高兴。烤肉肠香气扑鼻。我喝了白葡萄酒，有几分醉意了，我也不觉得自己是外人，尽管我在一本书上签了名，而我总觉得这种事颇为可笑。我并不感到被人另眼看待。我虽然写了这本书，但并不以作者自居，也不当个旁观者。我不是外来人。以色列亲热地看着我签名。加瓦勒依然很随便，搔着他的大腿。我对他们由衷产生一种感激之情。这本书很可能给我这种表象：一个抽象的证人。然而，书归书，我并不以知识分子，也不以见证人自居，我就是他们当中的一员。

见证人这一行业，我始终非常厌恶。我若是不参与行动，又能算什么呢？我立世做人，就需要参与其中。我从战友们的品质里汲取营养，而这种品质自我并不知晓，这倒不是谦虚，而是完全无视自身。无论加瓦勒还是以色列，从来不自我欣赏。他们同自己的工作、自己的行业、自己的责任交织成网。也同这烤冒烟的肉肠交织成网。而我也陶醉在他们厚重的存在之中。我可以沉默不语，可以自饮白葡萄酒，甚至可以在这本书上签字，但一点也不同他们疏远。这种情谊坚不可摧。

我这样讲，无意贬抑智力的作为，意识的成果。我赞赏清澈通透的聪明。但是，如果缺乏实质，人又能算什么呢？如果仅仅是一种目光，而非一个存在体，人又能算什么呢？这种实质，我在加瓦勒和以色列身上发现了。正像我在吉约迈身上发现的那样。

我从写作中所能获取的益处，譬如说，我可能享有的这种自由：一旦不满意在飞行大队的工作，我就可以辞职，另谋其他职位，可是这种益处，我避之犹恐不及，想一想都会心有余悸。这种自由，无非是虚度一生。每种职责都能助人成长。

在法国，我们险些毁于脱离实质的空壳聪明。加瓦勒是存在的实体。他有爱，有恨，图快乐，也发牢骚。他与这世界有千丝万缕的关系。就说我在他对面品味这香脆的肉肠；同样，我也品味把我们融为一体的这种工作职责。我爱 2–33 飞行员大队。

我爱飞行大队，并不是作为发现一场精彩演出的观赏者。我爱 2–33 飞行大队，只因我是其中一员，只因大队供给我营养，我也提供营养给大队。

现在，我从阿拉斯返回，比以往任何时候都更是大队的人了。我又增益了一层关系。我在寂静中品味，从而在内心增强了这种集体感。以色列和加瓦勒所冒的风险，比我经历的可能更艰巨。以色列就失踪了。但是，今天这趟散步，按说我也是回不来的。这次经历多给了我一点权利，可以和他们同桌而坐，一起静默了。要付出极大代价，才能获得这种权利。但是，付出这么大代价也值得：这正是“存在”的权利。正因为如此，这本小书，我毫不难为情就签了名……这种牵动不会搞砸任何事。

可是，我想到等一会儿，少校要问起来，我结结巴巴的窘态，就不禁脸红了。我会感到羞愧。少校要认为我有点蠢笨。如果说为书签名这种事，我并不觉得为难，这是因为我纵然写出一图书馆的著作，也不能因此免遭威胁我的羞愧感。这种羞愧不是我玩的一种游戏。我不是怀疑论者，不遗余力，去迎合某种感人的习俗。我也不是那种城里人，去乡间度假，装扮一回农夫。我飞越阿拉斯上空，再一次考验自己的真诚。我的肉体，整个肉体，全投入这场冒险中。我就打算全部输掉。就按照这种游戏规则，我毫无保留，全拿出来，只为使其转变，不再成其为游戏规则了。我争取到了这种权利，等会儿少校询问时，我可以一脸羞愧了。也就是说，参与其中的权利。联结为一体的权利。与人休戚与共的权利。接受和给予的权利。超越自我的权利。进入这种让我十分充实的满足感的权利。感受我对战友们所感受的爱的权利：这种爱不是来自外部，也并不寻求，从不寻求表现出来，除非是在告别会餐的时候。于是，你就有点醉意了，借着酒劲儿，身子俯向同席的人，如同沉甸甸的果实给人采摘的一棵树。我对大队的爱无须表露。这是千丝万缕织成的关系。也正是我的实体所在。我属于大队。就这么简单。

我想到大队，就难免不想起奥什德。我可以谈谈他在战斗中多么勇敢，但是我会觉得自己挺可笑。在奥什德身上，根本不是什么勇敢的问题：他完全献身给了战争。他在这方面，可能胜过我们所有人。自始至终，奥什德都保持这种状态，这是我绝难望其项背的。我穿飞行服时口里骂骂咧咧，奥什德嘴上则干干净净。奥什德到达了我们正前往的地方。那本来就是我要去的地方。

奥什德原是一名老士官，最近才晋升为少尉。他的文化水平当然不高。他的任何想法，自己都表达不清楚。他稳扎稳打，终成正果。责任一词，用在奥什德身上，就要丧失一切赘言。别人也希望能像奥什德那样承担责任。对照奥什德，我总要责备自己放弃做些小事，责备自己粗心大意、偷懒，尤其是遇事时而冒出怀疑主义思想。这不是品德的标志，而是精心嫉妒的标志。我真希望像奥什德那样生存。一棵树，根深叶茂，十分挺拔。奥什德始终如一，同样美不胜收。奥什德不会令人失望。

奥什德执行战斗任务的情况，我却只字不提。自愿的吗？我们所有人，无论执行什么任务，总是自愿的。这是基于一种隐隐约约的需要：相信我们自己。这样，就能稍微自我超越了。奥什德的自愿，而是自然而然的。他本人“就是”这场战争。少校要牺牲一个机组的时候，立刻想到奥什德，也是极其自然的：“您说说看，奥什德……”奥什德在战争中磨炼，如同修士在宗教中修炼。他为什么打仗？他打仗是为自己。奥什德融入的实体亟待拯救，又是他自身存在的意义。在这种层面上，生与死就有点混淆了。奥什德生死已经置之度外。也许他本人并不知道：他不怕死。长存，使之长存……对奥什德而言，死亡与生存相融合拢了。

他最初令我迷惑不解的是，加瓦勒要测量基准速度，想借用他的怀表时，他那么焦虑不安。

“我的中尉……不行……这给我添麻烦。”

“你犯什么傻！就用十分钟调整一下！”

“我的中尉……队部仓库里有一块。”

“是的，可是那块表，六个星期前，就停在两点零七分，再也不肯走了！”

“我的中尉，怀表这种物件，不能借来借去……我的表，我没有义务借给人……您不能提出这种要求！”

奥什德哪管飞机刚被击中，从火焰中奇迹般逃生，按照军事纪律和等级制度，还是可以要求他登上另一架战机，立即去执行另一项极危险的任务……但是，这不等于说，他可以将一块豪华怀表交到不知爱惜的人手中：他拿出三个月饷银买了这块表，每晚上弦，像母亲一般爱护。瞧瞧这些人，伸胳膊撂腿，猜得出来他们根本不懂得表。

奥什德胜利了，终于确定了他应有的权利，他又把表揣到胸前，离开队部办公室时还气哼哼的，当时我真想拥抱他。我发现了奥什德珍爱的宝贝。他能为自己的怀表斗争，他的表就得以存在。他可以为国捐躯，他的国家就得以存在。奥什德同这些紧密相连，他本身也就存在了。千丝万缕，将他同这世界交织在一起。

正因为如此，我喜爱奥什德，又觉得不必向他表明。对吉约迈也是这样，他是我最要好的朋友，在飞行中牺牲，失去他之后，我避免谈论他。我们曾飞行在同样的邮航线路上，参加了同样航线的开拓工作。我们曾属于同一实体。我感到自己随他也死去了一部分。我把吉约迈变成我的沉默的一个同伴。我属于吉约迈。

我属于吉约迈，我属于加瓦勒，我属于奥什德。我属于 2–33 飞行大队。我属于我的国家。飞行大队的所有人都属于这个国家……

第二十三章

我变化多大！这些天来，阿利亚斯少校，我说话很刺人。这些天来，入侵的装甲部队如入无人之境。我们大队二十三个机组，在敢死队任务中牺牲掉十七个。为了支撑这种哑角的群众场面，我觉得您是头一个，我们随后都接受了扮演死掉的角色。噢！阿利亚斯少校，那时我挺尖刻，我错了！

您是头一个，我们都一丝不苟，恪守一种责任，尽管其精神蒙上了阴影。您出于本能，推动我们，不是去夺取胜利，这是不可能的，而是浴火成长。您跟我们一样了解，获取的情报，传递不到任何人手中。然而，您就是要拯救一些常规，尽管其影响是隐蔽的。您是那么一本正经，询问我们敌军坦克驻扎地点、驳船、卡车、火车站、站台上的列车，就好像我们的汇报能派上用场。您甚至让我看出不怀好意，那种神态令人恼火：

“不对！不对！从驾驶座观察，能看得挺清楚。”

其实，您说得对，阿利亚斯少校。

我飞越的那群人，我是在阿拉斯上空望了那么一眼。我只能同我为之付出的人联结在一起。我只了解我所亲近的人。有泉水滋润我的根，我才能生存。我属于这群人。这群人也属于我。现在我从云层里降下来，在黄昏时刻，从五百三十公里的时速，从二百米的低空接近他们，好似牧羊人，扫视一眼，尽数点过，聚拢起来而成为羊群。这群人就不再是一群人：他们成为人民。我怎么可能没有希望呢？

尽管失败了分崩离析，我就像参加了一场圣事出来，心中怀着这种庄严而持久的喜悦。我在山河破碎、人心涣散中磨炼，然而我却赛似胜利者。哪个战友执行任务而返航，身上不着附着这个胜利者呢？佩尼科上尉向我讲起今天上午的出击："那些自动武器，我一发现有一种射击特别准，我就掉转机关，擦着地面，朝那阵地全速直扑过去，用机枪扫上一梭子，立即扑灭那团红光，犹如一阵风刮灭蜡烛。十分之一秒钟之后，我又呼啸着冲向炮兵阵地……仿佛一颗炸了的炮弹！在我的冲击下，那群炮兵跌跌撞撞，四散奔逃。我就好像玩起了九柱戏！"佩尼科笑起来。佩尼科笑得很灿烂。佩尼科，胜利的上尉！

我知道这样的战斗任务，甚至能改变加瓦勒的那名机枪手的面貌。加瓦勒驾机闯入八十盏探照灯交叉的光束中，酷似参加军人的婚礼，穿过由利剑搭起的走廊。

"您可以调向九十四度。"

杜泰尔特在塞纳河上空定了位。我下降到一百来米的高度。大地上大片长方形的苜蓿地和麦田、三角形的树林，以五百三十公里的时速推向我们。我的飞机不知疲倦地分割，冲破那一面面镜子，我观赏镜片纷飞的地面，肢体上产生一种奇特的快感。塞纳河呈现在我面前。我斜插着飞越，塞纳河仿佛自转着往后退避。这种运转，有如大镰一挥，青草轻盈地倒下一片的景象，让我产生同样的乐趣。我坐得稳稳当当。我是这飞机的主人。油箱的油量足够回程。我要跟佩尼科掷骰子，赢他一杯酒喝，再下盘棋，击败拉科代尔。我作为胜利者，就是这种样子。

“我的上尉……他们开炮了……我们飞入禁区了……”

航线是他计算的，绝对怪不到我头上。

“炮火猛烈呢？”

“他们的劲头全用上了……”

“绕过去吗？”

“嗳，不必……”

那声调是久经考验的了。我们见识过洪水般的炮火。防空炮火打到我们这里，不过是下了一场春雨。

“杜泰尔特……要知道……在家门口让人打下来，那可愚蠢透顶了！”

“什么也打不下去……这是陪练呢。”

杜泰尔特的话很刻薄。

我不刻薄。我很高兴。我就愿意同家里人说说话。

“嘿……真的……这炮打得就像……”

咦，这家伙，他还活着！我注意到我这机枪手，还从未主动表明自己的存在。他消化了这场历险的全过程，并不想与人交流。顶多，在炮火最猛烈时，他才发出“噢！啦！啦！”的感叹。但这毕竟不是要倾吐心里话的开端。

不过，现在可以发挥他的专长了：机炮。专业人员一用起专长来，那就谁也拉不住了。

我不能不对照这两个领域了：航空领域和大地领域。刚才我携着杜泰尔特和机枪手，飞过了允许的界限。我们看到法兰西熊熊燃烧。我们看到海洋波光粼粼。我们在高空中见老。俯瞰遥远的火地，犹如观赏博物馆的玻璃展柜。我们在阳光中，同敌歼击机的灰尘做游戏。随后，我们又下降高度。我们投入大火中。我们什么都牺牲了。置身这种境地，我们对自身的了解，胜过我们十年的深思。我们最终走出了这十年的修道院。

这条公路，也许我们前往阿拉斯时飞越过，这会儿重又见到，路上逃难的队伍，多说走了五百米。

等他们将一辆抛锚的汽车推进沟里的工夫，要换一只轮胎的工夫，或者坐在车里不动，手指轻轻弹着方向盘，只待清理堵塞岔路口的“漂流物”的工夫，我们已经飞回了驻地。

我们跨越了失败的全过程。我们好似那些朝圣者，尽管在沙漠中跋涉，却不觉其苦了，因为他们随心而寓，已经到了圣城。

黑夜降临，要将散乱的人群驱赶进痛苦的围栏。羊群聚成一堆。他们该向什么呼救呢？而我们不言而喻，要奔向战友们，我就觉得我们急匆匆赶赴一个节庆。哪怕一间普通的木屋，只要远远望见灯光，最严寒的冬夜就会变为圣诞夜。我们去那里，准能受到款待。我们去那里，准能在晚餐的面包中相融相通。

今天，这样冒险就足够了：我又幸福又疲惫。飞机多添了弹孔，我就交给机械师去打理。我要脱掉沉重的飞行服，时间太晚了，就不跟佩尼科赌酒喝了，还是消停消停，坐在战友中间吃晚饭吧……

我们返航晚了。战友中迟归者，就再也回不来了。迟归？太晚了。让他们摊上啦！黑夜将他们翻入永恒。吃晚饭的时候，大队就计数死了多少人。

消失的人在记忆中都很美。人们永远只记得他们最亮丽的笑容。我们就不捞这种好处了。我们要采用邪恶天使的方式，偷猎者的方式，悄无声息地出现。少校会愣住，一口面包堵在喉头。他会瞪眼瞧着我们，也许会说：“啊！……你们回来了……”战友们都会沉默不语。他们几乎不怎么看我们。

从前我不敬重大人。那是不应该的。人永远也不会衰老。阿利亚斯少校！人回来的时刻，也还是纯洁的：“你回来了，你是我们的人……”而羞耻心则令人保持沉默。

阿利亚斯少校，阿利亚斯少校……你们之间的这种团体精神，我体会到了，如同火之对于盲人。盲人坐下来，伸出双手，不知道他的舒服感来自哪里。我们执行任务回来，准备得到一种滋味陌生的报偿，而这种报偿，无非就是爱。

我们认不出来这就是爱了。我们通常想到的爱，是一种非常感人，激动不已的爱。然而在这里，提出真正的爱，是助人成长的一面关系网。

第二十四章

我问过我那家农场主，飞机上有多少仪器。农场主回答我说："您那一摊子玩意儿，我一点也不懂。不过说起来，肯定缺了几样，几样能保证我们打赢战争的仪器……跟我们一起吃晚饭吧？"

"吃过了。"

但是他强拉我坐到他侄女和女主人之间。

"你，侄女儿，往边靠靠……给上尉腾出个位置。"

我发现自己不仅跟战友们紧密相连，通过他们，还同我的整个国家连在一起。爱，一旦生根发芽，根须生长便没有止境了。

农场主在寂静中分面包。因白日操劳，凝重的神情给他的脸平添几分高尚。他操持这种分配，如同主持一种礼拜，或许这是最后一次了。

我想到生产这面包原料的四周田地，明天就将遭敌军侵占。倒也不必担心大兵纷扰！地界太广。侵占！在这里也许只体现为一名哨兵，孤零零守望这片广阔的田野，远远看去，就是麦田边上的一颗灰点儿。表面上没有任何变化。但是，一涉及人，有一个标志，就足以使一切都另当别论。

吹过要秋收的麦田的风，酷似吹过海面的风。然而，吹过麦田的风，如果说在我们看来更为壮阔，那是因为风吹拂时，在清点一份产业，确认未来的保障。犹如文静的手，抚摩妻子的秀发。

麦子，明天就会变样。麦子远非肉体需要的食粮。人吃了，也绝不可与养肥牲口同日而语。面包的用途太广泛了！鉴于大家可以分享面包，我们便得以确认，面包是为人类大家庭所用的一件工具。鉴于面包是用汗水挣来的，我们便得以确认，面包代表劳动的伟大形象。鉴于饥馑时期，面包是用来赈济的，我们便得以确认，面包成为怜悯的主要媒介物。分享的面包滋味无可比拟。现今，诞生于这片麦田的精神面包，这种精神食粮的全部影响力，已岌岌可危了。我这家农场主，明天分面包时，也许就不再服务于同样的家庭宗教了。也许明天，这面包不再点亮同样的目光。有的面包也像灯油。油能转化为光。

我端详那侄女，相貌很美，我心下暗道：面包在她身上，转变为忧郁的文雅，转变为腼腆，转变为少言寡语的温柔。然而，同样的面包，只因麦海岸边多出一颗灰点子，明天即使供应同样一盏灯，恐怕也发不出同样的光了。面包的能力发生了本质变化。

我投身战斗，就是为了保存一种光的质量，然后才是抢救肉体的食粮。我投身战斗，就是为了我国的家家户户中，面包都转为奇异的光芒。这位沉默内向的少女首先打动我的，是那种超凡的形貌。那张脸的线条，我不知道是如何勾勒的。看她就不是看书页，而是看到洋溢书页的诗意。

她感到有人注视，朝我抬起眼睛，仿佛冲我微微一笑……那笑容极浅，犹如一阵清风掠过脆弱的平静水面。这种情态搅乱我的心。

我感到神秘的存在，这颗特殊的灵魂，属于这里而非别处。我体味到一种沉静，心下不免思忖："这是寂静王国的和平……"

我看见了闪耀的小麦的光芒。

那侄女的面容，从神秘为背景，恢复了平滑光洁。女主人叹息一声，环顾一下周围，沉默无语。农场主思虑未来的日子，自闭在谨慎中。所有人在沉默中，内心都藏有一份财富，类似一座村庄的祖业——都同样受到威胁。

一种显而易见的奇怪事实，让我感到应当为这些无形的财富负责。我离开居住的农舍，缓步走去，带着的这份责任，觉得温馨多于沉重，宛若偎在我的怀里睡觉的一个孩子。

我早就打算同我住的村庄进行这种对话。但是，我没有什么话要讲。我的焦虑情绪，在几个小时前平静下来时，我就想到了树，自己就像牢牢挂在树上的果实。我感到与自己紧密相连的是我的家人，这极其自然。我属于他们，正如他们属于我。我这家农场主分面包时，他并没有给出什么。他是在共享和交换。同样的麦子，在我们的体内运行。农场主没有因此而贫穷，反而更富有了：他吃的面包，由于转化为共享面包，也就更有营养了。今天下午，我为他们起飞去执行战斗任务，也没有给予他们什么。我们大队的人，什么也没有给予他们。我们是他们在战争中牺牲的一部分。我理解奥什德出战，为什么不说一句豪言壮语，就像铁匠为村里打铁。"您是谁？""我是村里的铁匠。"而铁匠高高兴兴地干活。

如果说现在，他们似乎陷入绝望，而我还抱有希望，但我同样并不有别于他们，我不过是他们希望的一部分。不用说，我们已经战败了。一切都中断了。一切都在崩塌。然而，我依旧感到一位胜利者的镇定。这些话相互矛盾吗？我才不在乎什么话呢！我就像佩尼科、奥什德、阿利亚斯、加瓦勒，我们都不掌握任何语言表达我们胜利的感觉。但是我们感到自己负了责任。谁也不能同时感到既负责任又绝望。

失败……胜利……我不擅长运用这类公式。有些胜利令人奋进，还有些胜利让人变坏。有些失败使人轻生，还有些失败让人猛醒。表明生命的不是状态，而是步骤。唯独一种胜利我不能怀疑，那就是蕴含在种子生命力中的胜利。种子播入广阔的黑土地里，就已经胜利在望了。当然仍需假以时日，以待种子获胜，长成麦子。

今天早晨，还只有一支溃不成军的军队、一群流散的难民。其实，一群流散的难民，哪怕出现一个意识醒悟的人，就已经有了纽带，不再是一盘散沙了。石料，如果丢弃在工地，就是散乱的石头，只要有一个人想建大教堂，这种散乱就只是表面现象了。散乱的泥土块，如果收容了一颗种子，我就不为之担心了。种子必能引导泥土块成为建筑大厦的材料。

哪个人开始静观，就会变成种子。哪个人发现一件明白无误的真理，就会扯人袖子指给每个人看。哪个人有所发明，就会立即宣扬。我不知道像奥什德这样一个人，如何表达，或者如何行动。但是这无关紧要。他那平静的信念，会向他周围扩散。获取胜利的原则，我看得更准了：一个人想在建成的大教堂里，谋求圣器管理员的职位，或者出租椅子的行当，已然就是失败者了。但是，哪个人心中有座要建造的大教堂，已然就是胜利者了。胜利是爱的果实。唯独爱才认得要塑造的面容。唯独爱能掌舵驶向心中的目标，智力为爱所用，才能展示价值。

在雕塑家的心中，他的作品沉甸甸的，即使他还不知道如何拿捏，这也无关紧要。捏了一把又一把，错了一下又一下，纠偏了再纠偏，他就通过塑造黏泥，一步一步走向他的创造物。聪慧和判断都不能创造。雕塑家如果单凭技巧和聪明，他的双手便缺少天赋。

对聪智的作用，我们错判由来已久，忽视了人的本体。我们原以为卑劣的灵魂，仗恃精妙的手段，也能助推高尚的事业走向胜利，以为油嘴滑舌的自私自利也能鼓舞牺牲精神，以为枯涩的心也可以通过花言巧语，筑造成友谊和爱的关系。我们忽视了人的本体。雪松的种子，不管怎样，终究能长成雪松。而荆棘的种子再怎样，也只能长出荆棘。今后判断人，我绝不依据他为自己的决定辩解的辞令。言之凿凿，犹如行动的指向，极易诱人上当。往家走的人，说不准是回去吵架还是回去爱。我心里会揣测："他是怎样一个人？"总体说来，人常常走向倾心的地方。

受到阳光呼唤的胚芽，总能从乱石土中寻路钻出来。纯粹的逻辑学家，如果根本没有阳光的牵引，就会沉溺在问题的纷乱中。我会牢记敌人亲自给我上的一课。装甲部队应当选择什么方向纵深推进，才能打入敌人的大后方呢？回答不上来。需要什么样的装甲部队呢？既然要冲破堤坝，那就必须有海的力量。

应该做什么？做这个。抑或相反的事。抑或别的事。未来的事根本用不上决定论。该是什么呢？这就是关键问题了。因为，唯独精神能促使聪智丰产，能让聪智孕育未来的作品。聪智则引导作品瓜熟蒂落。人要造第一只船时，该怎么做呢？要列出公式就太复杂了。总而言之，要经过成千上万次彼此矛盾的摸索，这只船才会问世。然而，这个人，究竟应该是什么样子呢？我这么设问，是抓住创造，探本求源。估摸他是商人，或者士兵，因为这种念头，必然发自对遥远土地的向往。他鼓励懂技术的人，招募工匠，终于有一天，将他的船放下水！如何做到让整座森林腾飞呢？噢！真是太难了……究竟是什么样子？一定是冲天大火！

明天我们就进入黑夜了。等到天又亮时，但愿我的国家仍然存在！怎么做才能救国呢？如何提出一种简便易行的办法？紧要的事又矛盾重重。必须拯救精神遗产，否则，民族就将丧失其天才。必须拯救民族；否则，遗产必将丧失。逻辑学家想调和这两种拯救，又缺乏这种语言，就试图或者牺牲灵魂，或者牺牲肉体。可我才不管逻辑学家那一套呢。我希望天再亮时，我的国家依然存在——精神和肉体都安好。为了我国的利益而行动，我必须心怀全部的爱，每一时刻都朝这个方向挤压。海水往一个方向挤压，毫无疑问，肯定能找出通道。

我毫不怀疑，国家保得住。我也更加理解，我的火让盲人感到的形象。盲人如果走向火，那是他内心萌生了这种需要。火已经支配了他的行为。盲人如果去找火，那就可以说他已经找到火。同样，雕塑家如果伸手去按黏泥，那就可以说他的作品已然成竹在胸。同样道理，我们感到了我们关系的温暖：因而，我们已然是胜利者了。

我们已经感知到了我们这个整体。我们当然要表达出自己的感受，争取都加入进来。这在责任心和语言上都需要努力。不过，为了本体免遭一丝一毫的损失，我们必须装聋作哑，不靠近权宜的逻辑、讹诈和论战的陷阱。首先一点，我们不能否定我们所从属的一切。

正因为如此，我飞往阿拉斯执行任务返航，似乎豁然开朗，在乡村之夜的寂静中，靠着一堵墙，开始给自己定下几条简单的规则，终生都不会背弃。

既然我属于他们，不管他们做什么，我绝不会否认他们是自己人。我绝不会在别人面前抨击他们。如有可能为他们辩护，我就会为他们辩护。如果他们让我蒙受耻辱，我就将这种耻辱锁在心里，保持沉默。不管我对他们持何等看法，我也绝不充当原告的证人。做丈夫的，不会挨家挨户去告诉邻居，他老婆是个荡妇。他这样做，并不能挽回自己的名誉。只因他老婆是他家的人。他不能贬损她而自显高尚。回去再说，一到家里，他有权发火。

因而，我不能推卸一场失败的责任，尽管这一失败往往让我羞愧难当。我生于法兰西。法兰西培育出多少雷诺阿，多少帕斯卡尔[1]，多少巴斯德，多少吉约迈，多少奥什德。她也养育了一些无能之辈，一些政客，一些江湖骗子。然而，同为亲族关系，我若只认前者而否认后者，就未免太轻率了。

---

① 帕斯卡尔（1623—1662），法国作家、哲学家、数学家和物理学家。

失败导致分裂。失败也败坏已成的事业。其中有死亡的威胁：我不会加深这些分裂，将灾难的责任推到与自己的见解不同的人头上。这类法官缺席的诉讼，不会得出任何结论。我们大家全是战败者。我呢，是战败者。奥什德是战败者。奥什德并不把失败推到别人身上。他在心里说："我，奥什德；我是法国人，成为弱者。奥什德的法国成为弱者。我因她而弱，她也因我而弱。"奥什德深知，他若是割断与同胞的关系，那不过是洁身自好。那么，他就不再是一户人家，一个家族的奥什德；不再是一个大队，一个国家的奥什德了。他就只是迷失在一片沙漠上的奥什德。

如果说，我接受因家庭而丢脸，我总还可以影响我的家庭。家庭属于我；我也属于家庭。反之，如果我拒绝蒙羞，家庭就要与我脱离关系；我保住名誉，却落个孤家寡人，独自离开，比个死人还无用了。

人生在世，首要的是承担责任。刚刚几小时前，我还形同盲人，心中一阵阵苦涩。可是现在，我判断事物就更加明晰了。从我感到自己属于法国之后，我就不再抱怨其他法国人了，同样，我也不再设想，法国可以抱怨其他国家。每个人要为所有人负责。法国要为世界负责。法国原本可以向世界提供能够团结的共同尺度。法国原本可以充当世界的拱顶石。设使当时，法国仍保持其品味，保持其光辉，那么全世界就可能通过法国，组成了抵抗阵营。从此我否认我曾对世界的指责。如果世界缺乏灵魂，法国就应该担当这种角色。

法国本来可以促成大团结。我们2–33飞行大队作为志愿队，曾先后参加了挪威战争、芬兰战争。对我们这里的士兵和低级军官来说，挪威和芬兰代表什么呢？我总觉得，他们隐隐约约接受死亡，是为了某种品味，如同去参加圣诞节。在世界范围，拯救这种品味，在他们看来，值得牺牲他们的生命。设使当时，我们成为世界的圣诞节，世界就可能通过我们得救了。

在全世界，人类的精神大家庭，还没有起到有利于我们的作用。但是，我们若能建起这个大家庭，本来可以拯救世界和我们自身。这项任务，我们功败垂成。每人都要为所有人负责。每人都单独负起责任。每人都单独为所有人负责。我第一次懂得了宗教神秘的一种，是我认可为自己的文明的源头：“担负人类的罪孽……”每个人都担负所有人的所有罪孽。

第二十五章

谁把这看成一种弱者的学说？领袖就是担起全部责任的人。他说："我打败了。"他不会说："我的士兵打败了。"真正的人就这样讲话。奥什德就会说："我负责。"

我理解屈辱的含义。屈辱并不贬低自己。屈辱恰是行动的原则。我有意宽谅自己，将不幸归咎于命数，那我就屈从于命运了。我若将不幸归咎于背信弃义，那么我就屈从于背叛了。然而，我若主动承担过错，就可以要求行使做人的权利。我行动起来，影响我所从属的范围。我就是构建人类大家庭的一部分。

要知道，我身上另有一个人，我必须与之搏斗才能成长起来。这种艰难的旅程必不可少，好歹我得以分辨出，哪个是我与之搏斗的人，哪个是正在成长的人。我不知道朝我起来的形象究竟如何，但是我心里说：那个人只是一条路。唯一重要的是，借这条路走向正果的人。

我再也不能满足于论战得出的那些真理了。何必谴责个人呢？他们仅仅是路径。我再也不会因机枪冻住而指责官员疏忽了，也不会再讲友邦人民太自私而不伸援手了。失败，当然体现在个人的种种失责中。但是，一种文明塑造了一国人。我倚仗的文明，如果因个人的过错而受到威胁，那我就有权在心里探问：这个文明为什么没有塑造出另一类人。

一种文明犹如一门宗教，抱怨信徒无所用心，正是责备自身无能。文明就应当激励起人民。同样，文明与其抱怨不忠者的仇恨，不如感召他们皈依。然而，我仗恃的文明，从前表现出色，激发了使徒的热忱，击垮了暴君，解放了受奴役的各国人民，如今却不知如何激励和感召了。假使我渴望找出我失败原因的根源，假使我有再经历一遍的雄心，那么我首先得找回我丧失的热忱。

因为，一种文明的延续，也如同麦子。麦子供养了人，而人则留下麦种，拯救了麦子。一代一代麦种的保存，好似一份遗产，是受重视的大事。

仅仅了解我渴望长成什么麦子，对我来说还是不够的。我若是想要拯救一类人——及其能力，同时也应该拯救培养这类人的原则。

然而，如果说我保留了我认可的这种文明的形象，我却丧失了传承这种文明的规则。今天晚上我发现，我先前使用的语言，触及不到事情的根本。我使用那种语言宣扬民主，就没有觉察出，我谈论人的品质和命运时，提出的不是一整套规则，而是一系列愿望。我祝愿人相互友爱，自由和幸福。这还用说，谁不同意呢？我能阐明应该“如何”做人——却没有讲清楚应该做“怎样”的人。

我谈到人类大家庭，但是语焉不详。我所提及的气候，就好像不是一种特定社会架构的产物。我似乎在提出一种自然明了的事理。自然明了的事理根本不存在。一支法西斯部队、一个奴隶市场，同样是人的群体。

这个人类大家庭，我并没有从建筑师的身份入住。我享受了这个人类大家庭的和平、宽容和福利，只是住在里面，对它却一无所知。我是作为圣器管理员，或者出租椅子的人住进去的。也就是说，作为寄生虫。也就是说，作为战败者。

邮船上的乘客便是如此。他们安享乘船之便，却不为船做任何事。他们躲在客厅里，认为这是绝对安全的环境，继续进行他们的赌博。他们不知道船体不间歇地承受着海水的压力。他们乘坐的船如果在暴风雨中解体，他们有什么权利怪罪呢？

如果人人都消沉了，如果我战败了，我能怪罪什么呢？

还是有一个共同的尺度，用以衡量我期望我这文明的人所应有的品质。还是有一条拱顶石，用以支撑他们应该建起的特定群体的大厦。还是有一条原则，从前用以导引出一切：根须、树干、枝叶和果实。是什么原则呢？那就是生命力极强的种子，埋在人的沃土中。单凭这粒种子，我就能成为胜利者。

我在村庄的这一夜非常奇妙，茅塞顿开，似乎明白了许多事。寂静到了异乎寻常的品级。极细微的声响，都好似敲钟，满空间激荡。什么响动对我都不陌生，无论牲口的这种哀鸣、远处的那种呼唤，还是一扇门的关闭，一切都仿佛通过我的身体。一种即将消逝的情感，我必须抓紧领悟其含义……

我心中暗道："这便是阿拉斯的炮火……"炮弹击穿一层外壳。这一整天，无疑我都在自身准备寓所。我只是个不停唠叨的代理人。不停唠叨，正是原来这个人。随后，真正的人出现了，他在我的位置安顿下来，仅此而已。他望见流离失所的人群，便看到了一国人民。他的人民。真正的人，这国人民和我的共同尺度。因此，我跑向大队，就仿佛奔向一堆大火。人，通过我这双眼睛观看——人，战友们的共同尺度。

这是一种朕兆吗？我真就要相信朕兆了……这天夜晚……什么都心领神会。任何声响，在我听来都像一种信息，既清晰又模糊。我聆听，一个人平静的脚步声，响彻夜的空间：

“哎！晚上好，上尉……”

“晚上好！”

我不认识他。我们彼此打的招呼，犹如两只船相遇，船夫的一声“嗬嗨”。

我再一次感受到一种神奇的亲情。今晚，寄寓我身上的人，无休无止地清点他的家人。人，各国人民和各个种族的共同尺度……

那个人，带着他那一堆思虑、想法和印象，走在回家的路上。他带回的大批货物，都锁在他的心里。我可以上前搭话，跟他聊一聊。就在村子的一条白色路上，我们交流一些记忆的往事。就像从海岛返回的商贩，相遇时交换一些珍宝。

在我这种文明中，与我相异的人，对我非但毫无损害，反而会丰富充实我。我们的一致高于我们，融会在人身上。晚上在2-33大队，我们争论就是如此，绝不会损害，只能加深我们的情谊，因为谁也不愿意听到自己的回声，瞧见镜子里自己的形象。

法国的法国人和挪威的挪威人，走到一起同样为人。人将他们联结成一体，同时又弘扬他们的各自习俗而不相互抵触。树木也是如此表达一体的思想：树枝长得不像树根。因而，如果说在挪威那边，他们写关于白雪的童话；如果说在荷兰，他们爱种植郁金香；在西班牙，他们爱即兴跳佛拉芒戈舞，那么我们作为人，都更加丰富多彩了。或许这就是为什么，我们大队的人情愿为挪威而战……

现在我觉得，长途跋涉朝圣之路终于到了终点。我什么也没有发现，只是如梦方醒，仅仅又看见了原先不再看的东西。

我的文明基于通过个人而对人的崇拜。这文明几个世纪以来，就是力图表明人的概念，就如同教导我们要通过石头识别大教堂。它宣扬的这种概念的人高出个人。

因为，我这文明的人，不是以世人的标准来界定，而世人则以他的标准来界定。在他身上，如同在任何本质中，有什么成分是不能用构成它的物质来解释的。一座大教堂和一堆石头，绝对不可同日而语。大教堂体现了几何学和建筑学。这是石头所确定不了的特性，倒是教堂从自身的意义丰富了这些石头的内涵。这些石头因成为大教堂的石材而变得高尚了。五花八门的石头服务于教堂的一统了。甚至面目狰狞的兽形排水管，大教堂都吸纳进入它的赞歌。

不过，渐渐地，我忘掉了自己的真理。我原以为真正的人概括了世人，犹如石头建筑概括石头。我混淆了教堂和石堆，遗产也从而渐渐消隐了。现在，必须重树真正的人。他才是我这文化的本质。他才是我这大家庭的钥匙。他才是我胜利的原则。

第二十六章

一个社会的秩序，建立在强迫个人服从固定规则的基础上，这是容易办到的。摆布一个不知反抗、听命于主人或《古兰经》的盲人，也是轻而易举的。然而，为了解放人，就让人统御自身，这才是别样崇高的成就。

不过，解放又意味什么呢？如果我解放一个人，把他抛在大沙漠里，他什么也感受不到，获得自由又有什么意义呢？只有要前往什么地点的“某个人”，才谈得上自由。解放一个人，就是教会他懂得干渴，向他指明去找水井的路径。到了这种阶段，他才可能盘算好实施的步骤，行动就不会丧失意义了。如果不存在地心引力，解放一块石头就毫无意义。因为，石头一旦自由了，就无处可去了。

我的文明力图超越个人，将人际关系建立在对人的崇拜上，以使每人的行为，无论对自身还是他人，都不再像白蚁群的习俗，盲目地因循守旧，而是自由地行使爱的权利。

地心引力的无形路径就解放了石头。爱的无形的斜坡也解放了人。我的文明力图将每人都变成同一王子的使臣。它视个人为路径或使命，都胜过个人本身，给个人升华的自由提供不同的磁力方向。

我很了解这种力量场的起源。几个世纪以来，我的文明通过人瞻仰上帝。人是以上帝的模样创造的。大家敬重上帝体现在人身上。人是兄弟体现在上帝身上。上帝的这种映象，赋予每个人一种不可剥夺的尊严。人与上帝的关系，确立了每个人对他自身和他人的义务。

我的文明继承了基督教的价值观。我将思考大教堂的结构，以便深入理解它的建筑。

景仰上帝，便确立了人的平等，只因在上帝那里人是平等的。而且，这种平等有一种明确的含义。因为，只有在某种事物上，才可能实现平等。士兵和上尉，在国家层面上是平等的。这种平等如果不结合任何具体事物，那就纯粹是一句空话了。

这种平等，就是上帝通过个人的权利平等，但是我也很理解为什么不准限制个人升迁：上帝可以决定把个人当作途径。不过，由于上帝的权利平等是对个人而言，我也理解为什么个人，无论是谁，都要承担同样的义务，遵守同样的法则。在表述上帝的宗旨方面，他们都有同等的权利。在为上帝服务方面，他们也都有同等的义务。

我理解为什么，确立在上帝概念上的一种平等，既没有引起矛盾，也没有导致混乱。共同尺度缺失，蛊惑人心的主张便乘虚而入，平等的原则就蜕变为同一原则了。于是，士兵拒绝向上尉敬礼，因为士兵向上尉敬礼，敬重的是个人，而非国家。

我的文明承袭了上帝，使所有人作为人都是平等的。

我了解人与人彼此尊敬的起源。学者应该尊重司炉工本人，只因他通过司炉工尊敬上帝，司炉工也是上帝的使者。不管这个人如何优秀，另一个人如何平凡，任何人都不能借故将另一个人沦为奴隶。谁都不能侮辱一位使者。然而，对人的这种尊重，并不意味面对个人的庸俗、愚蠢和无知，也要低三下四去迁就，因为上帝使者的这种身份，首先就受到了尊重。可见，上帝的爱是建立在高尚的人际关系之上，彼此都以上帝的使者身份相待，超越了个人的品质。

我的文明承袭了上帝，建立起通过个人来尊敬人。

我了解世人博爱的起源。人在上帝那里是兄弟。人只能在某种事物上称兄道弟。如果没有把人联系起来的纽带，人就是并行的，彼此并无关联。人不可能都是亲兄弟。我的战友和我，在 2–33 飞行大队“里”，我们是兄弟。法国人“在”法国是兄弟。

我的文明承袭了上帝，使所有人作为人都是兄弟。

我理解从前向我宣扬的慈善义务的意义。施善于人，服务于上帝。施善是对上帝的亏欠，不管个人有多么平凡。这种慈善，受惠者并不屈辱，也不受知恩图报的约束，因为这份礼物不是给他的，而是呈献给上帝。行善也绝非趋奉平庸、愚蠢和无知。医生义不容辞，要冒着生命危险，给染上瘟疫的最粗俗的人治疗。医生是为上帝效劳。即使在窃贼的病床前守了通宵，他的人格并不会因此而降低。

我的文明承袭了上帝，从而将慈善当作礼物，通过个人赠送给人。

我理解要求个人谦恭的深刻含义。谦恭绝不使人低下，反而提高人的品德。谦恭能照亮他作为使者的角色。谦恭既能促使他通过他人尊敬上帝，也能促使他在内心尊敬上帝，甘愿做上帝的信使，为上帝奔波。谦恭能督促他忘记自我而变得高尚，须知个人如果过分张扬，通途立即就化为墙壁。

我的文明承袭了上帝，也宣扬尊敬自己，即通过自己而尊敬人。

最后，我理解了为什么，上帝的爱建起了人与人相互负责的观念，将希望作为美德强加给人类。既然希望把他们每人都变成同一上帝的使者，将所有人的得救交到每个人手中。谁都无权绝望，既然是比自己强大者的使者。绝望就是否认在自身存在的上帝。希望的责任也可以这样表述："你就自认为如此了不起？你在绝望中，表现出何等自负！"

我的文明承袭了上帝，使得每人对人人负责，人人对每人负责。个人应该牺牲自己去救助集体，但是这里讲的，绝非一种愚蠢的算数考量。事关通过个人体现对人的尊重。其实，我的文明伟大之处，正在于一百名矿工应该冒生命危险，现场抢救被埋的一个矿工。他们救的是人。

有了这样的启示，我透彻地理解了自由的意义。这是树木在它种子的力量场中生长的自由。这是人上升的气候。这种自由就像航船的顺风。海上的帆船，只有借助风才是自由的。

这样培育起来的人，就具有树木的力量。树的根须延伸，什么空间不能覆盖！这样的力量，人的什么样坯子不能容纳，使之在阳光下茁壮成长？

第二十七章

但是，上述的一切，全让我扰乱了。遗产让我挥霍了。人的概念腐朽下去，我也听之任之。

为了拯救通过个人对受景仰的一位王子的崇拜，拯救这种崇拜给人际关系所创立的高品质，我的文明也确实耗费了极大的精力和可观的才华。人道主义就担负起独特的使命，阐明并坚持人高于个人的观念。人道主义就是宣扬人。

然而，一谈到人，语言就变得不灵便了。人有别于个人。一味谈石头，那么丝毫也触及不到大教堂的本质。单凭世人的品质去给人下定义，那也丝毫触及不到人的本质。人道主义就这样探索，走上一条堵死的路。人道主义力图用逻辑和伦理的一种增量法，来确定人的概念，从而将这种概念传播到人的意识中。

任何语言的解释，也绝不能替代静思冥想。存在体的独一性，语言传达不了。如果渴望教育一些人，而他们的文明又没有爱国和爱产业一说，那么，我就拿不出任何论点能打动他们。一份产业由田地、牧场和牲畜组成。每一样，或者放在一起，所起的作用就是让人富有。不过，产业中也有什么成分，无法从物资的分析计量，而有的业主出于对产业的喜爱，不惜破产也要保住。反过来说，恰恰是这种“成分”，给物资增添了一种特殊的高尚品质。因此，这些物资才成为一份产业的牲畜、一份产业的牧场、一份产业的田地……

同样，我们也成为一个国家的人，一种职业人，一种文明的人，一种宗教的人。不过，要自诩为这样的人，必须首先在自身培养这种本质。哪里不存在祖国的情感，用任何语言都不可能传递过去。只能通过行为，才能在自身培养成所应有的人的本质。人的本质不属于语言王国，而属于行为王国。我们的人道主义忽视了行动，难免在尝试中失败了。

必不可少的行为，在这里有个名称，叫作牺牲。

牺牲并不意味割爱，也不意味苦修。主要还是一种行为。就是将自身献给要成为的人。唯独为产业做出了一份牺牲，为守业而搏斗过，又为美化它而付出过辛劳的人，才能懂得什么是产业。这样，对产业的爱也就油然而生了。一份产业不是收益的总和，这样看就错了。这是奉献的总和。

我的文明只要依靠上帝，就能拯救这种牺牲的概念，将上帝置于人心中。人道主义忽略了牺牲的根本作用，主张用言语，而不是以行为传播人的观念。

为了通过世人来拯救人的意象，人道主义已别无他法，只能用大写字母写出一个漂亮的“人”字。这是一面危险的斜坡，我们很可能往下滑，难免有一天，就把人混同为人类的平均数或总和的象征。我们的大教堂和一堆石头，我们很可能混淆不分了。

渐渐地，我们丧失了遗产。

我们本来强调通过个人实施人权，却开始谈论集体的权利了。我们看到，一种忽视人的集体伦理观，不知不觉被采纳了。这种伦理观将会明明白白地解释，为什么个人必须为整体做出牺牲，却不会再不玩弄辞藻，解释为什么一个整体应该为一个人做出牺牲。为什么要从不公正的牢房救出一个人，搭上一千条性命也是值得的。这种阐述我们还记得，但是也逐渐忘掉了。然而，我们之所以伟大，首先就体现在这种原则上，这也使我们人极明显地有别于白蚁群。

由于缺乏有效的办法，我们就从以人为前提的人道主义，滑向以人群为前提的这种白蚁群。

这类国家的或者群众的宗教，我们有什么可与之抗衡的呢？我们产生于上帝的人的伟大形象，又遭遇什么命运呢？这种形象，通过一种空无实质的词汇，已经难以辩论了。

渐渐地，我们忘记了人，我们的伦理观就局限于个人问题了。我们要求每人都不要触犯另一个人。每块石头不要触及另一块石头。自不待言，石头散乱放在场地，彼此并不相犯。然而，石头相抵触，建起大教堂，也就相应地确立了自身的意义。

我们继续宣扬人人平等。可是，我们忘记了人，就再也不知所云了。我们不知道平等建立在什么基础上，只是模糊地表明这种主张，已经无法付诸实践了。在个人的层面上，文雅人与野蛮人、天才与蠢货之间，如何确定平等呢？在物资层面上，如果我们意图确认并实现平等，那就得要求所有人都占据同样的位置，都起同样的作用。这是荒谬的。平等原则退化为同等原则了。

我们继续宣扬人的自由。但是，我们忘记了人，就把我们的自由确定为一种模糊的随心所欲，仅仅设限不损害他人。这就空泛而无意义了，因为，根本没有不涉及他人的行为。我当了兵，自己弄残了身体，就要被处决。不存在独来独往的个人。谁退出，就要伤及一个整体。谁悲伤，就会给别人添堵。

从我们的权利，到这样理解的一种自由，我们怎么运用，都势必引起难以克服的矛盾。我们确定不了我们的权利什么情况可以实施，什么情况不能实施，于是就假惺惺地闭上眼睛，以便拯救一条模糊不清的原则，不理会任何社会都必然给我们的自由设置层出不穷的障碍。

至于慈善，我们甚至不敢再宣扬了。其实，从前基于生灵的牺牲，如果是通过他的人的形象为上帝增光时，就称为慈善。这种荣耀，我们通过个人，给予了上帝，或者给予了人。可是，我们将上帝或者人置于脑后，就只能给予个人了。这样一来，慈善往往就成了不可接受的手段。保证施舍物品公正的分配，应该由社会，而不应由个人好恶来决定。个人的尊严要求他，面对另一个人的慷慨，绝不能奴颜婢膝。财富的占有者，除了拥有财富，还要求非拥有者的感激，这实在是荒谬绝伦。

而且，更有甚者，我们已被误解的慈善，竟同自己的目的背道而驰了。慈善纯粹建立在对个人的怜悯行为，禁止任何教诲方面的惩罚。真正的慈善超越个人，是向人表示崇拜的行为，旨在贬抑个人，让人得以成长。

我们就是这样丧失了人。而丧失人，我们也掏空了我们文明宣扬的这种博爱的热情——既然大家在某种事物上是兄弟，而非同胞兄弟。分享保证不了博爱。唯独在牺牲中，才能凝聚为博爱之情。博爱凝聚在比自身更博大的奉献中。然而，我们将任何真正存在的这个根本，混同为一种毫无原则的退让，将我们的博爱挤压得无立锥之地，降格为一种相互宽容。

我们已经停止奉献了。如果我只想奉献给自己，那么我什么也得不到，因为我自身毫无建树，我就什么也不是。如果随后有人要求我为利益而死，我一定会拒绝。首先得活着，才谈得上利益。出于什么样爱的冲动，我才肯献身呢？人可以为一幢房子而死。不会为一些物品和几面墙而轻生。人不会为几块石头，而会为一座教堂而死。人不会为一群人，而会为一个民族而死。一个人如果是一个大家庭的顶梁柱，他出于对人的爱就会舍命。人只肯为赖以生存的根本去死。

我们的词汇似乎没有什么大变化，然而我们的言语变得空洞，失去了真正的实质，如果我们还想要使用，就会把我们引向毫无出路的矛盾。我们万般无奈，只能闭眼不看这些争执。我们不会建筑了，万般无奈，就任由石头乱放在场地上，谈论起集体来，但又小心翼翼，不敢把话讲得很明确，因为，我们也确实言之无物。集体不结合什么事物，就是个空洞而无意义的词。数量不是存在的本质。

如果说我们的社会还有可取之处，如果说在这社会中，人还保留几分威望，也多亏了真正的文明：须知这种文明，虽然被我们的无知所背弃，它那废弃的光辉依旧伸延到我们身上，不管我们情愿不情愿还在拯救我们。

我们自己都再也弄不明白的事情，我们的对手怎么可能懂得呢？在他们眼里，我们只是一片散乱的石头。我们已然忘记了人，就再也不知道如何界定集体了，而他们倒试图还给集体一种意义。

有些人轻而易举，一下子就得出逻辑的终极结论。他们把这套结论当成一套收藏的绝品。石头跟石头就应该同等同样。而每块石头都完全自我做主。无政府主义仍然记得人的崇拜，但是不折不扣用在个人头上。这种不折不扣的个人崇拜所产生的矛盾，比我们遇到的矛盾还要糟糕。

另一些人则把场地散乱的石头搜集在一起。他们宣扬群众的权利。这种公式也难称心如意，因为，一个人施暴于群众，固然不可容忍，群众施暴于个人，也同样不能容忍。

还有一些人掌握了这些没有实力的石头，拼凑起来而成为国家。这样一个国家同样没有超越民众，同样还是数量的一种表述。这个国家的集体权力交到一个人手中。一块石头统治全体石头，还坚称与众石打成一片。这个国家明确宣扬一种集体道德观，而我们仍然拒绝，只是忘记了拒绝的唯一理由：人的概念，我们本身，还十分缓慢地，继续走向这个目标。

新宗教的这些信徒，定然反对许多矿工冒着生命危险，去救一名埋在矿井的工人。因为这样一来，众多石头会受到损害。一名重伤员，如果拖累一支军队的行进，那就得结果他的性命。这种集体的利益，他们要以算术的方式考量——而支配他们行动的也将是算术。如果超越自我，升华到更高境界，他们反而有所失。因此，他们要仇视一切有别于自己的事物，既然他们支配不了任何高于他们、不能与他们混同的东西。任何外来的习俗、种族、思想，对他们必将是一种冒犯。他们根本没有能力兼收并蓄。因为，要想转化人本身，不是肢解他，而应该让他认识自己，向他提供一个渴望的目标，提供一个用武之地。转化人，终归是解放人。大教堂吸纳了石头，而石头在建筑中有了一种意义。但是，一堆石头就吸收不了什么，缺少吸纳能力，只是重重地压在地面上。一堆石头就是这样——可是怪谁呢?

我不再感到奇怪：一大堆石头的重压，胜过散乱的石头。

比较而言，我是最强者。

我是最强者，如果我重又找到了路。如果我们的人道主义恢复了人。如果我们善于建立我们的大家庭，而且在建立中，我们使用唯一有效的器具：牺牲。我们的大家庭，一如我们的文明从前所建的那样，不是我们利益的总和，而是我们奉献的总和。

我是最强者，只因树强似土壤中的物质。树吸收了营养，转化为自身的生长。大教堂比石堆辉煌。我是最强者，只因唯独我的文明有能力，将形形色色人聚拢团结在一起，丝毫也不肢解他们。我的文明力量的源泉，在不断汲取的同时，又激发喷涌不止。

我在出发的时刻，意图先接受后奉献。我的意图是妄想。这也像严格的语法课。接受必先给予——必先建房尔后入住。

母亲奉献奶，建立对子女的爱，同样，我献出鲜血，建立了我对自己人的爱。说神秘就在于此。建立爱必从牺牲做起。然后，爱可能激励其他人做出牺牲，勇于牺牲而能节节胜利。人总要走出头几步。人必须先出生尔后生存。

我执行任务回来，同农场主侄女建立起亲属关系。她那微笑在我看来完全透明；透过那笑容，看到了我那乡村。透过我的村庄，看到了我的国家。透过我的国家，看到了其他国家。须知我所属的文明，选择了人为柱石。我所属的2-33飞行大队，愿意为挪威而战。

明天，阿利亚斯可能派我去执行另一项任务。今天，我穿上飞行服，为一尊我看不见的神效劳。阿拉斯的炮火击破了外壳，于是我看清楚了。我这里的所有人也同样看清楚了。即使黎明起飞，我也会了解这个为什么：我还战斗。

不过，我也渴望回忆我所看明白的。我要总结成简单的信条，以便记住。

我要为高于个人的人——如同高于个别的普遍——而战斗。

我相信对普遍的崇拜能激励和聚拢个人资源，建成唯一真正的秩序，即生活的秩序。一棵树体现一种秩序，尽管它的根须不同于它的枝丫。

我相信对个人的崇拜，只能导致死亡，因为这种崇拜将秩序建立在雷同上，混淆了本质的一致和组成部分的统一。而且，这种崇拜拆毁大教堂，以便把石头排列成行。谁企图将一种习俗强加于其他习俗，将一国人民强加于其他国人民，将一个种族强加于其他种族，将一种思想强加于其他思想，我就将同谁斗争。

我相信以人为本，能建立起唯一有意义的平等和自由。我相信通过个人实现的人权平等。我相信自由是人升华的自由。平等不是同一化。自由不是个人反对人的狂热。谁企图将人的自由置于个人，或一群人的控制下，我就将同谁斗争。

我相信我的文明，为确立人的统治，把情愿为人做出的牺牲称之为慈善。慈善是通过个人的平庸向人的献礼。慈善树立人。谁硬说我的慈善是鼓励平庸，从而否定人，并把个人永远囚禁在平庸中，我就将与谁斗争。

我将为捍卫人而斗争。反对人的敌人。甚至也要反对我自身。

第 二 十 八 章

我回到战友们中间。将近午夜时分，我们要全体集合，接受命令。2–33 飞行大队的人都困倦了。大炉中的火焰变成炭火。飞行大队看样子还撑着。但这只是一种幻觉。奥什德愁眉苦脸，叩问他那块宝贝怀表。佩尼科坐在角落，后颈靠着墙，闭上了双眼。加瓦勒坐在桌上，耷拉两条腿，目光恍惚，噘着嘴像个要哭的孩子。阿赞伯尔则盯着一本书摇晃着身子。唯独少校还有精神头儿，但是脸色苍白得吓人，手上拿着材料，在一盏灯下低声同杰莱讨论。不过“讨论”只是一种表象。少校说话，杰莱点头，说：“是的，当然。”杰莱一味念叨他那“是的，当然”，越来越贴紧少校的布置，犹如溺水者死搂住救生员的脖子不放。我若是少校，就会口气不变地说：“杰莱上尉……天一亮，您就要枪毙……”我还等他这样回答。

大队三天没有睡觉，像纸板搭的城堡立在那里。

少校站起身，走向拉科代尔，把他拉出梦乡：拉科代尔在梦中，也许赢了我的棋。

“拉科代尔……天蒙蒙亮您就出发，超低飞行任务。”

“好的，我的少校。”

“您应该睡一会儿……”

“是的，我的少校。”

拉科代尔重又坐下。少校拉着杰莱往外走，真像钓鱼线上拖着一条死鱼。杰莱那样子，毫无疑问，他不止三天，而是一周没有睡觉了。阿利亚斯也是如此，他不仅驾机执行战斗任务，还肩负起领导大队的职责。人的耐力是有极限的。杰莱已经透支了。然而，他们两个还得出发，救生员和溺水者，去追寻似幽灵的命令。

韦赞满脸疑云，朝我起来。韦赞本人，是站着睡觉，好似个梦游者：

“你睡了吗？”

“我……”

我的后脖颈仰在椅背上：一张扶手椅让我发现了。我也一样，坐下睡着了，可是，韦赞的声音在折磨我：

“难以收场啊！”

难以收场……禁止“先验”……难以收场……

“你睡了吗？”

“我……我……什么难以收场？”

“战争。”

这事儿，真新鲜！我重又沉入睡梦甜乡。我恍恍惚惚回了一句：

“什么战争？”

“怎么：‘什么战争！’”

这场对话难以为继。啊！波拉，这些飞行队，如果能有几个蒂罗尔保姆，我们大队全体队员早就上床睡觉啦！

少校一阵风似的，猛推开门：

“决定了。转移。”

杰莱站在少校身后，他非常清醒。他的“是的，当然”的口头语，就留待明天讲了。还能有多少时日，他自己也不知道，反正这个夜晚还能借用一下，去干苦力活。

我们，大家都站起身，口里冒出：“啊……好……”

我们还能说什么呢？

我们什么话也不说。我们要确保转移。唯独拉科代尔要等待黎明起飞，去完成他的任务。如果回得来，他就直接飞往新基地。

明天，我们同样不会说什么。明天，在证人看来，我们就是战败者。战败者就应该缄默。如同种子。

（全文完。2016 年 11 月 19 日）

飞行员

题解：

这是圣埃克苏佩里发表的处女作。推荐人是伽利玛出版社的资深编辑，让·普雷沃，这似乎预示，这位飞行员将来的一系列作品，都要由伽利玛出版社推出了。这当然要有一种机缘。

圣埃克苏佩里的表姐，年轻的德·特雷维斯公爵夫人，在巴黎拥有一大套公寓，时常接待她这位表弟。公爵夫人主持的沙龙的常客，就是毗邻的伽利玛出版社的一班文人，从纪德到拉蒙·费尔南德兹，从德里厄·拉罗舍尔到让·普雷沃。他们听圣埃克苏佩里讲述飞行，受到他那种激情和精准的吸引。然而，最先产生兴趣，要看看他写出的记叙文的，却不是纪德，而是让·普雷沃。纪德名头太大，不会轻易出手。直到1931年，他的第二部长篇小说《夜航》出版时，纪德才写了一篇热情洋溢的序言。让·普雷沃索取到的手稿正是《飞行员》。他是《银船》杂志编辑部秘书，准备用在第十一期，也是最后一期（1926年4月1日）的杂志上，可惜碍于篇幅，只刊载了八个选段。

有意思的是在作者签名的后面，让·普雷沃加了一条注释：

“圣埃克苏佩里是航行和机械制造的专家。我在朋友的家中同他相遇，非常赞赏他描述自己感受的那种力度和精妙。我一得知他记录下来，就迫不及待渴望拜读；我认为他的手稿丢失了，随后又凭记忆重新组织起来（在要写什么之前，他全凭头脑构思），写进这个短篇小说里，让人在这里读到了片段。这种直达的艺术、这种求真的天赋，表现在一个新手身上，着实令我惊叹。想必圣埃克苏佩里还在酝酿其他作品。让·普。”

普雷沃比圣埃克苏佩里年长两岁，二人块头儿相仿，不知这是不是灵犀相通的年龄和体貌的条件。至少事非偶然，普雷沃率先赞赏并指出圣埃克苏佩里写作艺术的主要特点。“直达的艺术”，直达并非直白，更不是简单，而是排除一切表象、干扰、障碍，直捣问题的核心，与“求真”密切相关。而“求真”即求真理，法语中“真”和“真理”是一个词。

飞机强劲的轮子碾压着垫木。

螺旋桨的疾风扫荡，连机身后二十米远的草坪似乎都在流动。飞行员一扭手腕，就能掀起或者遏止这场风暴。

反复发动之后，机器声现在厚实了，最终变成一个几乎牢固的浓重声场，将飞行员的身体团团裹住。他一旦觉出声场往他体内灌注了此前尚未实足的某种东西，随即就想："行啦。"又用手背拂了拂座舱：丝毫也不震动。他心中暗喜，享受着这种凝聚的动力。

他俯下身子："再见，朋友们……"朋友们在曙光中送别，拖着长长的身影。不过，值此一飞就三千多公里的起点，飞行员的神思已经远远离开他们了……他瞧了瞧发动机黑色防护罩，逆光中仿佛炮口伸向天空。螺旋桨后面，颤动着薄纱笼罩的景物。

发动机现在减慢了转数。飞行员放开最后紧握的几只手，仿佛解开系船的缆绳。他扣好安全带和降落伞的两条皮带，这工夫异常宁静。真要起飞了：一升空就进入另一个世界。

最后扫一眼仪表盘：表盘面很狭小，但是非常灵敏——高度仪细心调到零度——最后再瞧一眼短小厚实的机翼，点了点头："行啦……"他自由了。

飞机迎着直立的风，缓慢滑行一阵之后，他就一拉操纵杆，加大油门，发动机如填充火药，燃烧起来，飞机就被螺旋桨揪住往前冲，往有弹性的空气上跳了几下，而驾驶员仅凭操纵杆的反应就能测出速度，再传播到反应上，感到越发给力了。

地面现在显得绷紧了，像传送带一样，在轮子下飞快滚动。飞行员自有判断：空气起初难以捕捉，继而化为流质，现在变成固态了，于是他攀爬而飞升了。

夹护跑道的机库、树木，继而山丘，都纷纷闪避，让出了天际。升到二百米高时，还俯身望望一座儿童乐园、园中挺立的树木、彩绘的房屋，而森林依然那么郁郁葱葱。随后，大地就一片光秃秃了。

大气波涛汹涌，滚滚气浪短促而生硬，飞机撞上去便颠簸起来，逆流旋涡击打着机翼，整个机身都发出啪啪响声。不过，飞行员稳稳掌控，就像走钢丝正中紧紧握住平衡杆。

升到三千米高空，大气才平静了。太阳就夹在上下机翼的支索之间，没有一点气流的冲击了。大地十分遥远，看似凝固不动了。飞行员调了调襟翼、空气调节器，计算好飞往巴黎的偏斜度。随后十小时，他就不必动弹，仅仅随着时光流移动了。

* * *

海面呈现一幅巨大的扇形，展开的细浪纹丝不动。

太阳终于超越机翼终端的支索。

飞行员突然一阵体感不适。他瞥了一眼，发现转速表指针在摆动。他望一眼大海。发动机的一种嗝逆的破音，给他的意识造成一个空洞，仿佛一阵昏厥。他下意识地拉了拉操纵杆。什么事也没有……却掉下一滴冷汗。他慢慢调试，恢复发动机令他满意的声调。若不是滚落一滴冷汗，他真不会相信自己害怕了。

他逐渐恢复脊背的倾斜度，臂肘准确的支撑点，从而保持他宁静的常态。

现在，太阳高悬。如果没有举动，如果不消除保护肢体的麻木状态，只需轻轻按住操纵杆，这样疲倦感就是正常的。

油压忽而下降，忽而又升上去，里面出了什么问题？

发动机也振动起来。混蛋。太阳转到左面，已经发红了。

发动机传出金属撞击声。不……不是活塞杆的声响。是传动的问题？

操纵杆的螺母松了，必须用手把住。真糟糕！

或许还是活塞杆的事儿。

他这才发觉，自己有些气喘，牙齿松动了，头发也灰白了，整个身体同时老了许多。

但愿能坚持到着陆。

* * *

大地看着总让人放心：田地条分缕析，一片片树林也是几何形状，还有那星罗棋布的村庄。为了更好领略大地的风光，飞行员下潜低飞了。大地，从高空俯瞰，只见一片荒芜和死寂，而随着飞机下降，便披上了新装。大地重又覆盖树林绿荫，而山谷丘峦，活脱出起伏跳跃的丰姿：大地生机勃勃。他飞越一座高山，仰卧巨人的胸脯，鼓起来几乎接触到他了。他那机头对准一座花园：花坛都扩展开来，呈现眼前的是实物实景了。

“我这发动机声如雷鸣！”他所听到的嘈杂声？他不相信了。离地面这么近，这正是生活原声。

他亲近平原的曲线，如同轧机压延，磨得更加锋利，还将田野当作被单拉向自己，然后又抛向身后；接近杨树林，又挨了一球拍，被打飞了；还有时候，他远离开大地，好似一个要喘息的角斗士。

此刻，他飞向港口，掠过工厂灯火已通明的玻璃棚顶，掠过已经暗影憧憧的公园；屋顶、墙壁、树木，从他下面闪过，无穷无尽的天际的出口，全被大地的湍流冲走。

着陆却令人大失所望，倒也免受疾风的湍流、发动机的轰鸣了。随着最后一次转弯，便一头扎到外省一个寂静得让人窒息的地方，一幅招贴画的景象：白晃晃的机库、绿油油的草坪、修剪整齐的杨树，而一群英国少女，腋下夹着网球拍，走下巴黎—伦敦的蓝色飞机。

飞行员一下子瘫在黏糊糊的机座上。大家蜂拥上前：“太漂亮啦！太漂亮啦！……”都是些军官、朋友和看热闹的人。他的双肩忽然感到疲惫不堪：“我们要把你劫走！……”他垂下额头，看了看油污锃亮的双手，如醉方醒，心里难过得要命。

* * *

只剩下雅克·贝尔尼一人了，他换上一股樟脑味的西服。他身子还僵硬，步履蹒跚，动作也很笨拙。他那军用旅行箱，整齐地摆房间一角，里面装有他的全部所需物品，充分表明他居停的不稳定性与暂时性。这个房间，还没有被白床单，被书籍征服而归属。

“喂……是你吗？”他拿起电话，向所有朋友打招呼。

朋友们都惊呼，连声向他祝贺：

“浪子归来！好极啦！”

“嗯，是啊……什么时候能见个面啊？”

今天不巧，对方没有空闲。明天呢？明天要去打高尔夫球，也叫贝尔尼去。他不想去吗？那就后天——共进晚餐——准时八点。

贝尔尼沿林荫大道上行。行人如潮，他就觉得是逆潮流而动，要迎面撞见一张张所有面孔。有些面孔看着就让他难受，那是不折不扣无所事事的形象。这个女人有了依靠，生活就会安定了……安定了……有些男人的长相，一看就是懦夫，于是他感到自己是强者。

他脚步滞重，走进一家舞厅。来到那些小白脸中间，还穿着那件探险服似的大衣。他们就在这封闭的小场子里度过夜晚，犹如养在鱼缸里的鮈鱼，对女人满嘴恭维话，跳一阵舞，再回身喝饮料。在这种不三不四的地方，唯独贝尔尼还保持理智，他像脚夫那样，感到身体沉重，分量都径直落到双腿上。此刻他的思想毫无高点。他走向桌子中间的一个空位。那些女人的目光，一碰到他的目光就移开，仿佛熄灭了一般。年轻人身子灵活，都闪开让他过去。真像黑夜里，巡逻军官一路查岗，哨兵纷纷丢掉手指夹的香烟。

* * *

贝尔尼受委派，来培训飞行员，他今天就到基地附近唯一的旅馆餐厅用午餐。一些下级军官边喝咖啡边聊天。贝尔尼一旁听他们谈话。

“他们都有职守。我喜欢这些人。”

他们说到跑道太泥泞，护航所发的津贴，随后还说起今天的险情：

“我在一百米的半空，机罩里的传动杆出了事儿。坏菜了。就没有空地……后面是一户农家院。我往下跌，又抬升一点儿，最后钻进粪堆里。”

哄堂大笑。

“就跟那天一样，”一名士官也说道，“我撞进草垛里，就慌忙找同机的中尉，想想看……人没影儿了。结果找见了，他就坐在草垛后面。”

贝尔尼便想道：换了别人，很可能就送了命，然而对他们来说，这仅仅是工作中出的事故。我还真挺喜欢他们这样讲述，直截了当，就像打工作报告。这些人也挺招我喜欢，倒不是我护着同行，而是因为在人际之间，还可能这样单纯爽直。

给我们谈谈您的感受吧，女士们说道。

* * *

“您就是彼松学员？”

“是的。”

“您还从未飞行过？”

“没有。”

很好：他就不会有先入为主的看法了。从前那些观摩学员，自以为什么都知道了：他们死记住一些公式，“风袋飘在左侧，……脚踏反向……”那些学生脑瓜不灵。

“我带着您飞行：头一圈，您就只管看清楚了。”他们在机舱坐定。

航空学校培训部那个最差的机械师，以极度缓慢的动作，转动着螺旋桨。他还得熬过半年零八个工作日。今天早晨他上厕所，甚至把日期刻在墙上。然后，他还计算出来，大约要转动螺旋桨一万圈。再也不会有丝毫改变了。于是……

学员望了望蓝天、呆立的树木、正在跑道上吃草的一群奶牛。教练员用衣袖擦了擦操纵杆：他看到手柄锃亮就高兴。机械师数着螺旋桨的转数：实在让人瞎费劲，已经转了二十二圈了！“如果让你清洗火花塞呢？”这话也该引机械师深思。

发动机该启动就启动了，最好顺其自然。三十圈，三十一圈……发动机启动了。

危险、无畏、空中陶醉这类字眼，这名学员完全弄不明白了。

飞机在滑行，学员以为还在地面，他忽然瞧见机库在下方了，迎面的风特别硬，抽打他的脸颊。他定睛注视着教练员的后背。

上帝啊……怎么？飞机在下降。大地忽而翻向右面，忽而翻向左面。他牢牢抓住。机场在哪儿呢？他只看见旋转的树林，逐渐接近，看见一条铁路悬在右边，还有天空……突然，眼前出现静卧的田地，整整齐齐，就在飞机轮子下面。学员感到接触了草地，风也停止了，就是这样……教练员转过身，笑起来，而学员还在尽量弄懂些什么。

“基本原则，”贝尔尼传授给他，“无论发生什么异常情况，首先，切断油门，其次，摘下风镜，第三，牢牢抓住。只有到起火的情况，您才可以解开安全带。明白吗？”

“明白了。”

学员终于等到他期待的话，具体说明危险，这就表明他条件具备，可以直面危险了。对普通百姓就随口说一句：“没什么可怕的。”彼松掌握了这样一种秘密，心里非常得意。

“况且，”教练员一句总结，“飞行，这事儿并不危险。”

* * *

他们在等待莫尔蒂埃。贝尔尼正装烟斗。一名机械师坐在油桶上，双手抱着头，惊讶地注视着自己左脚打拍子。

“我说，贝尔尼，天阴沉了！”机械师抬眼，看见已然模糊的天际。还有两三棵树的影子，但是已经罩上了白色的雾气。

贝尔尼没有抬眼皮，继续装烟斗：

“我知道。这情况我也心烦。”

莫尔蒂埃完成学业考核，按说应该着陆了。

“贝尔尼，您应该给那边打个电话……”上校说道。

“打过了。他是四点二十分起飞的。”

“后来，再也没消息啦？”

“没消息。”

上校走了。

贝尔尼双拳往胯上一顶，挑战似的凝视雾气，仿佛那是轻轻向大地撒下的一张网，要捕捉天晓得在何处的学员。

“尤其莫尔蒂埃不够冷静，驾驭飞机像头蠢猪……该他倒霉！”

“你听……”不，没什么：驶过一辆车。

“莫尔蒂埃，你这次如果闯过来，我向你保证……我……我就拥抱你。”

“贝尔尼！……电话。”

“喂……是哪个笨蛋，擦着多纳泽勒镇的屋顶飞过去？”

“是个正在要自杀的笨蛋。您就别给他添乱了，还是咒骂大雾吧！”

“可是……您说说看……”

“您带上梯子去找他吧！”贝尔尼挂断电话。

莫尔蒂埃迷失了方向，正极力找见个坐标物。

大雾好似塌下来的柔软的拱顶：十米开外什么也看不清了。

“通知护士们，准备好救护车，过五分钟还不到场，我关他们十五天禁闭。”

“他那不回来啦！”

众人呼地站起来。他驾驶看不见的飞机，盲目地冲向他们。上校也来到现场：

“真他妈的！真他妈的！真他妈的！”

贝尔尼口齿不清地反复唠叨：

“切断啊，倒是切断油路啊……切断啊，倒是切断……你就不能避免横冲直撞！”

驾驶员恐怕只能看到十米远的障碍物，然而这情况，永远也不会有人了解。

大家跑向坠落的飞机。已经跑来一些士兵，受这突发事件的吸引，还有特别热心的低级军官、突然感到责无旁贷的军官。更有当日值勤的那位军官，他什么也没有看见，却在那里解释整个事件。上校则腰弯得过分，扮演着并不招人喜欢的父亲角色。

飞行员终于被抢救出来，那张脸发绿，左眼红肿，牙齿撞掉了。他被人平放躺在草坪上，人们呼啦一下围拢上来。

“我们或许可以……”上校说道。

“我们或许可以……”一名中尉重复道。

一名士官给伤员解开毫无妨碍的衣领，好让大家心安一些。

“救护车？救护车呢？……”上校问道，他不忘自己的职位，考虑做出个什么决定。

“马上就到。”有人回答，其实什么也不知道，这句话却足以让上校平静下来。

接着，上校忽然高声说：“对了……”随即快步离去，若有其事却并无目的。

然而，这种局面，贝尔尼实在看不下去，他甚至感到，围观生命垂危的人有失体面：

“好了，孩子们，都回去吧，……都回去吧……”

大家三五成群，消失在雾中，穿过这架飞机坠落的菜园和果园。

彼松学员又看明白了什么：人会死的，这不是什么惊天动地的事。他几乎感到自豪，能与死亡这样亲密接触。他回顾第一次飞行，由贝尔尼带着，当时他颇为失望，看景物那么乏味，周围那么平静，却没有发现这种死亡在身边相伴。死亡就伴随左右，但是随随便便，丝毫也不彰显，就在贝尔尼笑容的后面，就在机械师懈怠的后面，就在太阳和蓝天的近景后面。他抓住贝尔尼的手臂：

“您知道……明天我飞行。我不害怕。”

不过，贝尔尼并不表示赞赏：

“明天，您就练习螺旋飞行。”

彼松再次明白了什么。“他们没有表露出激动的情绪，就是不想高谈阔论。”

“这是一次工作事故。”贝尔尼回答。

* * *

贝尔尼沉醉了。

这种单座歼击机，全速飞行如滚雷轰鸣。机身下方的土地很丑陋，使用过度，完全老化的地块，支离破碎，补缀处不可胜数。

四千三百米高空：贝尔尼独自一人。他俯瞰这个世界，如欧洲地图一般分割成条块。金黄色的麦田、红艳艳的苜蓿地，都是人类的骄傲和忧虑，相邻并列而又彼此仇视。持续十来个世纪的争斗、嫉妒和诉讼，终于确定了边界，而人的幸福也就完全圈在界内了！

贝尔尼转念又一想，他不该乘陶醉之势，继续耽于幻想，随之丧失斗志，而应使陶醉摆脱其控制力量，从而有分寸地体味。

于是，他加大油门，开足马力，全速前进，随即又缓慢地拉回操纵杆。地平线晃悠起来，大地好似退潮一般飞速后移，飞机直冲云霄。爬升到最高点，飞机倒翻过来，仿佛一条死鱼，肚皮朝上，摇摇晃晃……

飞行员沉潜在天空里，头顶着大地，看似一片绵延的海滩，继而，又面对大地，失重坠落：简直天旋地转。他切断油门，大地也随即静止不动了，就像直立在前方的一堵墙：飞机在垂直降落。贝尔尼又轻轻将机身拉平，直到面前天际重现，平静如湖面。

飞机急转弯时，飞行员受重心挤压，钉死在座位上；直线爬升时，他的身体飘轻，越来越飘轻，仿佛一个要爆破的气泡，地平线也如潮水般退去，又似潮水般涌来，发动机也随机应变，时而轰鸣，时而平缓，重又……

咔嚓一声：左机翼折断！

飞行员中了招儿，觉得被人暗中下了绊儿：空气从机翼下面溜掉了。飞机透过窟窿，旋转着掉下去。

地平线好似一床被单，一下子拉过头顶。大地将他包裹，像旋转木马似的，带动树林、钟楼、田野一起旋转。飞行员还眼看着一座白色别墅，犹如弹弓打出的弹子，忽地飞了过去……

正如海水从四面八方涌向扎下去的潜水员，大地也涌向失事殒命的飞行员。

给一名人质的信

一

1940 年 12 月，我要去美国，穿越葡萄牙时，就觉得里斯本是一个既明亮又凄凉的乐园。那里正在大谈特谈迫在眉睫的入侵，而葡萄牙还死抱住幻想不放，总相信自己的运气。里斯本，曾建造了世上最美观的展览馆，现在勉颜一笑，就显出几分无奈，如同那些母亲苍白的笑容：上战场的儿子杳无音信，还极力要以她们的自信救孩子的命："我的儿子还活着，只因我还在笑呢……"

"你们瞧哇，"里斯本也这样讲，"我多么幸福而安宁，又多么亮丽……"

可是，整个欧洲大陆压在葡萄牙头上，沉重得像一座野蛮凶残的部族盘踞的大山。充满节日气氛的里斯本就是在挑战欧洲：

"我着意毫不遮掩，当此极易受伤害的时候，别人怎么还能把我当成靶子！……"

我们那里的城市，夜晚一片灰蒙蒙的颜色。任何光亮我都不习惯了，而这个灯火辉煌的都市，倒引起我一种莫名的不安之感。如果四周城郊一片昏暗，而城里橱窗陈列的钻石却照得通明透亮，就会招来包藏祸心的人。大家已有感觉：他们正在游荡。我也早就觉出，欧洲的黑夜游弋着轰炸机联队，已经瞟上了里斯本，就好像老远他们便嗅到了这种财宝。

然而，葡萄牙却茫然不知这种怪兽有多大胃口。葡萄牙也视而不见种种不祥之兆，还在谈论什么艺术，那种自信已近气急败坏了。别人还怎么敢将其毁灭在对艺术的崇拜中呢？葡萄牙把全部奇珍异宝亮出来了，别人还怎么敢将其毁灭在珍宝中呢？葡萄牙也把伟大人物全搬出来了。没有大军，没有大炮，只有石头哨兵：诗人、探险家、开拓者的雕像，立在那里对抗侵略者的枪炮。葡萄牙没有军队和大炮，就用整个历史来拦住侵略者，别人还怎么敢将其毁灭在辉煌历史的遗产中呢？

每天晚上，我就是这样忧心忡忡，穿行在这个品位极高的展览会的成就之间，每件展品都臻于完美，甚至包括不大引人注意的背景音乐，挑选播放的都极其得当，在展园中轻轻流荡，毫不张扬，犹如清泉的浅唱。难道要把这适度得宜的精妙品味，从这世上毁掉吗？

我就觉得面上挂着微笑的里斯本，比我们灯火熄灭的城市还要悲凉。

那些颇为怪异的人家，我见识过，也许您也了解，他们的餐桌仍给一个死者留有位置：他们否认无可挽回的事实。然而我并不觉得，这种挑战能够安慰人。人死了，就应该以死者论。可是，他们在死者的角色中，又找到另一种形式的存在。其实，这些人家阻断了他们的归宿，把他们变成了永世的缺席者，永世迟到的客人。这些人家用一种毫无实际意义的等待，替代了举丧。而在我看来，这些人家陷入了无穷无尽的苦恼中，这格外让人难以忍受，远超过一场诀别的悲痛。飞行员吉约迈，我最近失去的朋友，他在执行邮航任务中，飞机被击落，上帝啊！我愿意为他服丧。吉约迈再也不会改变了。他永远也不会再出现了，但是同时，永远也不会成为缺席者了。我没有在餐桌上为他摆一套餐具，不搞这种无用的伎俩，我把他视为名副其实的已故朋友。

然而，葡萄牙还力图相信运气，给运气留下餐具，留下灯光和音乐。在里斯本，大家都在赌运气，以使上帝也情愿相信这种运气。

也多亏来了一些逃难者，里斯本才有了悲伤的氛围。我不是指来寻求庇护的流亡者，也不是指要寻找一块土地，靠劳动发家致富的移民。我是指为了保全他们的金钱而逃离国难的那些人。

我未能在城区下榻，就住到附近小镇埃斯都丽，毗邻大赌场。我从炮火纷飞的战场下来：我的飞行小分队连续九个月，从未间断，一直盘旋在德国上空，在遭遇德国唯一的一次突袭中，四分之三的机组人员牺牲了。回到家中，我饱尝受奴役的沉闷气氛和饥饿威胁之苦。我经历了我们那些城市的沉沉黑夜。而在这里，每天夜晚，离我住处仅两步之遥，埃斯都丽的赌场，挤满了重又现身的人。他们开着凯迪拉克，静静地行驶，好像要去什么地方，随手停靠在入口门廊旁边的细沙地上。他们一如既往，身穿晚宴礼服，露出他们的胸部和珍珠。他们彼此邀请，共进晚餐，无足轻重的角色相聚，席间也没有什么话好说。

用罢晚餐，他们玩起轮盘赌，或者打巴卡拉纸牌，就看各自的财力了。有时我去观看他们赌博，当时的感觉，无所谓气愤，也无所谓讥讽，而是一种莫名的焦虑，类似在动物园里，面对一个灭绝物种残存样品所搅动的感觉。他们围着赌桌坐定，都紧紧凑近一脸肃穆的庄家，竭力体味着希望、失望、担心、嫉妒和狂喜，也像活在世上的人。他们豪赌的财富，也许就在赌博的时刻，已经抽空了实际价值。他们使用的或许是旧货币。他们保险箱里的票证价值，可能是由工厂做担保，而那些工厂或许已经被没收，抑或正受航空鱼雷的威胁，要被夷为平地。他们开的是空头支票。他们始终把自身与过去绑定，就好像数月以来，大地上没有任何东西开始断裂，仍然极力相信他们的赌兴是正当的，他们的支票有所保证，他们的成规惯例永世不变。其实不然。这就是让玩具娃娃跳芭蕾。的的确确很可悲。

自不待言，他们什么都没有体味到。我撂下他们，前去呼吸海边的空气。埃斯都丽的这片海，水城之海，驯服之海，在我看来也投入了这场游戏。推进港湾的海浪，无不软绵绵的，映着粼粼的月光，宛若过了季节的拖裙。

在邮船上，我重又见到这些逃难者。邮船也同样流露出隐隐的不安。这条邮船要从一个大陆航行到另一个大陆，运送这些无根的植物，我心中暗道：

“我倒希望成为旅游者，不想去当移民。我在家园学会了那么多东西，到了别的地方，就全用不上了。”

这工夫，我的这些移民朋友，又从他们兜里掏出记录地址的小本、他们残破的身份证。他们摆出架势，还像个人物似的。他们使出浑身解数，还拼命抓住身份名望不放，他们对我说：

“您知道吧，我就是某某呀，我来自某座城市……是某人的朋友……您认识某人吗？”

接着，他们就会向您讲述一个伙伴的故事，或者一个职位的故事，或者一件过失的故事，或者任何别的故事，总之无论什么，只要能把他们连在一起。他们既然要流亡国外了，过去的人和事，对他们就毫无用处了。说起来，首先就像回忆恋情似的，还那么热烈，那么清新，那么鲜明。温情脉脉的书信打成一个包，再添加一些回忆。仔仔细细，全都包扎在一起。而这种已毫无价值的旧东西，起初还散发一种忧伤的魅力。随后，面前走过一位蓝眼睛的金发女郎，这种纪念物便死掉了。须知当年的伙伴也一样，什么职务、故乡、故居的回忆，如果用不上了，就会褪色淡漠了。

他们也完全感觉到了。如同里斯本赌运气那样，他们也赌一把：相信自己不久就能返回家园。浪子出走，还蛮温馨的！这种背井离乡是虚晃一招，因为故居就在他身后。离家出走，到邻居家去，还是到地球的另一面，这之间差别并不重要了。表面上远离的朋友，比起一个真正在跟前的人，在意念中出现的频率可能更高。正是祈祷中的那种浮现。我从来没有像在撒哈拉大漠时那样爱我的家园。订婚的男子，也从来没有像16世纪布列塔尼水手那样，在思念中亲近未婚妻：他们刚一出发，心中就开始想返航了，在绕过合恩角[①]时，同逆风恶浪搏斗中感到渐渐衰老，他们粗壮的双手拉起船帆，就是为他们返航做准备。从布列塔尼港口出发，经过合恩角，是前往未婚妻家最近的路线。讵料现在，我们这些移民朋友，在我看来倒像

① 合恩角：位于南美洲南端，属智利。

未婚妻被抢走的布列塔尼水手：再也没有布列塔尼未婚妻在窗前，为他们点亮那盏昏暗小灯了。他们何止是浪子，他们还是无家可归的浪子。于是开始了真正的旅程，一发不可收拾的旅行。

如何重塑自己？如何清理这堆乱七八糟的沉重回忆呢？这条幽灵船好似炼狱，运载着炼净罪过好再生的灵魂。船上唯一显得真实存在的，千真万确能引人用手指触摸的，就是那些同邮船融为一体、因干实事而尤显高尚的人，即那些端盘子、擦亮铜器、擦皮鞋的侍者：他们侍候这些死者，脸上隐隐流露出不屑的神情。这些移民招致员工几分轻蔑的态度，绝非是他们一贫如洗的缘故。他们缺少的绝不是金钱，而是勃勃生气。他们不再是某世家的人，不再是某人的朋友，也不再是担任某要职的人。但是，他们还扮演着原先的角色，不再是真实的角色。谁也不需要他们了，谁也不打算呼唤他们了。多么不可思议啊：一封电报就把您的生活打乱，催您半夜起床，赶往火车站："快来！我需要你！"我们很快就能见到赶来帮忙的朋友，面对求助的人，我们的回应却很缓慢。我们这些幽灵，当然也没人憎恨他们，嫉妒他们，打扰他们。不过，也没人一心一意地爱他们。我不免想道：他们一到地方，就要忙于赴洗尘的鸡尾酒会、慰劳的晚宴。然而，又有谁会去敲房门，要求他们接待呢？"是我！开门！"必须长时间哺乳，一个孩子才能开口提要求。必须长时间培养友情，一位朋友才能要求他应得的那份友谊。必须耗尽几代人的资产，坚持修复一座倒塌的古堡，才能学会珍爱这座建筑。

二

于是，我心中暗道：“关键是经历过的东西，仍然存在于某个地方。有风俗习惯。有家庭过的节日。有记忆中的宅院。关键是活着回去……”然而，从根基上受到了威胁：我依托的遥远的极地太脆弱了。恐怕我难免要身历真正的生存荒漠，从而开始明白了久久困扰我的一个神秘问题。

我在撒哈拉生活了三年，也步许多人后尘，曾幻想过它具有的魔力。表面上看，那只是一片孤寂和贫瘠，然而，凡是体验过撒哈拉生活的人，说起来无不为那几年动容流泪，就好像自己度过的最美好的时光。至于大漠乡愁，孤寂乡愁，空间乡愁之类，不过是文学的套话，什么也解释不了。倒是此时此刻，在堆满乘客的一条邮船上，我仿佛第一次懂得了荒漠。

撒哈拉向人展示的，确实只有单一的黄沙，一望无际。更准确地说，是一片掺杂碎石的粗沙，因为难得能见到沙丘。正是在这种自然环境中，人始终陷入无聊的状态。殊不知，无形的神灵给撒哈拉建造了一个包含方向性、倾斜度和符号的网络，一个既隐秘又鲜活的肌肉组织。

当部落之间和解，夜晚带来凉爽的时候，就仿佛落下风帆，进入平静的港湾，船停泊的时候，那是一片和平的寂静。当炎炎烈日下，人们终止思考和行动的时候，那是一片午间的寂静。当北风消退，昆虫好像从腹地绿洲的花粉间挣脱出来，预示东风即将刮来沙尘暴的时候，那是一片虚假的寂静。当人们了解到，远处一个部落正酝酿骚乱的时候，那是一片阴谋的寂静。当阿拉伯人之间，经过难以破解的密谈，达成一致的时候，那是一片神秘的寂静。当传递消息的人迟迟不归的时候，那是一片紧张的寂静。当夜色弥漫，人们屏息倾听的时候，那是一片敏锐的寂静。当人们缅怀所爱的人的时候，那是一片忧伤的寂静。

万物都有凝聚点。每颗星体都确定一个真正的方向，无不是先知之星，效力于各自的神灵。这颗星指向一口难以抵达的遥远的水井。而将您和那水井隔开的区域，给人的压力如一道壁垒。那颗星指向一口枯井。而那颗星本身似乎也枯干了。将您与那口枯井隔开的区域却没有斜坡。另一颗星则指向一片陌生的沙漠绿洲，游牧歌手为您歌唱，但是敌对部落禁止您去探访。而横亘在您和绿洲之间的沙漠，便是童话世界的草坪。还有一颗星，指向南方的一座白色城市，看来美味可口，如同牙齿咬上去的水果。某颗星，指向大海。

最后，还有一些几乎并非实存的磁极，相隔遥远，也在磁化着这片沙漠：仍然活跃在记忆中的童年时期的房屋。一位朋友还活在世上，除此就一无所知了。

磁场的力量，有吸引您或者排斥您的，有亲和您或者抗拒您的，因此之故，您感到紧张起来，浑身激发了活力。这样，您的根基就牢固了，毅然决然，稳稳立足于方位基点的正中心。

沙漠并不提供任何看得见摸得着的财富，而且在沙漠中，没有任何可见之物、可闻之声，有鉴于此，人们不得不承认，既然内心活动非但没有沉睡，反而越发加强了，那么激发人内心活动的，首先就是无形无影的外因。人受精神的掌控。在荒漠上，我体现出我的所有神灵的价值。

因此，在这条可悲的邮船上，如果说我能感到内心充实，富有依然多产的导向，如果说我能居住在一个还活跃的星球上，那也是多亏了几位朋友：他们在我身后消隐在法国的黑夜中，却开始变得对我特别重要了。

显而易见，法兰西对我而言，既不是一尊抽象的女神，也不是一个历史概念，而实实在在是一副我所依存的血肉之躯，一面支配我的联络网，一个构建我内心倾向的全部磁极的总汇。我觉得有一种需要：必须感到我需要引导我的那些人，比我本人更结实，活得更久。为了确认回家的路。为了生存下去。

我的国家完全寄托在他们身上，并通过他们活在我心中。对于在海上航行的人，一个大陆仅仅表现在灯塔的光亮中。一座灯塔无所谓远近。灯塔的光芒就在人的眼睛里，仅此而已。而大陆的全部奇迹，就寓于那颗亮星上。

而如今，法国完全沦陷之后，就连同运载的全部货物，一股脑儿的沉寂了，好似灯火全熄的一条船，谁也不知道在险恶的海上是否安好。我所爱的每一个人的命运，都让我牵肠挂肚，比起我身上的疾病还令我担心。我发觉他们命运的脆弱，就意味我在根基上受到了威胁。

昨天夜晚，萦回我脑际的是一个五十来岁的人。他生了病。他又是犹太人。在德国的恐怖中，他如何存活呢？为了想象他还有口气，我就必须相信侵略者不知道有他这个人存在，村民用沉默的铜墙铁壁秘密保护了他。只有这样，我才相信他还活着。只有这样，我才能远远地在他那没有疆界的友谊王国里散步，并且感到自己是游客，而不是移民。因为，荒漠并不在人们的想象之处。撒哈拉比一座大都市还有生气，须知最繁华热闹的城市，如果根本的生命之极丧失了磁力，就等于空无一人了。

三

生命是如何构建起我们赖以生存的这些动力线路？往这位朋友家吸引我的力量从何而来？究竟是什么关键时刻，促使我需要的一个磁极出现在我面前？又是什么隐秘的事件，磨炼了私交情感，并通过私交情感，磨炼了爱国心呢？

真正的奇迹，总是极小的响动！关键的事件，也往往十分简单！就在我要讲述的这一刻，还没有什么话好说，因此我必须重温旧梦，在梦中跟这位朋友交谈。

那是战前的一天，就在索恩河畔，图尔努斯小镇的岸边。我们午餐选择的一家餐馆，有悬在河面的木板阳台。餐桌很拙朴，有顾客刀刻的印痕，我们臂肘撑在桌子上，要了两杯佩尔诺药酒。你的医生禁止你喝酒，而你在重要场合总要做手脚。这一次又如法炮制。我们也不知道为什么，这一次又如法炮制。让我们欢欣的是什么，恐怕比照明的质量还难以触知。于是你早就决定，重要场合喝佩尔诺酒。恰巧离我们几步远，有两名水手在给平底驳船卸货，我们从阳台居高临下招呼，邀请他们喝一杯。他们就来了。他们来了，就这么简单。邀请同伴，我们觉得这是再自然不过的事，也许是我们心中有这种看不见的喜庆的缘故。显而易见，他们回应了我们的招呼。于是我们共同举杯！

阳光明媚。暖阳如蜜，浸润着对岸的白杨树，普惠着延至天际的平原。我们的兴致越来越高，始终不清楚所为何来。不错，周围一切都让人放宽心：太阳一直那么明亮，河水一直那么流淌，餐饭一直是像样的餐饭，两名水手应邀来助兴，女招待也热情喜庆，就好像她在主持一场不散的宴席。我们完全沉浸在清平之境中，躲避了混乱，安享一种最终的文明。我们体味着一种完美的状态：所有愿望既已得到满足，我们就再也没有任何心底话可彼此倾诉的了。我们自我感到纯洁、正直、阳光而宽容大度。要说我们也说不清楚，赫然显现在我们面前的是什么真相。然而，主导我们的感觉则是确信无疑。几乎是一种自豪的确信。

宇宙就是这样，通过我证明其善良意愿。各个星云的凝聚，星体渐渐成形而变得坚硬，早期变形虫的生成，由变形虫演进到人类的生命巨大工程，所有这一切，恰到好处地聚合起来，通过我们达到了这种完美的喜悦！作为成功，这还是不赖嘛。

我们就是这样，品味着这种默契、这种近似宗教的仪式。女招待仿佛执行圣职，来来回回走动，两名水手和我们陶醉在这种氛围中，频频碰杯，就好像是同一教会的信徒，尽管我们说不出是什么教会。有一名水手是荷兰人，另一名是德国人。后者曾逃避纳粹分子的追捕，只因他在本国被认为是共产党员，或者托洛茨基分子，或者天主教徒，或者犹太人。（我记不清他是打上什么标签而被迫流亡。）然而，在那一时刻，那名水手绝非一个标签，而是别的什么东西。标签下面的实体才重要。一个大活人。他不过是我们交上的一个朋友。朋友之间，我们都赞成。你赞成。我也赞成。两名水手和女招待都赞成。赞成什么呢？赞成佩尔诺酒吗？赞成生活的意义吗？赞成这一天美好吗？我们也同样说不清楚。然而，这种同调又极其充分，深度确立，极其牢固，是关于一部圣书，尽管语言难以表述，但宗旨却一目了然，因而我们情愿巩固这个家园，在里面支撑着一个基座，并为拯救这一宗旨而不惜死在机关枪下。

什么宗旨？……正是这个要害处，实难说得清楚！很有可能，我只抓住一些映像，而非本质。言语不足以表述，反而会丢失我的真谛。如果我声称，我们很容易就能投入战斗，为了拯救我们的微笑质量，即水手们的、你我和女招待的微笑的某种质量，也为了拯救这颗太阳的某种奇迹：要知道数百万年以来，太阳费尽千辛万苦，终于通过我们，实现了相当成功的一种微笑质量，我这样讲，恐怕就晦涩费解了。

本质，往往毫无重量。这里所说的本质，表面上看来，无非是一种微笑。微笑时常就是本质。微笑是给人的酬赏。微笑是给人的回报。微笑能让人振奋。而微笑的质量，也能让人丧命。不过，微笑的这种质量，既然很有效地使我们解脱了当代的惶恐，还给予我们信心、希望、和平，那么，我要力求更好地表述，今天就需要再讲另一种微笑的故事。

四

那是要写一篇关于西班牙内战的报道期间发生的故事。将近凌晨三点，我不慎前往一个货物火车站，偷窥了一次秘密物资的装车行动。各支队伍忙乱，夜色又昏暗，似乎有利于我的冒失行为。但是，无政府主义的民兵却看出我行迹可疑。

事情非常简单。我还毫无觉察，他们已经靠近，动作轻捷而无声无息，将我围住，像要收拢的五根手指。他们的卡宾枪移过来，轻轻抵住我的腹部，而此刻的肃静，在我看来很庄严。我终于举起双手。

我注意到，他们盯着看我的不是脸，而是领带（城郊流行款式，无政府主义者劝阻这种艺术品）。我浑身肌肉抽搐，等待一枪毙命：那是立地处决的时期。但是，谁也没有开枪。大脑完全空白了几秒钟，我看忙碌的那些人，恍若在另一个世界，正在跳一种梦幻般的芭蕾舞。几秒钟过后，抓住我的几名无政府主义者略微摆头示意，让我走在前头。我们一行人往前走，不慌不忙，穿过道路岔口。进行抓捕，完全寂静无声，动作也极其节省。如同海底动物世界的游戏。

不大工夫，我就钻进一间改为哨所的地下室。一盏破旧的煤油灯，光线昏暗。其他一些民兵正在打盹，卡宾枪就夹在两腿之间。

他们同带我来的巡逻队的人交谈了几句，语调平淡，没有任何感情色彩。他们有个人还搜了我的身。

我会讲西班牙语，但是不懂卡塔卢尼亚语。不过，他们要我出示证件时，我倒是听明白了。身份证件落在旅馆里，我回答说："旅馆……记者……"也不知道我的话能否传达什么意思。民兵们一个接着一个传看我的照相机，仿佛在察看一件物证。他们有几个人打起呵欠，瘫软在腿不齐的木椅上，随后又颇为无聊地站起身，背靠到墙上。

不错，主导的气氛就是无聊。无聊加困倦。在我看来，这些人的注意力已经耗得一干二净。我几乎希望作为人际的接触，能有一种敌意的表示。可是，他们根本没有这样抬举我，丝毫没有怒目而视，甚至没有申斥一句。我用西班牙语多次力图抗议。几次抗议无不落空，他们毫无反应，看着我就像观赏鱼缸里的一条金鱼。

他们在等待。可他们等待什么呢？等他们当中的一个人回来吗？等天亮吗？我心下暗道："也许他们在等待肚子饿了……"

随即我又想道："他们要干蠢事啦！这简直可笑到了极点！……"当时我的感觉——远非一种惶恐感——而是憎恶这种荒诞。我不免想道："如果他们脱离麻木状态，想要行动了，那么他们就会开枪！"

我是否真的有危险呢？难道他们始终不知道，我既不是破坏分子，也不是间谍，而是一名记者吗？他们始终不知道，我的身份证件就在旅馆里吗？他们做出决定了吗？是什么决定呢？

他们枪杀人，思想上用不着进行多大斗争，除此我对他们一无所知。革命的先遣队，不管属于哪个政党，任务就是清剿，不是清剿人（他们并不以人性掂量人），而是清剿征兆。敌对方的本质特征，在他们看来是一种传染病。遇到疑似症候，就要将感染者打发到隔离室：公墓。这就是为什么，在询问中，不时迸出个含混的单音词，我根本听不明白，却让我感到情况不妙的缘故。看来，一个盲目的大转盘在赌我这条命。这也正是为什么，我感到一种怪异的需要，冲他们叫喊，在我的命运中，有什么东西是强加给我的，以便掂量真正面临的境况。强加给我的，譬如我的年龄。一个男人的年龄，这东西可真不得了！这数字概括了人的一生。而人的成熟期，是一个缓慢的过程：遭遇多少障碍要战胜，患上多少大病要治愈，面临多少艰难苦恨要平复，受挫多少失望要跨越，又甘冒多少风险，而大部分都出乎意料。人的成熟过程，要经历多少渴望，多少期待，多少悔恨，多少遗忘，多少爱恋。一个男人的年龄，就表明满满装载了阅历和记忆！纵然有陷阱，有坎坷，有陈规旧俗，总归好好歹歹还持续前进，犹如一辆好用的两轮载重车。一路走来，频频碰上好时机，如今才活到这份儿上。现年三十有七了。一辆好用的两轮载重车，上帝保佑，满载着记忆，还会行驶更远。我心里就这样念叨：“我活到这份儿上。我三十有七了……”我真想一吐这心里话，让我的审判官们好好掂量掂量……只不过，他们不再讯问我了。

也正是在这种火候，奇迹发生了。唔！一个很不起眼的奇迹。我的香烟抽完了，看管我的一个人正在吸烟，我就比画个手势，请他给我一支烟，同时脸上泛起一丝微笑。那人先是伸了下懒腰，手缓慢地从额前放下去，抬眼看向，不是我的领带，而是我的脸，令我大为吃惊的是，他的脸也浮现一丝微笑。真好似黎明的曙光。

这一奇迹不是终结，而是一下子抹掉了悲剧，就好像曙光驱散了黑暗。此后就再也没有任何悲剧的影子了。也看不出这一奇迹改变了什么。还是那盏破旧的煤油灯，纸张散乱的一张桌子，背靠墙壁的那些人，物体的颜色，室内的气味，一切都依然照旧。但是所有事物，本质都改变了。这一丝微笑解救了我。这种迹象好比日出，对即将产生的后果，都同样具有决定性意义，都同样一目了然，同样不可逆转。这就开创了一个新纪元。什么都未改变，一切又都变了。散乱放着纸张的桌子，变得有了生气。煤油灯变得活跃了。墙壁也有了活力。这间地下室死气沉沉的物品散发的沉闷气息，神奇般就大大消退了。正如看不见的血液重又开始循环，将各个部位连成一体，恢复各自的含义。

那些人也同样，一动未动，然而一秒钟之前，我还觉得比起人类最早期的物种，他们更为古老，离我更遥远，而现在他们获得了新生，一下子拉近了。我产生了异乎寻常的感觉：身边有了人。正是如此：有人相伴！我感到了血缘族亲的关系。

那个冲我微笑的小伙子，一秒钟之前还不过是一种职能，一件工具，一只怪诞的爬虫，现在却显得有点笨拙，几乎有点胆怯，胆怯得令人赞叹。并不是说作为恐怖分子，也不像其他人那么粗暴，而是说他身上人性的显现，恰好照亮他那软弱的一面。我们人人无不如此，摆出一副了不起的样子，可是内心深处都产生过犹豫、疑虑、忧伤……

什么都还没有讲。然而，一切都解决了。我接过他递来的香烟时，顺势拍了拍他的肩膀，以表示感谢。这情景，就像这层坚冰，一旦打破，其他民兵也都变回了人的形态；我得以进入他们所有人的微笑中，相当于进入一个崭新而自由的国度。

我走进他们的微笑中，如同从前在撒哈拉沙漠，我曾走进前来营救我们的那些同伴的微笑中。那些战友经过数日搜寻，终于找见了我们，尽可能靠近些着陆，他们大步流星朝我们走来，手臂上搭的东西摇摇摆摆，显然就是装满水的羊皮袋。如果说在营救者的微笑中，我是遇难者，那么反之，在遇难者的微笑中，我又是营救者。我还记得，那就像一场游戏，我感到无比快乐。真正的快乐是宾客的快乐。营救不过是为这种快乐提供的机会。水如果不是首先用来表达善意的礼物，那么也就毫无令人欣喜若狂的魔力了。

护理病人，接待流亡者，甚至宽恕，这些行为之所以有意义，也多亏了微笑营造了节日的气氛。在超越语言、等级、党派的微笑中，我们走到了一起。我们是同一教会的信徒，尽管各有各的习俗。

五

快乐的这种品质，难道不正是我们文明最为珍贵的果实吗？一种极权专制政权，也可能满足我们物质上的需求。然而，我们并不是要上膘儿的畜生。富裕和舒适的生活，并不能让我们心满意足。我们是在尊重人的教育中成长起来的，普通的相遇，对我们来说都是幸会，有时还能变为欢聚一堂的盛会……

尊重人！尊重人！……这就是试金石！当纳粹分子唯独尊重同他们相似的人的时候，那么他们无非是尊重自己。他们拒绝具有创造性的矛盾，摧毁一切进步的希望，就是要取代人类，创建可用上千年的蚂蚁机器人。为秩序而建立秩序，阉割人的根本的能力，即改造世界和人自身的能力。生活创立秩序，而秩序创造不出生活。

在我们看来恰恰相反，我们的进步并未完结，而明天的真理还要从昨日的谬误中汲取营养，要克服的矛盾也正是我们发展进步的用武之地。我们甚至要认同那些不同于我们的人。当然，这种亲缘关系多么怪异！建立在未来而非过去之上。建立在目标之上而不是出身之上。我们彼此都是朝圣者，沿着不同的道路，艰难跋涉，走向同一个约会。

可是现如今，尊重人，我们进步的这种条件，正面临极大的危险。当今世界四分五裂，将我们投入黑暗中。问题错杂纷乱，解决的办法也舛互抵牾。昨日的真理已然消亡，明天的真理还有待确立。眼下还未见到任何有效的综合理论，我们每人只把握真理的一个碎片。那些政治宗教，既然没有显而易见的真理能镇住，就明目张胆地宣扬暴力。而我们，在解决问题的办法上又各持己见，就很可能不再认为我们奔赴的是同一目标。

一位旅行者在一颗星的指引下，要翻过高山，如果注意力过分放到沟沟坎坎的问题上，那就很可能忽略哪颗星是向导了。如果他只为行动而行动，那么漫无目标，他就到达不了任何地方了。教堂出租椅子的女人，心思如果全放在椅子出租上，她就很可能忘记她在侍奉上帝。同样道理，我若是坚持某种党派的偏见，那就很可能忘了，只有服务于一种鲜明的精神，政治才有意义。在出现奇迹的时候，我们体会到了人与人关系的某种品质：对我们而言，这便是真理。

不管行动多么急迫，我们都不得忘记指挥行动的天职，否则的话，行动就不会有任何成果。我们要确立对人的尊重。我们是同一阵营的人，为什么还要相互仇视呢？我们当中任何人，都没有垄断意图的纯洁性。我以我的道路的名义，可以攻击别人选择的道路。我也可以批评别人推理的步骤。推理的步骤本来就难以确定。但是在精神层面，我必须尊重这个人，假如他奋力奔向同一颗星。

尊重人啊！尊重人！如果尊重人在人心扎了根，那么人类最终就能相应地创建可确保这种尊重的社会、政治和经济体制。一种文明，首先是奠定在实体中。文明首先是在人身上，人总是盲目渴望释放激情。随后，人再一次一次犯错误，才找到通往浴火之路。

六

这无疑就是为什么，我的朋友，我特别需要你的友谊。我渴望有一个这样的同伴，既能超越基于利益的争斗，又尊重我这浴火朝圣的旅行者。我有时需要先行体味一下期待的热火，稍微超越我自身，到我们的约会处休息一下。

我特别厌倦论战，排除异己，狂热崇拜！我就是要走进你的家门，可以不穿军装，不必非得背诵一段《古兰经》，也不必放弃我内心祖国的什么方面。跟你在一起，我也无须证明自己无罪，无须辩解什么，也无须证明什么；我就是要找到像在图尔努斯那样的安宁。你越过我的拙劣的言辞，越过可能欺骗我的推理，直截了当地看待我身上的这个“人”。你在我身上就权当接待一些信仰、习俗、私情爱恋的使者。我的见解如果与你的不同，那么远非有意伤害你，我是想让你兼收并蓄。你就询问我吧，如同一般人询问旅行者。

我同每个人一样，也有被人认可的需要，我在你身上感到自身纯洁，于是走向你。根本不是我的言辞，也不是我的行为让你了解到我是谁。你是接受了原本原样的我，这也使你在必要的时候，以宽容的态度对待这些行为和言辞。我知道你情愿接待我这原本原样的人。况且，我找一个总要对我评头品足的朋友干什么呢？假如我在家招待一位朋友吃饭，如果他是瘸子，我就请他坐下，绝不会要他跳舞。

我的朋友，我需要你，就像要登山畅快呼吸一样。我就是想要再有一次，在索恩河畔客栈餐厅的带裂缝木板阳台上，同你一起臂肘撑着餐桌，邀请两名水手来陪伴，在阳光一般微笑的平和气氛中，我们还碰杯祝酒。

如果我还战斗，我也有点为你而战了。我需要你，是为了确信这种微笑会降临。我也需要帮你活下去。我看你那么虚弱，境况又那么险恶，拖着你五十岁的病体，在小杂货店门前的人行道上待几小时，多活一天是一天，浑身瑟瑟发抖，只穿着单薄的破旧大衣。你这地道的法国人，我感到你受双重死亡的威胁，因为你是法国人，还因为你是犹太人。我也感到了一个不再容许纷争的共同体的全部价值。我们所有人如同一棵大树，都同根生于法国，我要支持你的真理，正像你可能支持过我的真理一样。至于我们，身在国外的法国人，在这场战争中，我们就是要打破封锁，让大批种子脱离德国占领的雪藏。而你们在那边，关键是自救。你们在那片土地上，拥有基本的权利发展你们的根，关键是争取自由。你们是四千万人质。新的真理，总是在受压迫的洞穴里孕育而生的：四千万人质在那边思索他们新的真理。而我们则是先行服从了这个真理。

因为，正是你们将要给予我们以教诲，而不是我们将精神的火炬，带给那些像燃烛一样，已经耗尽自己的精髓滋养了火种的人。

你们也许不会怎么读我们写的书。你们也许不会怎么听我们的演说。我们的思想，也许会遭到你们的唾弃。我们并不是创建法兰西。我们只能为她服务。不管我们做了什么，我们都没有权利索要任何感激。当士兵和做人质，这不可同日而语。你们是圣人。

和平还是战争？

参战的人，你是谁？

一种动荡，必须弄清楚才能消除。自不待言，我们生活在动荡中。我们选择了拯救和平。然而，我们拯救和平的同时，又伤害了友人。我们当中许多人，为了履行友谊的职责，无疑准备献出自己的生命。不过，他们会问心有愧。可是，他们若是牺牲了和平，也同样要愧对世人，只因他们就等于牺牲了人类：实际上，他们就接受了彻底摧毁欧洲的图书馆、大教堂和实验室，接受了毁掉欧洲的传统，接受了将世界化为灰烬的烟云。这就是为什么，我们在两种见解之间游移不定。我们一旦感到和平受威胁时，就能发现要为战争愧疚。我们一旦觉得可以避免战争时，又因和平而无地自容。

我们不应该这样一味憎恶自身：这种厌恶感，我们做出任何决定都难幸免。因此，我们不妨镇定下来，探求这种厌恶的含义。一个人撞上如此艰深的矛盾，是因他提出这个问题的本身失当了。譬如物理学家发现，地球在自身运动中带动了以太，而以太中的光便运动起来；可是与此同时，他又发现以太本身静止不动。他并没有因此放弃科学，而是改变了说法，放弃了以太。

若想探明这种动荡的根源，当然就要统观整个局势。必须将苏台德地区[①]暂时置于脑后。我们过分靠近观察，便形同盲人了。我们

① 苏台德地区：属波兰。德军侵占了波兰的苏台德地区，是第二次世界大战的肇始。

既然拒绝战争，同时又接受了战争，那么对战争就得加以思考了。

我知道别人会如何指责我。报纸的读者要求刊登具体的报道，而不是什么思考。思考文章益于发表在杂志上，或者写成专著。对此我却另有看法。

我眼前时时浮现我在阿根廷首次夜航的情景。一个漆黑的夜晚。不过，在这茫茫黑夜中，隐约有些光亮，犹如星光，那是平原上的人家灯火。

每点星光都表明，就在深夜里，那下方还有人在思考，在看书，在促膝交谈。每颗星就是一盏信号灯，标明存在一种人的意识。在那个意识中，也许正是思索人类的幸福、正义、和平。那正是金星，湮没在纷乱的群星中。在那里，或许有人正同星际联系，有人正殚精竭虑，计算仙女座星云。在别处，有人在热恋中。原野上到处都有火光，就连最卑微的人也都需要食粮。那里有诗人的火光、小学教师的火光、木匠的火光。然而，在这些有生命的群星中，又有多少扇窗户关闭了，多少颗星熄灭了，多少人沉睡了，多少盏灯不再放光了，只因缺乏给养。记者即使思考错了，那也无妨，没有人不出错。记者没有深入所有这些家庭，那也无所谓，正是这些不眠的人家显示出一片领土的意义。记者不了解哪些人见解跟他一致，那也关系不大，他随风抛出树枝，就是要给几堆火添柴，希望逐渐形成燎原之势。

我们对着高音喇叭度日，一天一天多么沉重。那就像在一座工厂的大铁门前等待招工。成堆的人挤在一起，听希特勒演讲，恍若已经看到他们都堆进火车的货车厢里，拉到已变成战场的工厂，分配到钢铁机器后面去干活。就好像全被征调，大规模去服苦役，研究者放弃了探索宇宙的计算，父亲晚饭也不再品尝香满住房和心房的浓汤，毕生培育玫瑰新品种的园丁也罢手了，不再用鲜花美化大地。我们每人都已经断了根，混杂在一起，被碾在磨盘之下。

不是基于牺牲的精神，而是自暴于荒谬的放弃。我们深陷重重的矛盾中，已经无所适从，不知道如何解决了，面对任何语言都解释不清的杂乱无章的事件完全气馁了，我们就这样不明不白，接受了这场血腥悲剧，最终可能由这场悲剧强加给我们各种单纯的义务。

不过，我们还是知道，无论哪场战争，一旦使用鱼雷和芥子气来决胜负。那就只能导致欧洲的崩溃。反之，对于战争灾难的描述，我们却不怎么敏感，要比想象的差远了。每周我们都到电影院，深深坐在椅子里，观看对西班牙或中国的大轰炸。我们没有受到震撼，还能听到轰炸城市腹心的爆炸声。我们还欣赏滚滚的浓烟和尘土，像火山爆发似的缓缓冲上天空。且慢！那可是谷仓中的粮食，那可是家庭的财宝，那可是世世代代的遗产，那可是烧焦的儿童的肉身，被炸飞起来，汇成烟阵，渐渐聚为这大片黑云。

我在马德里，跑遍了马尔格勒大学城区的每条街道。那里的窗户，仿佛挖空眼珠的眼睛，只关住一角白色天空。唯有墙壁还在坚挺，而在鬼魅般正面墙体后面，七层楼体塌落，堆成五六米高的瓦砾。橡树实木地板，从楼顶到楼下，在一层层楼里，多少人家居住了几代人，都有长期的家族历史，或许就在炸弹击中的那一刻，女仆为主人安睡和相爱，正铺好扯平白床单；做母亲的或许正用清凉的手掌，抚摩生病孩子滚烫的额头；当父亲的或许正在深思明日的发明。总之，这楼上住户，每个人都可能认为，这实木地板是恒久不坏的，哪知猛然间，就像翻斗车似的，在那夜晚訇然倾翻，将居室的一切全掀进泥坑里。

然而，这种恐怖的场景，丝毫没有打动人：观众无动于衷地看着，飞机投下的炸弹，好似钻井的钻头，就在眼前垂直下冲，无声无息，冲向那些人家，要将那些房屋清空。

我并不是想表示气愤，在这方面，我们缺乏关键的语言。同样是我们这些人，可以不顾生命的危险，去解救一个被掩埋的矿工，或者一个生命无望的孩子。恐怖场面证明不了什么。我不大相信动物本能的反应有多大效果。外科医生查病房，不会像女孩子看到痛苦场景那样揪心。他的怜悯别样高尚，超越他要治愈的这种溃疡。他着手治疗，并不听呻吟之声。

分娩时刻也同样，一当呻吟声起，全家人便沸腾了。有人慌忙跑向门厅，有人赶紧做准备，打电话，没人听见喊叫声就惊慌失措，就连年轻母亲本人，也会忘记搁置在记忆的角落似有若无的呻吟。不过，产妇真能折腾，还流了血。强有力的手臂按住她，刽子手的手臂，帮助她产出孕育的果实，将那块肉拉出她的肉体。大家忙碌，但是也面带微笑，而且还窃窃私语："一切顺利。"一副摇篮准备好了，还准备好了一盆温水。有人猛然跑向大门，哗啦一声门扇大开，高声嚷道："谢天谢地，生个儿子！"

如果仅仅掌握描述的恐怖场景，我们就毫无理由反对战争；当然，如果一味宣扬生活的温馨和无端死亡的残忍，我们也同样毫无理由反对战争。大家谈论母亲们的眼泪，已经谈了几千年。必须承认，这种话语根本阻止不了儿子们赴死。

我们绝不可能在推理中找出解救的办法。死亡的人数，多少算多，多少算少……达到多大数目才可以接受呢？我们不会把和平建立在这种可悲的演算上。我们要说："必要的牺牲……战争的悲壮……"倒不如，我们什么都不说。可是，不进行复杂的推理，我们又根本说不清楚这些不同的死亡。而我们出于本能和经验，又往往怀疑推理：什么都要阐明。一种真理，绝非是阐明的东西，而是简化世界的东西。

我们这种苦恼，同人类起源一样古老，而且始终影响着人类的进步。社会进步了，可是人们还力图用过时的语言，去理解现实的问题。且不论有效无效，单说这种语言及其宣扬的形象，就把我们给禁锢了。这是一种不够用的语言，而且逐渐自相矛盾起来：根本就不符合现实。只有锤炼出一种新观念，人才能得以解脱。争取进步，绝不是在于想象一个未来的世界。我们起步之后，怎么可能考虑到，明天会产生意想不到的矛盾，从而要重新综述，并改变历史的进程呢？未来世界超出分析的范畴。人类进步的同时，也打造出一种语言，以便思考当世。牛顿预见了X光，却丝毫没有准备去发现X光。牛顿创造了一种简单的语言，描述他所认识的现象。至于X光，随后一步步创造，也就创造出来了。其他任何做法全是空想。

不要寻求任何措施，将人从战争中解救出来。你们会说："既然知道战争是荒诞的，惨绝人寰，我们为什么还要进行战争呢？矛盾何在？战争的真谛何在，这种真谛何以如此专横，竟然凌驾于恐怖和死亡之上呢？”如果我们弄明白了，只有那样，我们才能不再屈从于强势，屈从于盲目的命数了。只有那样，我们才能从战争中解救出来。

当然，你们还可以回答我说，战争的危险寓于人的疯狂。可是，你们这样讲，就等于放弃了你们的理解力。你们也可以这样断言：地球围绕太阳运转，因为这是上帝的意愿。或许如此。然而，这种意愿，又是通过什么方式表明的呢？我们能用什么简明的语言，说明这种疯狂，从而将我们解脱出来呢？

我还认为，野蛮的本性、贪婪以及嗜血，都不足以成为战争的关键因素。这是因为忽略的东西也许是最主要的因素。这是因为忘记了围绕战争的价值的全部苦行主义。也是因为忘记了浴血奋战的牺牲精神，忘记了军中的纪律，忘记了危险境况中的战斗情谊。总而言之，忘记了参战人的身上，所有接受艰难困苦和死亡的参战人身上打动我们的一切。

去年，我到马德里，参观了前线。我觉得战地采访，接触战争的现实，总比纸上谈兵更丰富翔实。我觉得唯有从参战人的口中，才能了解到战争的真情实况。

当然，要全面采访参战者，就不管是哪个阵营，根本不讨论意识形态的问题。被采访人的话语矛盾重重，极难厘清，以致让人丧失拯救人类的希望。他说，佛朗哥轰炸巴塞罗那，是因为巴塞罗那屠杀了基督教徒。可见，佛朗哥在保护基督教的价值观。然而，基督徒也目睹了，以基督教的这种价值观的名义，在遭受轰炸的巴塞罗那，活活烧死妇女和儿童的场面。最后，被采访者也糊涂了。你们会对我说，这是战争可悲的必然现象……战争是荒谬的。可是，还必须选择一个阵营。然而，我倒觉得，首先荒谬的是迫使人自相矛盾的一种语言。

同样，也绝不要用你们明明白白的事实进行反驳了，你们有道理。你们所有人都有道理。就连那个人也有道理，他把世界的灾难全归咎于驼背人[①]。假如我们向驼背人宣战，假如我们抛出一个驼背人种族的形象，那么，我们也能很快就学会同仇敌忾。驼背人的所有无耻行为、所有罪恶、所有过失，我们就一股脑跟他们算总账。这便是伸张正义。我们将一个无辜的驼背人打翻在血泊中，还会耸耸肩膀，一副悲悯相，说什么："这是战争的残忍……他替别人还了债……他替驼背人的罪行还了债……"因为，这不言而喻，驼背人同样犯下了罪行。

抛开这些纷争吧，须知一旦接受这些观点，那就会导致一整套《古兰经》式的颠扑不破的真理，并由此激发起战争的狂热。可以把人分成右派和左派，分成驼背人和非驼背人，法西斯分子或民主党人，派别之分都无可指责。但是，你们都知晓，不是制造混乱，而是简化世界者，方可称为真理。

不管参战者是什么人，我们若想询问他内心追求的意义，不必听他用不足以表述的语言自我辩解，直接观察他生活状况不是更好吗?

---

① 影射德国法西斯头目戈林在纽约堡代表大会上的讲话："这些可恶的俾格米人（Pygmées，实指捷克人）反对一个有教养的民族（德国人）。他们背后有莫斯科和犹太魔鬼的永恒面具。"圣埃克苏佩里在文中强烈谴责不宽容和排斥的各种形式。

深夜里，敌对战壕相呼应答

地下掩体里几个人，一名中尉、一名中士和三名士兵，都穿上笨重的军装，准备去巡逻了。其中有一个人正在穿套头毛衣——天气很冷——他在昏暗处，头套在毛衣里，胳膊没有对准袖子，缓慢地蠕动着，笨拙得像头狗熊。嘟囔着骂咧咧的，胡须也没有刮，远处传来爆炸声……这一切奇特地混杂起来，包含着睡眠、醒来和死亡。不紧不慢，准备出门，拿起沉甸甸的棍子，沿途去打短工。这些男人，终日趴在土堆的工事里，浑身泥土，粗糙的双手跟花匠一样，他们浑身上下没有一点招人喜欢。女人一见就会扭头走开。这工夫，他们缓慢地摆脱泥土，就要出现在星空下。思想在地下，在坚硬的黏土块掩体中醒来，于是我想到，对面那边，在同一时间，另一些人也穿着笨重的军装，套上同样臃肿的毛衣，同样浑身泥土，也从同样的泥土中走出来。对面那边，土地通过人，也苏醒了。

就这样，在你对面，缓慢站起来的中尉，要死在你的手中。你自己的形象，也像你一样，割舍了一切，为他的信仰献身。他的信仰也正是你的信仰。如果不是为了真理、正义和博爱，谁肯牺牲性命呢？

“有人欺骗了他们，或者欺骗了对面那些人。”你们会这样对我说。然而，在这里，我才不理会那些政客、那些从中渔利者、那些理论家，不管他们属于两个阵营的哪一方。他们全在幕后操作，抛出豪言壮语，以为他们能引导别人。他们以为人人都那么天真幼稚。那些豪言壮语，如果说像随风飘落的种子一样，也能落地生根，那是因为恰巧被风吹到一片沃土上，混杂进了收获的作物中。无耻之徒将沙子掺进粮食里，自以为得计，殊不知土地能够辨认出小麦。

组成了巡逻队，我们就在田野里行进。在我们的脚步下，矮草发出吱嘎的响声，在黑夜中，我们时常绊着石头。我陪伴几名官兵，按照他们接受的命令，一直走到阵地前沿，步下将两军隔开的一条峡谷。峡谷宽八百米，垂直暴露在双方的炮火之下，当地农民早都撤离了。山谷空了，便积满战争的祸水，淹没了一座沉睡的村庄。这里只留下几条狗，也只居住着鬼魂了。而那些饿狗，白天也许还能捕获可怜巴巴的肉食，夜间就惊恐地狂吠。将近凌晨四点了，整个村子狺狺叫声响成一片，狂吠那升起的月亮，仿佛那是一根白骨头。

“你们下去察看一下，”军官命令，“那里有没有隐藏的敌人。”

敌对方，或许也要提出同样的问题，也会有这样的小队在巡逻。

陪同我们的军官，他的姓名我已忘记，但是永远忘不掉他那张面孔。

“你能听得到他们的声音，”他对我说，“到了最前沿，我们会向占据对面山坡的敌人喊话……有时，他们也回应……”

这个人的形貌又浮现在我眼前：他患风湿症，拄着一根多节的拐棍，一副敬业的老工人的面孔。我敢发誓，这个人肯定超脱了政治和政党，也肯定超脱了宗教派别的纷争。“实在遗憾，在目前这种情况下，我们根本不可能向对方表明我们的观点……”

他真像个传教士，肩负教义的重任往前进。可是我知道，你们也完全清楚，对面也有一个传教士，受他的教义指引的教徒，也穿着笨重的靴子，在泥泞中跋涉，同样走向他一无所知的这种会晤。

我们就这样，一路走向山谷上面的一片坡翼，走向最突出的岬角，走向最前沿的阶坪，走向我们将抛给敌方、如同自审的那声询问的呼喊。

黑夜的建造，如同一座大教堂，多么寂静啊！连声枪响都没有！停战了吗？嗳！没有。但是有类似的东西，感觉得出来。两边的对手，都倾听着同一种声音。友善吗？不是，当然了，如果是指那种厌倦的话，即人们厌倦得要命，便倾向分享香烟了，同样情绪低落而不分敌我了。试试看，向敌人靠近一步吧。或许是友善，但还是高不可攀，我们的思想只有难以描摹的一部分够得上，管不到下面来，根本不能把我们从这里的杀戮中救出去。只因能把我们连在一起的是什么，我们还没有语言能表述出来。

陪同我们的这位军官，我想的确是理解他了。他来自哪里呢？他那副面孔，直视前方，显然当初常年扶犁耕地，总能掌握方向。他来自农民，和农民一起，目睹了在土地上如何生活。后来，他离开家乡，进了工厂，又目睹工人们如何生活。

“冶金工人……我原来是冶金工人；干了二十年……”这个人向我讲了他的隐情，我还从未听到如此推心置腹的话。“我嘛……是个粗人……我也想自学，可是费了牛劲……工具嘛……要知道，我掌握得很好，我也能说得明白，感觉上都有准头……然而，我一想表达各种事物、思想、生活，向别人表述这些……你们都习以为常，把事物抽象来讲……你们从小就接受训练，提高自己，学习争论辩驳，你们就想象不出，抽象这件事，对我有多难！不过，我总在努力，努力……我感到我这关节僵硬渐渐好起来……唔！别以为我丝毫没有自知之明……我还是个粗鲁之人，甚至还没有学会彬彬有礼，而彬彬有礼，要知道，这可以判断一个人……”

我听他说话，眼前又浮现那所前线学校，有几块大石头遮护，像个古村落。一名下士在那里教植物学。他拿着一枝丽春花，揪下几片花瓣，带着几个胡子拉碴的学生走进大自然温馨的神秘中。不过，士兵们流露出几分天真的苦恼：他们年纪这么老了，脑壳让生活磨硬了，要弄明白多么费劲啊！有人就对他们说过：“你们是未开化的人，刚刚走出你们的洞穴，必须追上人类……”于是，他们迈开沉重的大步子，急起直追，要赶上人类。

我就这样，目睹了意识的这种升华，仿佛生命的汁液，在史前的黑夜生于黏土中，逐渐上升，一直升到笛卡儿、巴赫[①]，乃至帕斯卡尔这些巅峰。学习抽象思维的努力，从这位军官的口中讲述出来，有多悲怆感人啊。这种成长提高的需求，正如生长的一棵树。生命的奥秘就在这里。唯有生命能从泥土中汲取养料，排除其滞重并使其升华。

何等回忆啊！那大教堂的寂静之夜……人的灵魂，正是沿着教堂的尖形穹隆及尖塔而飞升。……我们准备问讯的敌人。还有我们

① 巴赫，指德国音乐世家：老巴赫约翰·塞巴斯蒂安（1685—1750）及其三个儿子。

自身，一队朝圣的行旅，我们行进在一片播种了星星、在脚下咯咯作响的黑土地上。

我们不知不觉中，正在寻找一部福音书，要超越我们所有临时的福音书。正是现行这些福音书，让人类流血太多了。我们正走向一个风雨交加的西奈。

我们走到前沿，绊着一名迟钝的哨兵，他正躲在一堵小石墙根儿打盹：

“是的，在这里，有时候，他们就应声回答……有时候，还是他们先喊话……还有时候，他们就不应声了。这得看他们当时情绪如何……”

……诸神就是这般行径。

我们身后就是蜿蜒百米的最前沿战壕。齐胸高的矮墙，就是掩体，高悬在谷底的正上方，设监视哨所，白天就遗弃了。我们倚着矮墙，就有点伫倚护墙或凭栏的意思，面对空无和未知。我刚点燃一支烟，几只手立刻用力将我按下去。我身边所有人也都俯下身去。与此同时，我就听见嗖嗖五六颗子弹呼啸而过，不过打得太高了，随后就再也没有连续发射了。这只是一次警告：与敌人对垒，就不能点烟。

三四个人裹着被子，走到我们身边，他们是监视哨，布置在附近，躲在类似的工事里：

“对面那些人，还真够警觉的……”

“是啊，对了，他们说话吗？我们很想听听……”

“他们倒有个人……那个安东尼奥……有时候他就说话。”

“你就让他开口……”

那人站起身，挺胸吸足了气，双手合拢成话筒状，拖长音用力喊道：

“安……东……尼……奥！”

喊声扩大，滚滚传出，在山谷里回响……

“俯下身子，”旁边的人对我说，“有时候一喊话，他们还会开枪……”

我们隐蔽起来，肩膀贴着墙，侧耳倾听。倒是没有开枪。至于回应……我们不能说什么也没有听到，整个夜空在鸣唱，好似螺号的回响。

“喂！安东尼……奥！……你怎么啦……”

他重又吸足了气，这个大个头儿放开嗓子喊叫：

“怎么啦你……睡着了？……”

你睡着了……对面山坡回声……你睡着了……山谷回响……你睡着了……整个夜空回荡。充塞了整个空间。我们伫立在那里，信心满满，真是异乎寻常：他们没有开枪！在我的想象中，他们在那边倾听，也听见了，接收到了这样的人声。既然他们没有扣动扳机，这就表明他们对这声音并不反感。当然了，他们还保持沉默，但是这种沉默显示多么专注，多么静听，只因划根火柴就能引发开枪。我不知道我们的声音，在这片黑暗的土地上撒下什么无形的种子。他们渴望听到我们的声音，一如我们渴望听到他们的声音。但是，我们完全不了解这种渴望，仅仅知道从这静听中明显表现出来。不过，他们的手指还扣在扳机上，而我的眼前又浮现沙漠的情景：我们试图驯化的那群小猛兽注视着我们，倾听我们的动静，期待从我们这里获取食物。不过，我们稍有举动，它们就会扑上来咬我们的喉咙。

我们掩蔽好，手搭在矮墙上，划着一根火柴。三颗子弹一齐射向短暂的星光。

啊！这根火柴很有磁性……这就意味："我们是在交战，不要忘记这一点！但是，我们倾听你们说什么。这种严峻的战争形势，并不妨碍交流爱意……"

有人推了一把大个子。

"你不会引他的话，让我来跟他讲讲……"

这个敦实的农民把枪斜靠在石墙上，深吸一口气，放声喊道：

"是我呀，莱翁……安东尼……奥！"

喊声放出去，不可限量。

我还从未听到过，声音能传播得这么宽广。在将我们隔开的这道黑魆魆的深渊，这声呼喊犹如冲出去的一条快舰。从此岸到彼岸宽八百米，折回来又是同样距离，总共一千六百米。如果他们应答，那么在这呼叫和应答之间，要相隔五秒钟。每一次五秒钟的沉寂，一切生命似乎都中止了。每一次喊话，就像派出一名使臣。这样，他们即使回答，我们也不会产生彼此相连的感觉。在他们和我们之间，隔着一个无形世界；处于惰性状态，有待人类去摇撼。呼唤声发出去，传送到对岸……一秒钟……两秒钟……我们好似海难者，抛出了求救的漂流瓶……三秒钟……四秒钟……我们好似海难者，不知道营救者能否回应……五秒钟……

"……唔！"

一个声音传到我们这一岸便止息了，语句迷失在途中，仅存一种难解的信息。但是，我却仿佛受到一声激励。我们身陷茫茫黑暗中，忽然听到艄公一声“噢嗨”的号子，眼前一下子亮了。

一种荒谬的激情让我们振奋。我们发现了一个明白无误的事实：我们的对面有人！

我又该如何解释这种感觉呢？我觉得一道看不见的缝隙刚刚开裂。不妨想象一下：一所房子，黑夜里，门窗都紧闭。忽然间，你感到一丝凉风。仅仅一丝凉风。那是一种何等样的接触啊！

你们俯瞰过深渊吗？我还记得泻泽里断崖[①]，长三十米，宽仅一两米的裂缝，在森林里黑乎乎深不见底。看不到什么。人匍匐在杉树的针叶上，探视笔直的裂缝，手拿石块投下去。没有回响。过去了一秒钟，两秒钟，三秒钟，多么漫长，终于捕捉到咚的一声响，十分微弱，从腹部下方传来，因其姗姗来迟，又特别细微而尤其令人震撼。神秘莫测的深渊！正如这个黑夜，迟来的回声随即营造一个世界。敌人、我们、生命、死亡、战争，几秒钟的沉寂，就把我们表述殆尽了。

这种信号一旦发出，这艘船一旦起航，这支沙漠旅行队一旦动身，我们就得再一次等待。对面想必跟这里一样，大家都准备接收这声呼唤，这颗射中心脏的子弹。来了，这便是回应：

“……时候……该睡觉的时候了！”

犹如一个紧急的口信，传过来已经肢解，扯碎了，但是咸滋滋

---

① 泻泽里断崖：位于日内瓦附近。

很有味道，仿佛经由海水冲洗浸泡过。多像母亲的劝告：他们开枪射击点燃的香烟，却又放开嗓子抛出叮嘱：

“别说话了……睡觉吧……是该睡觉的时候了。”

一阵轻微的战栗传遍我们周身。恐怕你们认为，这是一场游戏。那些质朴的人，无疑也认为这是一种游戏。他们出于谨慎，也会这样向你们解释。然而，游戏总掩饰着一种深意，否则的话，游戏的紧张、乐趣和吸引力又从何而来呢？也许我们是想玩玩，然而这种游戏过分贴近大教堂之夜，贴近走向西奈的朝圣，便引起我们的心狂跳不已，不能不回应尚未明确的希求。这种联络终于建立起来，这让我们精神振奋。正如给分子定量的实验到了关键时刻，物理学家也会激动得发抖。在无数的分子中，他将记录一个分子的恒量，这样似乎在建筑的科学大厦上，仅仅增添一粒沙子。可是，他为此万分兴奋，只因这何止是一粒沙子，他抓住了一条线索，一拉就能牵来宇宙的知识，因为万物相连相通。同样也像海上的营救者，抛出缆绳，一次……二十次，终于通过一种不易觉察的扯动，得知遇难者总算抓住了，他们就会激动得发抖。那里有一小伙人，迷失在浓雾和礁石之中，与世隔绝了。现在有了这条钢缆，神奇般把他们同所有港口的男人和女人连起来了。而在这里，我们往黑夜中，向未知抛去一条轻便桥，此刻果然将两岸连接起来了。我们在战死之前，与我们的敌人结亲了。

可是，这便桥太单薄，又极其脆弱，我们能寄托什么呢？一句问话、一声回答，过分沉重，就会将我们的便桥踏翻。紧急当中，只能传递要点，真理中的真理。我觉得听到了把握船舵的人，他好似舵手，负起责任，将我们聚在一起：他成为我们的使者，善于向安东尼奥喊话。只见他整个上身挺立出护墙，两只大手掌用力按住石头，用足劲抛出最根本的问题：

“安东尼奥！你打仗为了什么理想？”

你们不必怀疑，他们出于谨慎，还会找些托词：

“我们打仗，就是要嘲弄嘲弄……”

要等日后他们才会相信，他们是用贫乏的语言，力图表述根本没有语言能表述的行为。一个人的行为存乎我们心中，正在觉醒……还真得费点劲儿将他解救出来。

这名战士等待回击，我看到他那眼神，我敢说他瞪大眼睛，倾注整个灵魂等待回答，如同在沙漠中，瞪大眼睛凝望井水。

回音来了，已不完整，这句心声，被五秒钟的路途蚕食一部分，如同经历几个世纪的铭文：

“……西班牙！”

接着，我又听见：

“……你。”

我猜想，他是要反问对方。

这边回答他。我听见抛出这句伟大的回答：

“……我兄弟们的面包！”

随后又是惊人之语：

“……晚安，朋友！”

大地的另一边回应道：

“……晚安，朋友！”

周围又恢复了寂静。毫无疑问，对面他们也同我们一样，仅仅抓住只言片语。这场交谈，经过一小时的行程、危险和努力，这便是结果。什么也不缺少。这颗果实，在星空下，随着回声摇荡：“理想……西班牙……我兄弟们的面包……”

这工夫，时间也到了，巡逻队重又上路，开始下坡，走向村庄的约会。因为，对面同样的巡逻队，受同样需要的驱使，走下同样的深渊。这两支巡逻队，表面上各有说辞，却喊出了同样的真理……然而，如此高度一致，也并不能避免同归于尽。

应该赋予人生一种意义

我们所有人，都以矛盾的言语，表达同样的激情。人的尊严，我兄弟们的面包。我们的分歧，不是体现在目的上，而是表现在方法上，即我们推理的结果。我们出发上战场，厮杀，却奔赴同样的希望之乡①。

只要眼光放远一点观察我们，就能看出这一点。他们能发现我们作战是在打自己。这就是说，我们的分歧、我们的斗争、我们的辱骂，无非发自同一个躯体，这个躯体在自我较劲，在分娩的血泊中自我撕裂。某种事物将会诞生，将会超越这些乱象，但是，事不宜迟，我们要尽快综合分析形势，帮助人们解脱出来，真怕被战争拖入死亡的深渊。你们不要忘记，如今的战争，可要使用鱼雷和芥子气。如今战争的着重点，不再是派出国家使团，在边境上接受桂冠，以或多或少高昂的代价，丰富一国人民的精神遗产，对比我也愿意表示认可。战争到了今天，完全成为蚊虫叮咬似的外科手术，针头刺向敌方的淋巴结。一旦宣战，就对我们的火车站、桥梁、工厂狂轰滥炸。我们的城市窒息了，居民纷纷逃往乡村。欧洲，两亿

① 希望之乡：据《圣经·创世纪》，上帝赐给希伯来人的迦南地方。引申意义为梦寐以求的地方。

人口的偌大肌体，从战事一起的第一小时，神经系统就瘫痪了，仿佛被硫酸烧焦了，控制中枢、调解腺、乳糜管，无不丧失了功能，完全成为一个巨大的肿瘤，并且开始腐烂了。你们怎么养活这两亿人呢？他们永远也发掘不够自己的根。

矛盾既已发展到迫在眉睫，那就得赶紧解决。要知道，必须寻求表述这种矛盾，这比什么都更重要。如果别无更好的选择，那就不妨在导致战争的意识形态中找出这种表述：我们不必怀疑，我们投身战争。我们用战争可以更好地解释困扰人类的需要，而否定这种需求就苍白无力了。我认识摩洛哥南方一位军官，不便道出名姓；唯恐给他带来麻烦，你们可以冲他嚷出你们憎恶战争的理由。如果他还不信服，你们也绝不要把他当作野蛮人。你们先听这样一段回忆。

在里夫战争期间，他指挥的一个小哨所，夹在抵抗部落占据的两座高山之间。一天傍晚，他接待来自西山的代表。按照待客之道，大家一起喝茶，忽然枪声大作：东山的部落攻打哨所，上尉请代表们离开，以便应战。可是，敌方的代表却回答："今天我们是你的客人，上帝不允许我们丢下你不管……"他们与上尉的士兵并肩战斗，保卫了哨所，然后回到他们的抵抗区。

后来，又轮到西山的部落攻打哨所了，进攻的前一天，那些代表又来了，对上尉说：

"那天晚上，我们帮了你……"

"是这样。"

"我们为你消耗了三百发子弹……"

"是这样。"

“那么，子弹偿还给我们才对。”

而上尉身份很高贵，他不会利用高贵的身份去占便宜，当即把子弹如数还给他们，难说他不会死于这些子弹之下。

对人来说，真理就是使他成为一个人。这个人懂得人际关系的高度，为人处世光明磊落，天禀一生与人彼此尊重；而哗众取宠的政客，对同样的阿拉伯人，也可以表示友善，亲热地拍打他们的肩膀，也许还会奉承某个人，但是通过那人却侮辱了人。前者若是拿他可以表露的这种情感，比较政客的那种低俗的举止，如果你们指责他，那他对你们只会感到一种略带鄙夷的怜悯。他这种反应自有道理。

你们不要试图向一个梅尔莫兹[①]说明，他不该满怀胜利的信心，驾机深入安第斯山脉智利一侧的山区，因为一封信件，可能是一封商业函件，不值得冒生命危险。梅尔莫兹听了，对你们会置之一笑。真理恰恰在于：飞越安第斯山脉时，他身上诞生了一个人。

如果说今天，德国人准备为希特勒去流血牺牲，那么你们就该明白，没有必要再讨论希特勒了。这是因为德国人在希特勒身上，找到了发泄狂热激情和献身的机会。因为在这个德国人眼里，一切都伟大。难道你们还不明白，一场运动的声势，不正是基于激情得以释放的人吗？

难道你们还不明白，自我奉献，冒险和至死不渝的行为，不是大大促成人的高尚品格吗？你们寻找一个要推荐的楷模时，就会瞩目为保护邮件而献身的飞行员，在疫区倒下的医生，以及骑单峰驼，

① 梅尔莫兹（1901—1936），法国—南美邮航的第一位法国飞行员，以身殉职。

带领摩尔驼队深入偏远贫困区的那个人，在他们身上发现了楷模。每年都要死去一些人。即使表面上看，他们做出的是无谓的牺牲，你们就认为他们毫无贡献吗？他们在我们身心构造的原质上，留下了一副美好的形象。他们甚至在幼童的意识中播下了种子，用他们的行为产生的童话陪伴摇篮。任何事物都不会自生自灭，了无痕迹，就连封闭在围墙里的清真寺，也还照样闪耀着光芒。

难道你们还不明白，我们在什么地方误入了歧途？人类的蚁穴比从前更加富足了，我们享有更多的财富和更多的娱乐，然而，某种本质的东西缺失了，我们还不知道如何定义。我们觉得少了点做人的资质，我们在某方面丧失了一些神秘的特性。

我在朱比角饲养过羚羊。在那里，人人都饲养羚羊。而羚羊非常娇气，要生活在流动的空气中，只能关在露天的栅栏棚里。捕捉来羚羊崽驯养，敢在你手掌上觅食，随意抚摩，将湿润的嘴伸进你的掌心。大家都以为小羚羊驯化了。大家以为保护它们免遭未知的侵扰，不至于无声无息地消亡，能在备受照顾的环境中死去……不料有一天，你们却发觉它们朝着沙漠的方向，用小角死命抵住围栏。它们受到磁力的吸引。它们并不晓得那是要逃离你们：你再送去奶，它们照旧过来喝，也还是让人抚摩，更加温顺地将嘴探进你的掌心……可是，你刚一放开，就会发现小羚羊欢蹦乱跳一阵后，又去用角抵住栅栏。如果你不再干预，它们就顶在那里，也并不试图冲出围栏，只是用小羚角顶着栏杆，直至死亡。这是发情的季节吗？抑或仅仅想要狂奔，直到跑得喘不上来气呢？它们都浑然不知。当初它们被捕捉来，眼睛还没有睁开。无论对沙漠中的自由驰骋，还是对雄性的气味，它们还都一无所知。当然，你们比它们聪慧，它们寻求什么，你们知道，那就是任它们驰骋的广阔天地。它们喜欢成为羚羊，喜欢跳它们的舞蹈，要以一百三十公里的时速径直奔逃，时而突然跃起，仿佛沙石溅起的火花。羚羊的真理，如果就是体味恐惧，唯有迫于恐惧而自我超越，能极高地腾空飞跃，那么又何惧豺狼呢？羚羊的真理，如果就是在阳光下，被利爪开膛破肚，那么又何惧狮子呢？你们注视羚羊，不免猜想它们害了思乡病……思乡，就是不知所以的渴望。渴望的对象，固然存在，但是又根本无法言说。

至于我们，我们缺少什么呢？

我们要求为我们开辟的，又是什么样的空间呢？我们四周，监狱的厚墙高耸，我们力图逃出牢笼。世人以为我们成长，只要能吃饱穿暖，满足我们的全部需求就行了。人们就这样，逐渐把我们培养成库特林①笔下的小市民、乡镇的政客、毫无内心生活的技术员。

“别人传授给我们知识，”你们会这样回答我，“还启发我们，使得我们比从前富有理性了。”

有人认为智育，就是建立在学会公式，背诵已有成果的基础上，这种观念太浅薄了。巴黎理工综合学校成绩最差的毕业生，掌握的自然及其规律的知识，远比笛卡儿、帕斯卡尔和牛顿丰富。然而，他却没有能力完成笛卡儿、帕斯卡尔和牛顿所做出的任何一项思维推理。这几位学者，首先接受了培养。帕斯卡尔，首先体现一种风

① 库特林（1858—1929），法国剧作家，善于创作讽刺短剧。

格。牛顿，首先体现一个人，他成为宇宙的映像。落到草坪上的熟苹果，7 月夜空的星辰，牛顿都能听得懂，讲的是同一种语言。对他来说，科学就是生命。

于是，我们不无惊奇地发现，充实丰富我们头脑的是一些神秘的境况。只要一个置于我们身外的共同目标，将我们与其他人联结在一起，我们就能畅快地呼吸。我们，安逸时代的子弟，却能在大沙漠中，怀着难以描摹的幸福感，与人分享最后的食粮。我们驾机，凡是迫降在撒哈拉沙漠上的人，排除故障之后无不感到极大的喜悦，任何别的欢乐与之相比，都会黯然失色。

既然如此，你们就不必大惊小怪了。一个人体内睡着一个陌生者却毫无觉察，有一次到巴塞罗那，走进无政府主义者的地下室，目睹牺牲精神、互助、正义的坚定形象，他就感到体内那个陌生者醒来，这个人就只会认识到一个真理：无政府主义者的真理。而另一个人，一旦守护了一群跪在西班牙修道院地上的小修女，这个人就将为西班牙教会卖命了。

我们渴望得到解放。刨下一铁镐的人，想要了解他这一镐的意义。苦役犯的一镐，跟勘探者的一镐，不能同日而语：勘探者的一镐，能使刨下一镐的人高大。地牢绝不会在刨镐的地方。根本不存在物质的恐怖。地牢存在于刨镐毫无意义的地方，挥镐的人并不因此同人类群体相连了。

而我们就是要逃离地牢。

欧洲有两亿人，都毫无生存意义，因而希望新生。工业化剥夺了他们农民世袭的语言，将他们关进的贫民窟，类似拥满一列列黑色车皮的调车场。他们想要从工人区的底层觉醒。

另外还有一批一批人，绞进了各行各业的齿轮中，禁绝了梅尔莫兹的那种喜悦，只能有宗教的乐趣、学者的乐趣，他们也同样希望新生。

自不待言，可以给他们换上军装，激励他们。于是，他们会高唱战歌，在战友之间分吃面包。他们会重新找到他们寻找的：共同的情趣。然而，他们要为所吃的面包送命。

木雕偶像可以重新挖出来，好歹曾经应用过的古老语言也可以复活，泛日耳曼主义和罗马帝国的神秘主义，都同样可以死灰复燃，也可以让德国人越来越陶醉于生为德国人和贝多芬的同胞，甚至可以让司炉助手志得意满。当然了，这总比将司炉工培养成贝多芬容易得多。不过，这些蛊惑人心的偶像，可是些食肉的偶像。为知识的进步，或者医治疾病而死的人，他们是为服务于生命而死的。为了德国、意大利或日本的扩张而死，说起来很壮丽，不过敌人，已不再是经得住积分法演算的这个方程式，也不再是抗衡血清的癌症了，敌人，就是旁边的人了。如今，关键不再是战胜，而是必须面对敌人了。现在，作战的双方，人人都躲在水泥工事的后面。谁都没有更好的办法，只能一批一批派出飞机，一夜一夜轰炸对方的腹地。胜利属于最后腐烂的人，你们就瞧一瞧西班牙吧，两个对手正一同腐烂。

怎么办，我们才能获得新生呢？奉献。我们已经隐隐感到，只有通过同样的景遇，人与人才能够相通融洽。为了同一邮航班机，飞行员们相聚，一起拼搏。希特勒的拥护者，要为同一个希特勒献身，也同样聚集在一起。登山队员们，为了攀登同一座高峰，便组建了登山队。人与人若想走到一起，只是面对面交谈不行，必须融混在同一尊神的光环里。

我们在变成一片沙漠的世界里，特别渴望找见自己的伙伴：同伴之间分享面包的滋味，曾促使我们接受了战争的价值观。但是，在朝向同一目标，我们在并肩奔跑中，无须通过战争就能感到温暖。战争欺骗我们。仇恨不能给奔跑的激情增添任何力量。

既然我们为了自救，只需相帮憬悟出一个能把我们联系起来的目标，那么何不到普遍性中去寻找呢？外科医生出诊，并不听他诊断的患者的呻吟：他是治病救人。医生讲的是一种普遍性语言。邮航飞行员，用坚强有力的手腕，压制住气流的颠簸，那真是卖苦力的活儿。但是，他这样拼搏，就是要促成人际关系。那只手腕奋力，将那些相爱而又力图相聚的人拉到一起：这位飞行员也返回普遍性中了。就连一个普通的牧羊人，在星空下守护他的羊群，他一旦意识到自己的角色，就会发现自己不止是个牧羊人了。他是一名哨兵。而每名哨兵，对人类整个王国都负有责任。

何必欺骗一名司炉工，以贝多芬的名义煽动他反对身边的人呢？这是多大骗局啊，就在同一片领土上，贝多芬如果跟司炉工想法不同，就被关进了集中营！贝多芬的目的，就是提高，作为贝多芬，有一天能讲一种世界语言。

我们如果趋向这种宇宙的意识，那么也就回归人的命运本身。只有那些安顿在江岸上的小店主，才熟视无睹，看不见河水在流淌。但是，世界在发展。从一股岩浆，从星球的一团泥土，就能产生生命。我们逐渐成长起来，一直提高到能创作歌谱，能测量星云。就说巡逻队的那个军官，冒着枪林弹雨还依然懂得，生命的起源根本没有完结，他还得继续升华：他的生命是在走向意识。星球的泥团也正滋养，缓慢地生长出最高尚的花朵。

不过，那个牧羊人也已长大，发现自己是哨兵了。

我们将走上正路，走上我们从泥土中醒来后，一开始就踏上的坦途，到了那时，我们才会幸福。到了那时，我们才能平静地生活了，只因赋予生命以意义，也赋予死亡以意义了。

在普罗旺斯墓地的绿荫下，死亡是多么温馨：老农民操劳一辈子，主持家庭结束时，将他那群山羊和橄榄林交给几个儿子，由他们接续，世代相传。一个农民死了，还有一半生命活在子嗣后代中。人生一世，犹如豆荚裂开，奉献出自己的种粒，世世代代如此。

有一回，我和三个年轻农民并排，面对他们母亲的灵床。人死了当然很悲痛。这是第二次割断脐带。一个纽结，第二次解开：这纽结连接两代人。三个儿子成为孤儿，生活的方方面面都要学习，失去了节日团聚的家庭饭桌，失去了聚拢他们所有人的主心骨。然而，我在这种生离死别中，同样发现了第二次给予的生命。这几个儿子，轮到他们各自成为一家之主，团聚的中心点，族长，一直到临终时刻，他们掌管家庭的权力，再传给在院子里玩耍的一奶同胞的孩子们。

我注视着这位母亲，这位老农妇，面孔安详而坚毅，双唇紧闭，这张脸化为石雕面具。从上面我能辨认出儿子们的容貌。这副面具曾用来传给儿子们。这身躯体曾用来生育他们的身体，这些俊美的男人，犹如树木一般挺拔。现在，她寿终正寝，宛若丰盈的果壳，已经剥出了果实。儿女们便继往开来，用他们的身体，再孕育子子孙孙。在农户人家，生命生生不息。母亲离世，母亲万岁！

悲痛的场面，是的，然而，这种世代繁衍的景象，又极其简单，沿途抛下一具具银发的美丽躯壳，经历一次次蜕变，走向我难以揣测的什么真理。

飞行员与自然力量

题解：

圣埃克苏佩里的这篇叙述文，刊登在《玛里亚娜》杂志第356期（1939年8月16日）。

作者接受任务，要开辟从阿根廷的里瓦达维亚海军准将城，到智利的蓬塔阿雷纳斯航线的最后一段。他驾机反复勘察，创建了里瓦达维亚海军准将城—圣朱利安基地、蓬塔阿雷纳斯基地，并且策划组建了特雷岛基地、布兰卡港基地。圣埃克苏佩里视察了帕什科机场的设施之后，便驾驶拉泰26型飞机，首次飞行考察了南美洲南端。

作者在本文中，讲述了他驾机飞越阿根廷巴塔哥尼亚高原地区，同台风搏斗的惊心动魄的情景：那场台风从合恩角刮向麦哲伦海峡，堪比康拉德[1]的《台风》。

---

① 约瑟夫·康拉德（1857—1924），原籍波兰的英国小说家，被誉为最伟大英语小说家和英语文体家之一。他的航海小说《阿尔迈耶的愚蠢》（1895）、《岛上的流浪者》（1896）、《水仙号上的黑家伙》（1898）、《台风》（1902）等，将人物置于极端环境中考验，揭示人的心理，更好地反映人的真实价值。

康拉德如果讲述一场台风，不大描绘惊涛骇浪、黑暗和暴风雨。他不屑于处理这种题材。然而，在挤满中国移民的底舱，船体横摇，将他们的行李抛掷乱七八糟，箱子磕破，他们那点可怜的钱财掺混到一起。这些黄金，是他们一分一厘，终生积攒下来的，而这些纪念品，全都一模一样，又全都属于个人，不料全乱了套，一切都复归无主状态，无不相混杂乱而理不清了。康拉德向我们描述台风，只阐明社会悲剧。

我们全有这种体验：经历暴风雨之后，我们就像回到家乡似的，一旦在女招待的保护下，聚在图卢兹的小餐馆里，都欲辩忘言，无力传述身历的惊险，只好放弃叙述下过地狱的情景。否则，我们的讲述、我们的举措、我们讲的大话，会被看作小孩子的夸口，惹同事们讪笑。这情况绝非偶然。我要说的飓风，让我经受的狂暴程度，确是最为惊心动魄的经历；可是，一旦超过了一定限度，我就再也不知该如何描绘气旋的凶猛，只能频繁使用极端的字眼儿，非但添不了彩，反而会给人以夸大其词的别扭感觉。

我也慢慢悟出了这种无能为力的深层原因：我们是要描绘并不存在的一种悲剧。在追述恐怖的经历中，如果没有达到预期效果，这是因为重温记忆，恐怖是事后臆想出来的。恐怖不会出现在真实中。

因此，在开始叙述我经历的自然力的一次反抗时，我并没有写一篇能言传的事件的感觉。

* * *

我离开特雷利岛中途站，飞向巴塔哥尼亚高原的里瓦达维亚海军准将城。飞越那片土地，好似旧锅底凸凹不平，看样子没有一处用得上。太平洋高气压带，从安第斯山脉的一段凹陷地带驱赶的大风，相互纠缠绞扼，齐头并进，加速冲入一条宽一百公里的狭窄走廊，直奔大西洋，一路摧枯拉朽。地力完全衰竭的一片土地，唯一生长起来的植物，油井，是当地唯一的住户，犹如一片着火的森林。隔一段距离就突起几座山丘，狂风留在那里的只有坚硬的砾石，增高山体成艏柱状，刻削锋利，锯齿般狰狞，肌肉剔净，只剩下骨头了。

夏季三个月，这种大风受地面节制，时速可高达一百六十公里。我们十分熟悉。我和同事们一旦越过特雷利荒原，接触狂风扫荡区边缘时，就凭我也说不清的什么灰蓝色，能感到风的存在，安全腰带和背带勒紧一扣，以防剧烈的颠簸。我们飞行也开始艰难了，每进一步都要踏进无形的泥坑。现在成了体力劳动。一小时工夫，急剧的摇晃震荡，肩膀散了架，我们从事的是码头装卸工的职业。再往前飞行，一小时之后，我们重又回到平静的区域。

我们的机器结实得很。我们信得过：机翼很牢固，总体看来，状态挺好，没有什么问题。这样的航行，我们视为苦差使，不会酿成惨剧。

然而那一天，我不喜欢天空的颜色。

* * *

天空一片湛蓝。纯蓝色。纯得过分。炎炎烈日照耀着这片破烂不堪的土地，而在阳光下，那些冲刷得只剩脊椎骨的嶙峋山崖，一处处也闪闪发亮。没有一丝云彩。然而，磨得锋利的刀山的这种亮光，前所未见地与纯色蓝天交相辉映。

我往前飞行，隐隐感到恶心，这是身体受折磨的先兆。纯蓝的天空也让我局促不安。

在漆黑的暴风雨中，敌人现身了。我们衡量它的范围，准备抵御它的攻击。在漆黑的暴风雨中，就是同对手贴身进行肉搏。升到高空，天气晴朗，蓝色风暴的这些气流，就以塌陷的方式偷袭，飞行员则感到下面成了真空。

我还注意到别种异常情况。在高山的同一水平上，不是雾，不是水汽，也不是沙雾，而是灰尘聚成的长带。我不喜欢由狂风搅成海洋似的衰竭大地的粉尘。我放开皮带到最后一扣，一只手操纵飞机，另一只手抓住飞机的一根主梁。这工夫，我还航行在极为平静的空间。

终于，天空抖颤了。我们所有人都熟悉，预示真正暴风雨的这种隐秘的碰撞。飞机既没有俯仰，也没有左右摇晃。丝毫没有大幅度的动荡。飞行保持着垂直和水平状态。但是，机翼上受到一下下警示的冲击：间断的撞击，无比短促，刚好感觉到，相隔时间越来越长，就好像空气中掺杂着微量的尘土。

继而，在我周围，一切都跳动起来。

随后度过的两分钟，我没什么可说的。在我的记忆中，仅仅浮现几个直觉的念头、初始的思考、简单的观察。我不能说酿成了悲剧，因为没有发生悲惨事件。我只能按照时间顺序捋下来。

首先，我不能行进了。为了校正飞机突然的偏航，我便向左急转，于是瞧见景物逐渐静止不动了，接着就完全卡住了。我再也移动不了半步了。我的机翼再也咬不住大地轮廓了。只见大地翻转，打旋，但是始终在原地：从此，飞机只能在磨秃的齿轮上滑移了。

与此同时，我产生一种荒诞的感觉：自身完全没有遮拦了。所有这些山脊、所有这些棱角、所有这些峭壁，在狂风中掘出沟迹，流动着朝我弹射而来，就好像无数门大炮，炮口都瞄向我。我也渐渐萌生了念头：牺牲高度，向一道深谷寻求一面山坡的保护。况且，不管我愿意不愿意，我被吸向地面。

一股龙卷风的第一波，就这样将我困住，我凭经验知道，二十分钟之后，快要贴近地面，能达到神奇的二百四十公里的时速，我丝毫也不会感到惊恐。假如我闭上眼睛，忘掉飞机和飞行，尽量爽快单纯地表述我的经历，我又重温了那种尴尬的处境：一个扛行李的人要保持平衡，全力防止滑倒，突然一伸手要抓住一件物品，却导致另一件物品失落，一下子陷入荒唐的境地不能自拔，他就发觉自己真想张开双臂，大撒把，全都弃之不顾了。毫无危险的景象惊扰我的头脑。可以说，通过最短途径就能掌握景况；遭遇的变故，就框在以最快速度简述的象征中；我就是端着摞得高高的餐具的侍者，在地板上滑了一脚，一大摞瓷器跌落了。

现在，我又囚在山谷里。我的境况非但没有好转，反而更加恶化了。当然，气流涡旋从来就没有要谁的命。我们完全清楚，“被气流拍到地上”的说法，不过是记者的用语。风怎么可能降到地下？不过今天，我在谷底，掌握飞机的能力丧失了四分之三。而这根岩石艏柱，就在对面，我看见它左右摇摆，突然升天了，还有第二根艏柱悬在我上方，随即又跌落到地平线之下。

地平线……其实，地平线不复存在了。我恍若关进一家剧院的后台，周围堆满布景道具。垂直的，歪斜的，水平的，各种线条错杂交混。上百座横向的山谷，同时呈现景观，晃得我眼花缭乱。我还来不及弄清方位，又一突发情况，我随之旋转四十五度或九十度，又得重新弄清乱石堆。当时我产生两个念头。头一个是发现：今天我才明白，山中没有雾，有些飞机失事是什么缘故。在景物这样旋转中，有那么一秒钟，飞行员混淆了倾斜面与水平面。另一个是一个固定的念头：必须返回海洋。大海是平的。我不会挂住大海。

我在旋转，如果这样打旋舞动可以称为旋转的话，隐约沿着山谷的走向往东漂移。叙述到这里，还没有什么非常悲怆的情景。我抗击混乱，我拼尽全力抗击混乱，我竭尽全力要扶起止不住倒塌的一座巨大的纸牌城堡。几乎谈不上我感到起码的恐惧，哪怕我这监牢的一面壁掀起来，如刀刃一般对着我。就连我经过山间气流涡旋，眼看山脊活似飞刀，向我投射过来，我也没有怎么感到揪心。哪怕无形火药库忽然爆炸。在这一片混乱的感觉中，假如我还能辨出一种清晰的感觉，那就是一种敬重感。我敬重这峭壁。我敬重这锋利的山脊。我敬重这座山的圆顶。我敬重这道横谷，它正好连接我飞出的山谷，而它湍急的狂风同已经席卷我的飓风相搅混，天晓得又形成什么涡旋气流。

于是我发现，我搏斗的对手根本不是风，而是这条山脊本身，是这岩顶，是这山岩。尽管相隔一段距离，我还是同山岩搏斗。正是山岩本身同我作对，施展无形延伸之术，运作暗力发威。我认出右前方就是萨拉芒克峰，一个完美的圆锥体，我也知道它俯临大海。看来，我就要撤到海上。但是，我首先得通过这座山峰的风带。照我们的话说："从那儿过，矮半截。"萨拉芒克峰是个巨人……我敬重萨拉芒克峰。

我尝到一秒钟的休息……两秒钟……有什么东西打成结，扣住了，收紧了。我仅仅是有些惊奇。我睁大了眼睛，就觉得我的飞机振奋了，舒展了，扩大了。就在原地，水平状态，一下子升高五百米，仿佛发育成长起来。猛然间，我控制住我的敌人，而四十分钟以来，我都未能飞升六十米以上。飞机抖动着，好似沸腾的一只水壶。大洋辽阔，豁然展现。山谷通向这片大洋，通向安全……

不料，飞离萨拉芒克峰上千米了，毫无过渡，我的腹部却遭到它的撞击。完全失控了。我一头栽向大海。

* * *

现在我面向海岸，发动机开足了马力。同海岸线成直角。一分钟的工夫，发生了许多事情。首先，我没有冲向大海。就像一阵剧咳，我被咳出，排向海面，是被山谷吐出去的，又像从榴弹炮口射出去的。我几乎立刻掉转四分之三圈，以便控制与海岸的距离：相距十公里，我望见海岸，朦朦胧胧，已经变成蓝色，犹如一条陌生的海岸线。而那些山头排成锯齿状，印在晴空上十分清晰，在我看来倒像围墙筑有雉堞的城堡。我被低压的气流压制在水面，通过动荡的速度当即就了解，我曾试图爬升，等明白操作失误已为时太晚。开足马力，时速二百四十公里（当时的最高速度），可离海面仅二十米，我爬升不上去。

同样的飓风，如果冲击一片热带森林，就像火焰一样，窜进树木之间，将树枝扭成螺旋状，如拔萝卜一般，将高大的乔木连根拔起……在这里，飓风撞到山峰，便冲压大海。

我面向海岸，紧紧抓住发动机，抗击飓风，而风头撞到陆地的每根峰齿，都会扯出长虫似的轨迹，我就觉得紧紧抓着的，是在海上抽打的一杆巨型鞭子的鞭梢儿。

* * *

在这样的低纬度，美洲已经变得狭窄了，而安第斯山脉距大西洋不太远了。我不仅在海岸高山的压力下进行搏斗，也毫无疑问，还得对抗从安第斯山脉峰顶摇晃着向我倾泻的整个天空。在航线飞行四年之后，我还是头一次怀疑我的机翼的抗力。我也害怕冲撞大海，倒不是由于在低空必然形成水平层的低压气旋，而是因为突然卷入气旋里，我不由自主要杂技的动作。每次飘降，在受到撞击之前就爬升，我总疑虑重重。总之，我最担心一旦燃油耗尽，那就只有坠落，在我看来那是定数。我随时准备给我的汽油泵点火，机身确实摇晃得太厉害，或因油箱半满，或因油管问题，汽油供应不上，发动机常熄火，不是发出单调的轰隆声，而是由长短音组成的一种奇特的电报语言。

这期间，我紧紧握住操纵杆，驾驶这载重的运输机，用上了全身力气，只能有一些最基本的感觉，看着狂风蹂躏着海面却毫无反应。我望见滔天的白色巨浪，有八百米长，以二百四十公里的时速朝我扑来，那里下行的龙卷风冲击海面，呈水平状炸开。

海水白色和绿色相间。白色如压碎的糖块，大片大片的，而绿色则像绿宝石。但是浪涛滚滚，一片混乱，我根本分辨不出来哪种颜色。海上湍流推涌。狂风在湍流上留下巨大的痕迹，犹如秋收时节，遭受风灾的麦田。有时，在两大片浪涛之间，出现荒诞的透明景象，能洞见绿色和黑色的海底。接着咔嚓一声巨响，海面大玻璃破裂成无数白色碎片。

自不待言，我发现自己陷入绝境。搏斗了二十分钟之后，我没有行进一百米。而且，飞行也十分艰难，距悬崖峭壁十公里，我心里琢磨，即便靠近了，我又如何抗拒那飓风涡旋呢？我无疑是走向冲我发炮的炮台。然而，我怎么可能感到害怕呢？我的头脑一片空白，绝无任何念头，除非想象一种简单的行动。升高，升高，再升高。

* * *

不过，我也坐享了短暂的歇息。这种歇息当然还像我遭遇的最凶猛的暴风雨，可是比较而言，我尝到了极大的放松。交恶回旋的气流稍微和缓一点儿。这类间歇，我也能够预见。并不是我走向这片相对平静的区域；其实这片绿洲，海面清晰呈现近乎绿色的区域，是向我漂流而来的。我从水面就明白无误读出一个宜居的外省的广告。每次暂时间歇，我的思考和感觉的能力就恢复了。于是我判断这回算彻底交代了。惶恐情绪也就逐渐占据我的心。一见白色的浪涛以排山倒海之势，又朝我滚滚袭来，一时间我真惊慌了，直到沸腾的大海边缘撞击我这片无形的海域，恰恰从这一刻起，我就什么也感觉不到了。

* * *

上升！不过，我还是形成这一渴望。有时候我觉得，平静的区域深不可测。于是，我隐约又恢复一种希望："我要升高……，我要到高空，找见能让我前进的其他气流……我要……"我随即利用这一间歇，匆忙试着拔高。拔高谈何容易，只因封锁的狂风始终是强硬的对手。一百米……二百米……我不禁想道："只要达到一千米，我就得救了。"然而，我却望见前方白花花一大片，咆哮着向我冲来。于是我放了手，以免当胸遭到重创，避开危险的位置。太迟了。头一个摞绊就把我摞倒。因此，天空在我看来，好似一个溜滑的圆顶，我怎么也停留不住。

* * *

如何支配自己的双手呢？我刚发现一种状况，令我十分惊恐。我的双手麻木了，失去了知觉。我从双手获取不到任何信息了。毫无疑问，这种状态已经许久了，但是我没有注意到。现在注意到了，情况就严重了，这个问题就提出来了……

实际上，机翼扭曲，这就影响副翼操纵钢索，连累我的驾驶盘无序振荡。这四十分钟，我就全力把住驾驶盘，以减少其震动，担心震断了钢索。我握得太紧，结果双手没有感觉了。

多么意外的发现！这双手不是自己的了。我注视手，分开一根指头：手指听我支配了。我再看其他手指，采取同样的决定。我不知道手指听不听使唤。一点动静都没有。我心想："如果我的手松开了，我怎么能知道呢？"我猛然看上去：手始终握住，但是我担心了。手和大脑之间如果再也不交流感觉了，那么又如何分辨一只手张开的姿势，是大脑的决定呢？手势还是意愿，如何确认呢？必须驱逐张开手的姿势。张开的手，那是过另外一种生活。在这里，双手必须避免这种极为可怕的企图。真荒唐，我这样唠叨起来了，再也收不住了，要一直到飞行结束。只有一个念头。只有一种姿势。只有一句话，我不知疲倦地一再讲："我握紧双手……握紧双手……握紧双手……"我的全部身心都凝聚在这句话上，什么白浪滔天的大海，什么气旋涡流，什么高山的峰齿，一概都视而不见了。我只顾握紧双手。什么危险，什么龙卷风，什么无望之乡，都不复存在了。某个地方有橡胶手，一旦让驾驶盘从手中脱离，就来不及重新抓住，失去控制，便翻进大海。

* * *

我什么也不知道，什么也感受不到，我仅仅是在耗空。我耗空自身的力量，也耗空我搏斗的愿望。我的发动机在讲长短音的电波语言，像撕床单一样，发出不连贯的吱啦吱啦声。当寂静拖长一秒钟，我就感到心脏停止了跳动。发动机停止运转了。完啦！没有，又响起来了……

我瞧了瞧机翼温度计：零下三十二摄氏度。可是，我从头到脚，已经大汗淋漓了。汗水顺着脸流下去。舞动得多么厉害！稍过一会儿我就会得知，我的蓄电池挣脱钢箍，甩出去砸破机舱顶。我也会得知，翼肋脱离，方向舵一些钢索几乎磨断，仅剩一股相连。

我还一直在耗空。我不知道什么时候是个头，再也感觉不到极度的疲惫，最终一了百了。

这方面我还有什么可叙述的呢？没什么了。我肩膀疼痛。疼得厉害。就好像我扛过特别重的货包。我俯身张望。在一片绿色区域，明澈见底，十分浅近，底部的景观一览无余。可是，大风的涡旋却捣毁了这景象。

* * *

搏斗了一小时二十分钟，我总算升高三百米。我望见偏南方向，海上有一条长带，恍若一条蓝色河流。在这里，我不进也不退，看来那条路不知受到什么相互作用的保护，如果抵达那里，或许我能重又缓慢接近海岸。于是，我顺势向左偏航，我也觉出风势弱了一些。

* * *

飞这十公里，耗了我一小时。随后，我借悬崖遮风，终于南下了。现在我要升高，进入大地上空，飞向中途站。好在我保持了三百米的高度，一直凌驾于恶劣天气之上，那凶暴的程度无可比拟。结束了……

我望见有一百二十名士兵等在机场上。因为龙卷风，为我召集来的。我停到他们中间。大家操作了一个小时，才将飞机拖进机库。我从机座上下来。我对同事们什么也没有讲。我十分困倦。我缓缓地活动手指，还消除不了麻木状态。刚才那会儿恐惧，我几乎没什么感觉了。我恐惧了吗？我身历了一种异常的天气。什么样的异常天气呢？我也不知道。天空湛蓝，而大海雪白。我应该谈谈我的险历，可以说我九死一生！然而，我根本抓不住经受的变故。“想象一下，大海一片白……一片雪白……比雪还要白……”用大量修饰语，传达不了任何意思。这样结结巴巴也说不出什么东西来。在这些令你回肠九转的思想中，在这种双肩疼痛里，并不寄寓任何真正的悲剧。在萨拉芒克圆锥形山峰上也同样没有。那山峰也的确险象环生，如同一座火药库，但是，如果我这样讲，别人就会讪笑。我本人……我敬重萨拉芒克山峰。仅此而已。这并不是一场悲剧。

根本谈不上悲剧，也谈不上悲怆，如果有，也只是在人事中。等明天，我也许会感动的，我凭想象美化自己的险历，我充满活力，我行进在人的大地上，龙卷风中遇险。我这样等于作弊，因为，用手臂和双腿与这龙卷风搏斗的人，不能与明天这个幸福之人同日而语。

我只是小有收获，仅仅带回来一种不起眼的发现。这便是我的亲身体验：在感觉不能传递的时候，如何辨识一个单纯姿势和大脑的意愿呢？

我若是对你们讲述一个受到不公正惩罚的孩子的故事，就很可能煽起你们的激愤。但是，我带你们感受一场龙卷风，或许就不足以让你们心惊肉跳了。同样，我们每周坐在电影院里，看着上海大轰炸的场景，不是熟视无睹吗？我们不会感到恐怖，还可能观赏这片大地变成火山，冲天缓缓升起螺旋形黑灰烟柱。然而，与此同时，正是谷仓里的粮食、几代人的遗产、家庭的财宝，也正是儿童被烧焦的肉体，全化为灰烟，渐渐去充实那黑色积云。

不过，肉体惨剧本身，只有向我们指出其精神含义，才能够打动我们。

给法国人的信

题解：

在英美军队北非登陆，德军占领（法国）南方区域的第二天，即 1942 年 11 月 30 日，圣埃克苏佩里在蒙特利尔的《加拿大报》上，发表了一篇长文，论述全体法国人必须团结起来。这篇文章译成英文，头一天刊登在《纽约时代杂志》上，篇首是吕德[①]雕刻的《马赛曲》插图。这是匆匆草就的一篇号召，由美国的所有法语广播电台播放，并由北非各家报纸节选转载。

自 1940 年最后一天到达美国，将近两年中，圣埃克苏佩里在政治上一直不采取立场，处于惶惑的状态，不愿意在维希政权和戴高乐之间做出选择。他只是在私下表达的思想，由朋友透露出来。他对朋友说："即使贝当元帅不存在，也必然会创造出来。"这表明时势能创造出所需的各色人物。与此同时，他还希望重新服役，反对纳粹："在希特勒统治的世界里，不会有我的位置。"总之，他首鼠两端，还是尽量保持中立。从本文也能看出，他在理论上谴责停战协定，但他还是确信，维希政权能允许法国暂时苟存。

这一时期，戴高乐派的力量在纽约微不足道，直到北非登陆行

① 吕德（1784—1855），法国雕塑家，浪漫派大师之一。他创作的雕像《马赛曲》置于巴黎星形广场的凯旋门上。

动开始（1942 年 11 月 8 日），美国政府还在维希派有大使。这么大行动，美国也没有通知戴高乐并寻求合作，而是同贝当指定的接班人，海军司令达尔朗达成协议，在达尔朗被暗杀之后，又继续同吉罗将军谈判。美国有影响人物认为戴高乐有民族主义倾向，始终持怀疑态度。其实，从丘吉尔到罗斯福，都不喜欢戴高乐的独立精神。果然，这种独立精神成为后来法国外交政策的一个基石。由此不难理解，在海外的法国人思想非常混乱，圣埃克苏佩里的这篇说得如此透彻的文章，应未达到促使法国人团结起来的预期效果。

首要的是法兰西！

德国黑夜终于笼罩了（法国）领土。我们原本还能了解一点我们所爱的人。虽然不能分食他们餐桌上的劣质面包，我们原本还能向他们表述我们的情肠。我们身在远方，原本还能听得见他们的喘息。现在完了。法兰西一片沉寂。法兰西好似一艘航船，迷失在黑夜里，全部灯火熄灭了。她的意识和精神生活，都收敛在她的厚积中了。明天，德国枪杀什么人质，我们连姓名都不会知道了。

新的真相，就得一直在压迫的地窖中酝酿了。我们不要充当英雄好汉了。他们那里有四千万人，在经营他们的奴役地位。那里的人宛若蜡烛，已经燃烧自身维系精神之火，而这种精神之火，我们不可能送到他们那里了。他们能比我们解决好法国问题。他们将掌握所有权力。我们在社会学、政治，乃至艺术方面的言论，都无足轻重，影响不了他们的思想。他们不大看我们出的书。他们也不会听我们的演说。我们的思想，也许会惹他们厌恶。我们要无比谦抑才是。我们的政治论争，等于幽灵的鬼话，而我们的雄心壮志也滑稽可笑。我们并不代表法国。我们只能为法兰西效劳。我们无论做什么，都无权要求任何感激。在自由战斗和黑夜的重压之间，毫无比量的尺度。在战士和人质这两种行当之间，也毫无比量的尺度。唯独那里的人们，才是名副其实的圣徒。不久之后，我们即使有此荣幸参加战斗，还仍将是负债者。我们这些人充其量，不过是一大包债务。首先，这就是基本的真相。

法国人，我们和解吧，一起效力。

法国人深受争端的折磨，我首先得讲几句话，尽量净化他们的思想。因为，法国有过一种危机状态。一种严重的危机。我们当中许多人，都吃尽了良心撕裂之苦，需要平静下来了。让他们平静吧。无论多么不同的道路，通过美国行动的奇迹，就会通向同一个十字路口，何必偏要陷入昔日争端的泥潭呢？应该团结，而不是分裂，应该张开手臂，而不是排斥。

我们的争端还重于我们的仇恨吗？谁敢断言自己就绝对有理呢？人的视野极其狭小。语言也是不完善的工具。生活的问题报废所有成规定式。

我们所有人，信仰是一致的。我们大家共同的愿望，就是解救法兰西。可是，问题恰恰在于，解救法兰西，那意味同时解救她的精神和她的肉体。如果没有了继承人，那么精神遗产又有什么价值？如果精神死亡了，那么继承人又有什么用处？

我们不分哪一部分，都谴责法国和德国之间任何合作的精神，然而，一些人指控法兰西背叛，而另一些人从她的行为中，仅仅看到一种极端讹诈的效果。一个破产管理人，总得跟战胜者商谈，争取让给法国一点油脂，由我们的铁路车辆运输。（法国为了供应她的城市，既没有汽油，甚至没有马匹了。）停战委员会的那些军官，日后会向你们描述，那种持续不断又无比残忍的讹诈。食品只供应四分之一，六个月内还要饿死十万儿童。一名人质被枪杀时，他殉难会放光芒：他的死就成为加强法兰西团结的水泥。然而，当德国人仅以推迟执行供应油脂食品协议的手段，就处决十万名五岁的人质，什么也补偿不了这种缓慢而悄悄的生命浩劫。

儿童死亡率多少才是可以接受的呢？对敌人让步到什么程度，才可以容忍以便拯救他们呢？谁能够回答？

同样，你们也不是不知道，法国若是披露停战协定的条款，那在法律就等同返回战争状态。重返战争状态就允许占领者当作战争俘虏，抓走所有可征调的男人。这种讹诈重重压住法国。威胁已经形成条文。德国讹诈可不开玩笑。德国集中营的万人坑完全由尸体填满。可见，我们的国家及其六百万成年男子，在合法和行政管理的幌子下，受到彻底清洗的威胁。法兰西只拿着棍棒，对抗这种对奴隶的捕猎。谁能够准确判断出她应该如何抵抗？

现在，联军用了七十六小时，终于在北非立足，这或许表明德国虽然采用讹诈的残酷手段，实施两年高压政策，仍然未能牢固地占据这片北部非洲。在法国某地方，也一定存在抵抗的力量。北非赢得的胜利，也许有我们死去的五十万儿童的部分功劳。哪个胆敢对我们说，这个数字还不足够呢？法国人啊！只要把我们的不和拉回到真正的缘起，我们之间就足以和解了。我们的分歧，从来就只在于如何估价纳粹的讹诈。

一些人认为：“如果德国乐得消灭法国民族，那么不管法国民族怎么做，他们一定会消灭之。讹诈不值一提。无论某种决定，还是某种言论，没有任何外力强加给维希政权。”

另一些人则认为：“那不仅是一种讹诈，而且这种讹诈的残酷性，甚至在世界史上也是绝无仅有的。法兰西拒绝根本性的让步，只能靠花言巧语，一天一天推迟自己的覆灭。尤利西斯或者塔列朗[1]，一旦解除了武装，就只剩下空话用以欺骗对手了。”

在一个失效的政府的真正意图上，这些不同的见解，法国人，你们认为值得我们还因此相互仇视吗？（英国人和俄罗斯人现在并肩战斗，他们将严重得多的分歧置于将来再说了。）我们见解的分歧，丝毫没有减损我们对侵略者的共同仇恨。同样，我们所有人，对违反避难权，交出了逃亡的外国人的行径，都跟法国人民同时感到愤慨。而且，当时还依然存在的争论，现在争论的对象都不复存在了：维希政权已经死亡。

维希政权那些理不清的问题、它那彼此矛盾的班底、它的直率和狡猾、它的卑怯和勇气，都统统带进了坟墓。我们把审判官的角色，暂时丢给战后的历史学家和军事法庭吧。现在，不是讨论它的历史的时候，为法兰西效劳更为重要。

德国完全占领（法国）解决了我们的争端，也平抚了我们良心的悲情。法国人，你们愿意和解吗？我们之间争论的真正动机，连点影子都没有了。我们丢掉党派的一切思想吧。我们还要以什么名义相互仇视呢？……我们还要以什么名义相互嫉妒呢？根本没有什么位置可占据的了。也根本无须跑去抢位置。唯一可要的位置就是当兵，或许还有在北非什么小墓地里安静的床位。

法国兵役法规定，征兵的年龄直到四十八岁。这就用不着了解

① 塔列朗-佩里戈尔（1754—1838），法国政治家。他参加了1789年的立宪会议，后在督政府、执政府、帝国中任外交部长（1797—1807），任拿破仑的侍从长，在政权更迭中成为不倒翁。

我们愿意不愿意为国效力了。为了让天平倾斜过来，只需要求我们所有人一起坐到天平盘上，事情就这么简单。

不过，如果说我们从前的争端，完全成为历史学家的争端了，还存在另一种不和的危险。法国人啊，让我们拿出勇气战胜这种危险吧。我们当中有些人，心中总是纠结，以某个头领的名义反对另一个头领。以某种组织的名义反对另一个组织。他们望见天际出现不公平的幽灵。他们为什么要把生活复杂化呢？根本用不着担心不公平。从此以后，我们的任何个人利益，都不可能受到侵害了。一个泥瓦匠献身建筑一座大教堂时，大教堂不可能损害泥瓦匠。我们唯一可期待的差使，就是当兵作战。我是一万个放心，感觉不到任何不公正。谁能不公正地对待我呢？因为我唯一的梦想，就是到突尼斯，找见 2–33 机队的战友们，我曾同他们一道战斗了九个月，后来德军猛烈进攻，牺牲了我们三分之二的机组人员，接着，在停战的前夜，撤离到了北非。我们法国人之间不要争论，不要争什么上座、敬意、公正、优先权了。这一切，没有一样提供给我们。提供给我们的是枪支。人人都会有份儿。

如果说我如此放心，这是因为我再一次承认，自己不担负任何充当审判官的使命。我加入的整体，并不是一个党派，而是我的国家。谁来指挥我们都无所谓。法兰西的临时机构就是国务。但愿英国和美国不得更好。假如我们的雄心壮志，就是扣动机关枪的扳机，那么我们就不会怎么纠结了：是谁的决定，在我们看来就是次要的了。真正的首领，就是被迫沉默的法兰西。让我们憎恶党派、小团体和分裂吧。

如果说我们唯一的心愿（我们有权萌生这种心愿，因为我们所有人，正是抱着这种心愿才团结起来），就是今天服从军队将官，而不是政治首领；这也是因为这个军人向一名士兵致敬，并不是敬重接受敬礼的士兵，也不是一个党派，而是整个民族。我们知道戴高乐将军，还有吉罗[①]将军在权威问题上的见解：他们在效劳。他们是首批为国效劳者。这对我们就足够了，因为，昨天可能阻碍我们的所有争端，都已搁置起来，或者吸纳进了现时中。

我认为，这就是我们当前的处境。切勿让我们的美国朋友对法国产生一种错觉。有人未免把法国人视作一篓螃蟹。这不公正。论战者都在自说自话。沉默的人们很少发出声响。

我提议，至今一直沉默的所有法国人，走出一回缄默，仅此一次，让科代勒·赫尔[②]先生对我们真正的精神状态放心，每人分别给他发一份这样的电文：

“我们请求不拘形式效力的荣光。我们希望旅美的所有法国人都动员起来，参军入伍。我们事先就接受公认为最合心愿的组织。不过，我们憎恨任何分裂法国人的思想，仅仅希望该组织不问政治。”

他们在国务院会十分惊讶，这么多法国人拥护团结。这期间，我们的名声尽管不佳，但是我们大多数人内心深处，互认相通的只有热爱自己的文明和自己的国家。

---

① 吉罗（1879—1949），法国将军。1940 年为第七军团司令，被俘后逃脱（1942），到伦敦与戴高乐合作，同为“法国民族解放委员会”主席。戴高乐仅为准将，而吉罗是中将，但他主动让贤，谦抑隐退（1943），为人称道。

② 科代勒·赫尔（1871—1955），美国政治家。民主党人，任负责外交事务的国务卿（1933—1944），他是联合国的创始人之一，因此获得了诺贝尔和平奖。

法国人啊，我们和解吧！等我们在一架轰炸机上，要对付五六架德国喷气式歼击机[①]时，我们再提先前的争论，自己都会觉得好笑。1940 年那时候，我执行任务返航，机身有好多弹孔，我在我们侦察大队酒吧，畅饮上好的佩尔诺酒。我用扑克赌一把，得四张 A，赢了这瓶佩尔诺酒，输家或是一个王党派战友，或是一个社会党员战友，或是以色列中尉，中尉是犹太人，也是我们大队最勇敢的人。我们怀着深情碰杯祝酒。

① 原文为 Messerschmitt（梅塞尔施密特），德国工程师（1898—1978），他于 1938 年设计出第一架喷气式战斗机，1944 年用于战场。